KEITAI
SHOUSETSU
BUNKO
SINCE 2009

Again
～今夜、暗闇の底からお前を攫う～

アイヲ。

JN032092

◎STARTS
スターツ出版株式会社

イラスト／朝海たいこ

勉強でよい成績を取ることだけが、
自分の生きる存在価値だった。
母の望むものを全部叶えていけば、
母の目に私が映るはずだ。

でも、それはいつまで？
いつ終わりが来る？

母親の支配に苦しみながら生きる私の前に現れたのは、
"自由"を語る暴走族のカオルだった。

「お前の人生は、お前だけのものだ」
彼の言葉は私の背中を押し、
「早く俺のものにしたい」
「綺月が、どうしようもなく欲しい」
そして、とびっきり甘い。

カオルは、ずっと私だけを照らしてくれる……、
まさに特別な光のような存在だった──。

Hazuki Ichijo

Kaoru Sakura

いちじょう は づき

一條綺月

厳しい母の期待に応えようと
頑張る、真面目な高２。カオ
ルや奈都と出会い、人生が変
わろうとしていて…。

さくら

佐倉カオル

19歳。最強の暴走族「Again」
の総長候補で超イケメン。
ぶっきらぼうだけど、仲間・
妹思いでケンカが強い。

Naho Takeda

武田菜穂
たけだ　な　ほ

綺月のクラスメイト＆友人。見た目は派手だけど、友達思いで頑張りすぎる綺月のことを心配している。

Natsu Sakura

佐倉奈都
さくら　なつ

カオルの妹で、高校受験を控えた中3。ひょんなことから綺月と出会い、綺月に勉強を教えてもらうことに。

Mitsuki Ichijo

一條美月
いちじょう　み　つき

優等生だったけど、厳しい母に耐えられず、大学受験の直前に家出。家に残された綺月のことを気にしている。

So Mashiro

真城　聡
ま　しろ　そう

20歳。「Again」の総長で、美月の彼氏。明るい性格でリーダーシップもあり、みんなから慕われている。

contents

☆
☆ ☆
☆

第 1 章

暗示をかける日々

　私の母は弁護士で、自分にも相手にも厳しい人だった。

　そうなってしまったのは、女性であることから何かと差別されて悔しい思いをしてきたのが原因ではないか、と母方の祖父母は言っていた。

　勉強でいい成績を残したり、仕事で活躍したりするたび『女のくせに』『女らしくない』など、今では考えられないようなことを言われていたそうだ。

　でも、その母の厳しさに父は耐えられなかったのか、ある日、別の女の人とどこかへ行ってしまった。

　当時、中学１年生だった私は覚えている。

『女は働くな。家にいて、夫の疲れを癒やしたり子育てしたり……家族のために尽くすのが仕事だろ』

　父が、最後にそう吐き捨て家を出ていったのを……。

　その後、ますます厳しくなった母。

　夫がいなくても、自分の稼ぎだけで娘たちを立派に育て上げる。

　その一心だけで、私たち娘を必要以上に厳しく育てた。

『男にナメられることがないよう堂々と生きなさい』

『成績は必ず学年のトップでいなさい』

『先生方を敬い、礼儀正しく接しなさい』

『頼まれたことは断らず、何事も全力で取り組みなさい』

　そのすべてを守り、母のモルモットのように生きていた

お姉ちゃんは、大学受験の前日に家を出た。

　受験をすっぽかし、母と私の前から姿を消したのだ。

　そして、お姉ちゃんが家を出てから約2年の月日が流れ
た──。

「一條、この問題を解いてくれ」

「はい」

　私は高校2年生になり、お姉ちゃんが歩んできたレール
の上を寄り道せずに歩いている。

　私は、黒板に問題の答えをスラスラと書いた。

「正解だ、さすがだな」

「当然です」

　お姉ちゃんが家を出ていってから、どうしているのかは
風の便りで聞いた。

　ガラの悪い男たちと一緒に歩いていたとか、有名な暴走
族のメンバーになったとか、夜に飲食店でバイトをしてい
るとか、嘘か本当かわからない噂をたくさん耳にした。

　学校のお姉ちゃんは生徒会長を務めるほど優等生で、人
望も厚く、家では妹思いで両親の前でもお利口さんだった。

　もちろん、小さな頃から近所でも知られた存在。

　そんなお姉ちゃんが突然家を出たのは、"アイツ"らと
関わったからだ。

　本当のことはわからない。

　でも、私はそうだと思っている。

「さすが首席合格は違うね〜」

　席に戻ると、前の席に座っている武田菜穂が話しかけてくる。

　菜穂は、友達の少ない私にとって唯一の友達と言える人。

「いつの話よ」

「でも実際、ずっと成績トップじゃん」

「まぁね」

「いいな〜私も１回でいいから綺月の頭脳を貸してもらいたいな」

「そんなことを言う前に、菜穂は授業をちゃんと聞いたほうがいいよ」

　そう言いながら菜穂の後ろに視線を送ると、菜穂はまさかと顔を引きつらせながら後ろを振り向く。

「ヒィッ」

　そこには、菜穂がもっとも嫌う数学の教師が仁王立ちで立っていた。

「後ろを向いて授業を聞くほど余裕な武田には、次の問題を解いてもらおうかな」

「えっ」

「解けなかったら罰として、これから出す課題を明日の放課後までに提出してもらうからな！」

「はぁ!?」

「なんだ？　余裕だろ？　なんたって、お前は後ろを向きながら授業を聞いているんだからな」

　菜穂は今にも泣きそうな顔で後ろを振り返り、私の顔を

見る。

　私は冷たく「ドンマイ」と口パクで言うと、菜穂は悲しそうに前を向いて「わかりません」と小声で答えた。

　答えはわかったから教えてあげればいいのに、我ながら、なんて冷たい友達なんだろうと思う。

　私は、お姉ちゃんと違ってひねくれている。

　お姉ちゃんみたいに誰にでも優しい人間ではいられないし、ましてや生徒会長なんて面倒くさいことはやりたくない。

　それなのに、私はお姉ちゃんと同じ高校に合格して、お姉ちゃんの人生を辿るように成績トップを維持し続けている。

　その理由は……自分でもよくわかっていない。

「綺月～助けて～」

　１日の授業がすべて終わり、帰ろうとカバンを肩にかけた時、数学で出された課題が予想以上に多かったのか、菜穂がこの世の終わりみたいな顔をして助けを求めてきた。

「私、これから塾なんだよね」

「どうせ自習しに行くだけでしょ！　私に勉強を教えるのと、塾で自習するの、ほぼ一緒じゃん！」

　一緒ではない気がするけど、まぁ、いっか……。

「もう、仕方ないな、どこでやる？」

「学校じゃないとやらない気がする……」

「たしかに。じゃあ今日中に終わらせようか」

　まだ課題も開いてすらいないのに、浮かない顔をしている菜穂をイスに座らせると、私は鬼の形相で教え始める。

　すべて終えると、菜穂を職員室へと連れていった。

　職員室から出てきた菜穂は、疲れきった表情を浮かべていて、少しかわいそうだった。

　……ちょっと厳しすぎたかな……。

「菜穂、お腹減った？」

「たまらなく」

「じゃあ、何か食べていく？」

　そう提案した瞬間、菜穂はキラキラとした目を向けて元気よく頷いた。

　菜穂は、食べてる時が一番幸せそうな顔をする。

「でもいいの？　すぐに家に帰らなくて」

「大丈夫。塾に行ってると思ってるから、まだ帰るには早すぎるし」

「そっか！　それならよかった！」

　私は菜穂と友達だけど、今まで放課後や休日に遊んだことは片手で数えるぐらいしかない。

　私の優先順位は、いつだって勉強が一番だからだ。

「じゃあ、そこのファミレスに行こう！」

「え？　そんなにガッツリ食べるの？」

「もちろん！」

　菜穂は私の手を取ると、ブンブン振り回しながら学校を出た。

　学校の最寄り駅近くのファミレスに入り、席につく。

「なに食べる？」

「んー、菜穂は？」

「私はこのハンバーグと、このパフェ！　あっ！　ドリンクバーもつけよ！」

「そんなに!?　夕飯あるんでしょ!?」

「私の胃袋は、これぐらい余裕でペロリさ！」

　本当、菜穂は食事の時だけバカみたいに元気になるなぁ。

　この元気を勉強にも発揮すればいいのに……。

　いや、勉強で元気になるなんてありえないか。

「じゃあ、私はこれで」

「よし！　頼もう！」

　菜穂はテーブルに置かれたタブレットで私の分も注文すると、ドリンクまで取りに行ってくれた。

　オーダーしたものが来るのを待ちながら、私はファミレスの窓から見える塾になんとなく目を向ける。

　小学校の頃から評判のよい塾の話を聞くと、母は有無を言わずその塾に私たち娘を通わせ、成績の善し悪しで通い続けるかどうかを決めていた。

　そして、『学校だけではなく塾でもつねに成績トップでいなさい』と言われ続けた。

　だけど、それはかなりの難題だった。

　多くの名門校に合格実績のある塾には、当たり前だけど頭のよい生徒ばかりが集まっている。

　そこでトップになることは、私にとっては〝空を飛べ〟

と言われるぐらい難しいことだった。

　だけど、お姉ちゃんは塾でもトップを維持し続けた。

　お姉ちゃんは、母の理想そのものだったのだ。

　でも、お姉ちゃんはもういない。

　さまざまな学校の制服を着た学生たちが、塾に出入りする姿をじっと見つめる。

　この人たちの中で、自分の意思で塾に通っているのは何人いるのだろう。

　私は、いつまで勉強し続けなければならないのだろう。

　先の見えない暗闇に不安をいだいていた時期もあったけど、いつからか何も感じなくなっていた。

　私はこれからも、母の言われたとおりに生きるだけ。

　──その時、視界にバイクが入ってきた。

　全部で4台のバイクが、立て続けに路肩に停車する。

　カラフルで奇抜なバイクに負けじと、バイクの持ち主たちも目を引く髪色をしていた。

　彼らは何やら楽しそうに大声で笑っていて、塾に出入りする学生が迷惑そうな顔でチラチラと見ている。

　そんな目立つバイク集団の中で一際存在感を放っていたのが、真っ黒に染まった1台のバイクだった。

　そういえば、お姉ちゃんもあんな真っ黒なバイクの後ろに乗って消えていったなぁ。

　お姉ちゃんが出ていった日のことを思い出しながら黒いバイクを見ていると、持ち主らしき1人の男子と目が合う。

　真っ黒なバイクと比例するような黒髪。

　目にかかるほどの長めの前髪を鬱陶しそうにかき上げな
がら、切れ長の目が私を捉えた。

　吸い込まれそうな瞳と、美しく整った顔立ちに目を奪わ
れる。

　その瞳から逃げるように慌てて顔を背けると、視界から
彼を消した。

　驚いた……まさか目が合うとは……。

　お姉ちゃんの件もあって、いつもなら、バイクを乗り回
している不良を見ると無性に腹を立てていた。

　なのに、どうしてだろう……。

　彼と目が合った瞬間、一瞬ドキッと胸が高鳴った。

　私が再び彼らを盗み見すると、バイクにまたがり始め、
走り出すところだった。

　あっという間に消えていく彼らを横目に、男の瞳が頭か
ら離れなかった。

「綺月！　見て〜！　これ何味と何味を混ぜたと思う!?」

　菜穂の声に我に返ると、慌ててバイク集団を頭から消し
去る。

　そんな私をよそに、菜穂は席に戻ってきて早々、バカな
質問をしてきた。

　彼女が持つコップには、毒々しい色の飲み物が入ってい
て、思わず目を見開く。

　見るからにマズそうだ。

「えっ、混ぜたの？」

「飲んでみる？」

「絶対に嫌！　私はアイスティーって言ったじゃん！」

「えへへ、じゃあ私が飲みまーす！」

　菜穂はそう言って私の前にアイスティーを置くと、その毒々しい色の飲み物を口に入れる。

　次の瞬間、彼女の顔からいつもの屈託のない笑顔が消えて真顔になる。

　あっ、やっぱりマズいんだな……。

「我ながら最悪の組み合わせだった」

「何を組み合わせたの？」

「メロンソーダとウーロン茶」

「……アホなの？」

「面白い味になるかなっていう好奇心でつい」

　菜穂はマズいマズい言いながらも、すべてを飲み干した。

　そして、すぐに口直しにちゃんとしたドリンクを注ぎに行った。

　菜穂といると、あれこれ悩んだり考えたりすることがバカらしく思えてくる。

　よっぽどマズかったのか、菜穂は注いだオレンジジュースをその場で一気に飲み干していた。

　そんな姿に、また笑みがこぼれた。

　その後は他愛のない話をしながらご飯を食べ終え、ファミレスを出た私たち。

　名残惜しそうにしている菜穂と別れた私は、真っ直ぐ家

へと向かう。

　すっかり遅くなっちゃったな……。

　いつもより遅い時間に帰ることに少し心配しながら、家の玄関ドアを開けた。

　外よりも静かなこの家が、私は苦手だった。

　ゆっくり廊下を歩いてリビングに向かう。

「……遅かったわね」

　イスに座り、たくさんの資料を机に広げてパソコンで何か打っている母が、こちらを見ずに話しかけてくる。

「うん、キリがいいところまでやろうと思ったら遅くなっちゃって……」

「……そう、頑張ってるわね」

「うん、次も１位を取りたいから」

　そこまで言った時だった。

　母はやっと顔を上げて、私を冷たい目で見た。

「……何やっているの？」

「……え？」

「そんなとこにいつまでも突っ立ってないで、早くご飯食べて勉強してきなさい」

「……」

　家に帰ってきた子供に対して、「おかえり」という言葉より先に辛辣な言葉を投げる母親。

「あなたはできが悪いんだから、人の倍以上勉強しないとあの成績を維持できないでしょ」

「……」

　いったい "誰" と比べて『できが悪い』の？

「あなたは、あの子とは違うんだから」

　──『あの子』。

　私を強く縛るその言葉。

「……お腹は空いてないから、ご飯はいらない。勉強してきます」

　菜穂との楽しかった時間から、一瞬にして現実に戻される。

　いつになったら、母は "私" を見てくれるのだろうか。

　私は自分の部屋に入ると、力なくその場にしゃがみ込んだ。

　弱音を吐きそうになるのを、のみ込む。

　大丈夫、まだ頑張れる。

「勉強しよう」

　カバンから教科書を取り出して、この気持ちから逃げるように勉強に向かうけど、その日はなぜか勉強に身が入らなかった。

　何度も似たような問題を間違え、無駄な時間を過ごしてしまった。

　それもこれも、あのバイクに乗った不良を見て、お姉ちゃんが出ていった日のことを思い出してしまったからだ。

「ねぇ聞いた？」

「聞いた聞いた、やばいよね！」

　次の日、学校に行くと妙にザワついていた。

　女子生徒を中心に。

　それは昼休みになっても変わることなく……。

「なんか今日、妙にザワついてない？」

　鼻歌を歌いながら、お弁当のおかずを口に運ぶ菜穂に尋ねる。

「そうかな？」

「何か女子を中心に、ずっとソワソワザワザワしてる気がするんだよね」

「んー、聞いてみよう！」

「えっ？」

　菜穂は、近くに座っているクラスメイトの女子に話しかける。

「ねぇ、今日って何かあった？」

「えー知らないの？」

　やっぱり何かあったんだ……。

　菜穂が声をかけた女子は、私たちを見て目を丸くする。

「Againが再び現れたんだよ」

　ん？　Again？

　私は首をかしげながら隣にいる菜穂を見ると、彼女は困ったような、気まずそうな、なんともいえない複雑な表情をしていた。

「え？　まさか菜穂と綺月、Again知らない？」

「……えー何それ？　何かのグループ？」

　クラスメイトの問いに菜穂は我に返ったのか、私と同様に首をかしげた。

「暴走族だよ、暴走族！」

　『Again』と聞いた瞬間の菜穂の表情が気になったけど、クラスメイトが説明し始めたので、耳はそちらに傾ける。

　２年前、全国ナンバー１と言われていた東京の暴走族『Again』は、あらゆる暴走族に狙われていた。

　でも、あまりの強さにどの暴走族もAgainを潰せなかった。

　そこで、関東にある全国ナンバー２の暴走族を含めた４組の族がAgainの壊滅を掲げ、『爆風黒煙連合』という名の連合を組んだ。

　それを知ったAgainも、対抗して３組と連合を組んだ。

　その名も東狂最凶連合。

　その後、爆風黒煙連合と東狂最凶連合は、警察にも手に負えないほどの抗争を起こした。

　結果、今までにはない被害が出ることに。

「それは知ってる！　ニュースにもなったし、抗争が起こった周辺エリアは一時期立ち入り禁止になったから」

「それは、さすがに知ってるんだ」

　菜穂の言葉に、目を丸くするクラスメイト。

「詳しくは知らなかったけどね。つーか、連合の名前ダサくない？」

「うん、ダサい」

　そして、菜穂と私のやりとりを聞いたクラスメイトは、呆れながらも再び話し始める。

「そんなことはどうでもいいのよ！　でね！」

　その抗争は、結局どちらの連合が壊滅したのかは明らか
にされてはいなかった。

　ただ、それ以降、警察の目が一層厳しくなり、暴走族が
自由に夜の街を歩けなくなったことで、Againは身を隠す
ようにあっけなく解散した。

　そんな伝説を残したAgainが２年ぶりに姿を現したこと
から、この学校だけではなく、今まさに東京の一部の都民
がザワついているそうだ。

「……そんなに有名なの？」

「有名どころの騒ぎじゃないよ！　少なくとも、東京にい
る不良のほとんどがAgainに憧れてたと思うし！」

　私はその話を聞いて、お姉ちゃんの顔を思い浮かべたけ
れど、すぐに消し去る。

「それにAgainのメンバーって、昔っからめちゃくちゃイ
ケメン揃いって噂があるの！」

「ただの噂じゃん！」

　菜穂は、強めに噂を否定する。

　こんなにも騒いでいるから何かと思ったら、暴走族の話
題で盛り上がってたなんて……。

　自分たちから聞いておいてなんだけど、拍子抜けだな。

「なるほど、ありがとね！」

　菜穂がお礼を言うと、そのクラスメイトは興奮が収まら
ないのか、別のクラスメイトたちと暴走族の話をしていた。

「……暴走族って昔っから怖いけど、イケメンだったら会
いたいとかなるのかな～」

「……さぁ、私にはよくわからない」

　菜穂の言葉に首をかしげる。

　わからないじゃない、わかりたくないんだ。

「綺月ってさ、もしてかして嫌い?」

「えっ?」

「暴走族とか不良とか」

　菜穂に図星を突かれ声が上ずる。

　もしかして、"嫌い"なのが顔に出てた?

「……自分には関わりない世界の人たちだから、よくわかんないだけだよ」

　私は菜穂の質問に曖昧に返した。

　菜穂も、それ以上は聞いてこなかった。

　昔から、私は人と関わることを好むほうではなかった。

　必要以上に人と関わり、厄介事を押しつけられながらも、それを引き受けていた優しいお姉ちゃんを見て、当時は『損な性格だな』と思っていたほど私は歪んでいた。

　お姉ちゃんみたいに誰とでもすぐに打ち解けてしまうほどの人間だったら、暴走族やら不良やらの類の人種と関わることも少なからずあったのかもしれない。

　でも、私はこれからもそんなことはない。

　私は、お姉ちゃんみたいにはならない。絶対に。

　学校を出て、いつものように塾で自習をした帰り、よく通る公園に珍しく不良が集まっていた。

　こんな公園にも不良は集まるのか……。

　そう思いながら足を進めるけど、目だけはなぜか彼らから離せなかった。

　あのバイクって、たしかファミレスで見た時の……。

　それに気づいた瞬間、無意識に歩いていた足も止まった。

　遠目だけど、彼らは楽しそうにはしゃいでいた。

　その中には、女の人が数名いた。

　無意識に、お姉ちゃんの姿を探している自分がいた。

　私は、まだ"偶然"を期待している。

「なんか用か？」

　その時、背後から声が聞こえ、驚いて肩が跳ねる。

　後ろを振り返ると、夜道を照らす微かな街灯が、その男を照らしていた。

「……え？」

「ずっと突っ立って動かねぇから、なんか俺たちに用でもあんのか？」

「……っ！」

　見覚えのあるそのきれいな容姿に、また"あの時"みたいに心臓が跳ねる。

　やっぱりあの真っ黒なバイクは、ファミレスで見たバイクなのだと男の顔を見て確信に変わる。

「何？　遊んでやろうか？」

　何も言わない私に、男は面白がって言った。

「誰が……」

　──あんたたちなんかと。

　私は教科書が大量に入った重たいカバンを肩にかけ直す

と、男から逃げるように歩き出した。

　なんで私が、あんな奴らと遊ばなきゃなんないのよ。

　男のからかうような言い方に、自分が苛立っていること
が歩調からわかった。

「カオル？　そこで何してるの」

「……んー、いや、すげぇきれいな女がいたんだよ。逃げ
られたけど」

「カオルがナンパなんて珍しいね」

「ナンパじゃねーよ、ただ気になっただけ。菜穂と同じ制
服を着てたし、前に見かけたこともあったし」

「同じ学校で、カオルのタイプの子なんていたかなぁ」

「カオルー！　菜穂！　早く来いよ！」

「カオル、呼んでるよ。早く行こう」

「……おう」

　彼らが、こんなやりとりをしているとは知らずに……。

　不良なんかと関わっても、害になるだけだ。

"私はお姉ちゃんみたいにはならない"

　その言葉がまるで呪いのように、しみついて消えない。

　それがどんどん自分にとって重しになっていることに、
私は気づかないふりをしていた。

　家に帰っても、灯りはついていない。玄関に靴はないし、
夕飯は相変わらず冷蔵庫に入っていて、異様に大きく聞こ
える時計の秒針の音。

いつものことだ。

「……勉強、しよう」

私は夕飯を食べることなく、自分の部屋に閉じこもり勉強を始める。

──私には勉強しかない。

そう自分に言い聞かせながら──。

目が覚めると、カーテンの隙間から光が差していた。

「勉強しながら寝ちゃったのか」

私は起きると、お風呂に入り、温めた昨晩のご飯を冷たいイスに座って食べた。

家を出ると、眩しい日差しに目を細める。

春とは思えない暑さにやられながら学校に向かう途中、ふと公園で立ち止まった。

昨日、不良たちがいた公園は、朝になると静かになっていた。

彼らはもういないし、ベンチに乱雑に置かれていた空き缶もきれいに片づけられていた。

昨日の夜、不良がいたのは幻だったんじゃないかと思うくらい、いつもどおりの公園だった。

「私も乗ってみたいな、バイク」

いやいや……何を言ってるの私は！

「なんだ、バイクに乗りたかったのか？」

「うわああ!!」

突然、耳元で声が聞こえて跳び上がって驚く。

「お前、朝からうるせぇな」

　目の前に立っている男は、たしかに昨日私に話しかけてきた男だった。昨日の暗さでもわかるほどのきれいな顔立ちは、明るいところではより一層かっこよく見えた。

　私の頭１つ分くらい高い身長と大人びた表情に、自分よりも年上かなぁと感じる。

「なんだ、その顔。俺のこと覚えてねぇのか？　昨日もここで会っただろ」

　男の顔を凝視（ぎょうし）するばっかりで黙っている私を見て、昨日会ったことを忘れていると男は勘違（かんちが）いしたのか、ムッとした表情をする。

「知らないし、人違いじゃないですか？」

「その制服、頭いい学校だろ？」

「だからなんですか？　ていうか、ついてこないでください」

　私は必死に早歩きで男を撒（ま）こうとするけど、男の長い足には敵（かな）わず、すぐに追いつかれてしまう。

「バイク乗りたいんじゃねぇの？」

「乗りたくないです」

「さっき言ってただろ」

「聞き間違いです」

「俺、今日は間違いだらけだな」

　しつこいな、なんなのこの男。

「送ってやろっか？　学校まで」

「いえ結構です」

「遠慮（えんりょ）すんなよ」

　男はしつこかった。

　だから、つい言葉がこぼれた。

「本当にいいから！　私は、あんたみたいな不良とは違うから！」

　言ったあとに、こういう言い方はよくなかったと気づいたけど、もう言ってしまったあとでは取り消せない。

　面白がっていた男は、私の言葉でスッと顔つきが変わる。

「……お前、最悪だな」

　男は、唾を吐くように言葉を吐き捨てた。

「お前みたいな人を"ナリ"で判断する奴を見ると、無茶苦茶にしたくなる」

「……」

　私は、男が向ける殺意に恐怖で足がすくんで動けないでいた。

　逃げなきゃ。

　本能がそう言っている、でも逃げられない。

「失せろ、クソ女」

　男の目は完全に殺意に満ちた目だった。

　それでも私は逃げたくなかった。

「話しかけてきたのは、あなたのほうでしょ」

「……あ？」

「そこまで怒らせるようなこと言った？　不良に不良って言って何がいけないの？」

「……」

　男に無言で見つめられ、立っているのもやっとなほど、

足が、全身が震えている。

　なのに、考えるより先に口から勝手に言葉が漏れ出る。

「あんたらはちょっとケンカが強いかなんかで、デカい顔して夜中に暴れ回ってるんでしょ?」

「……」

　カバンを握る手が強くなる。

　目頭が熱くなって、なぜか泣きたくなった。

「あんたらみたいな普通の道から外れた奴らは、気づかないんだ。誰かの大事なものを簡単に奪っていることに」

　……待って。何を言ってるの、私。

　なんで初対面の人に、しかも不良に、自分の家庭の事情を一方的に話すなんて……。

「お前……」

「ごめんなさい、今のは違うから!　私のただの……八つ当たり」

「……は?　って、おい!」

　私はそう言うと、背中を向けて全力疾走で逃げた。

　朝から急に走ったせいか、それともただ単に自分に体力がないのかわからないけど、すぐに息が乱れて足を止める。

「はぁ……はぁ……何やってんの私」

　あまり人が通らない小道で息が整うまで膝に手を当て休憩していたけど、あまりにも息が整わない自分に異変を感じ始めた時、ガクンと崩れるように膝が地面につく。

　あれ……?

　その瞬間、立っていられずに地面に倒れ込む。

　視界が地面から一気に空へと変わる。

　体が動かない。

　意識が遠のくせいでグワングワンと歪む空を眺めながら、私は思い出していた。

　お姉ちゃんが家を出ていった時のことを——。

　あの日は、お姉ちゃんの大学受験の前日だった。

『今までどこ行ってたの！　何してたの！　答えなさい！』

　お姉ちゃんはその半年前から、たびたび夜遅くに帰ってきたり、塾をサボったりするようになっていた。

　それでも成績が落ちることはなく、いつでも学年トップだった。

　母は何度かお姉ちゃんを注意したけど、それでも成績を維持し続けていることもあり、あまり強く言ってはいなかった。

　だけど、大学受験の1ヶ月前から塾に行くのをやめた。

　母は激怒し、塾に行かずどこに行っているのか問い質したけど、お姉ちゃんは答えなかった。

　それからお姉ちゃんは、ほぼ毎日のように夜遅く帰ってくるようになった。

　大事な大学受験を控えた時期に、お姉ちゃんがどこで何をしているのか私には心当たりがあった。

　お姉ちゃんが不良と一緒にいるところを、何度か見かけていたからだ。

　一度、お姉ちゃんに聞いたことがあった。

『お姉ちゃん、夜に誰かと会ってるの?』

　そう聞いたけど、お姉ちゃんはいつものように笑って言った。

『綺月は何も心配しなくて大丈夫だから』

　その笑顔を見た時、なんとなく思った。

　お姉ちゃんはもう、母に失望しているのだと。

　大学生になったら、お姉ちゃんは家を出ていくのだろう。

　そう感じていたことは半分当たっていて、半分間違っていた。

『いい加減にしなさい!　いったい何をしてるの!　明日は受験当日なのよ!?　今までの努力を無駄にするつもり?』

　学校から帰ってきた瞬間、母のヒステリックな声に思わず耳を塞いだ。

　お姉ちゃんが今まで母に逆らったところも、反抗したところも私は見たことがなった。

　たぶん初めてだった。

『うるさいうるさいうるさいうるさい!!』

　お姉ちゃんは、教科書がパンパンに入ったカバンを床に叩きつけた。

　その後、階段を上って自分の部屋に入ると、ガシャンガシャンと大きい音を立てる。

　母は驚いて見に行くけど、私は玄関から動けないでいた。

『やめなさい!　何してるの!』

『もううんざりなの!　私はあんたの操り人形じゃない!

私は私の人生を生きる！』

　お姉ちゃんが今まで蓋をして必死に閉ざしていた不満や怒りが、勢いよく破れて溢れ出た。

　ドタドタと大きな足音を立てて階段を下りてきたお姉ちゃんと、目が合う。

『お姉ちゃん……』

『……ごめん、綺月』

　お姉ちゃんは靴を履くとドアノブに手をかけた。

『バイバイ、綺月』

　その言葉と振り向かない背中に、お姉ちゃんはもう帰ってこないのだと悟った。

　私はすぐにあとを追ったけど、お姉ちゃんが黒いバイクの後部座席に乗った瞬間、バイクは走り出して、すぐに見えなくなった。

　静かになった家から、母の泣き声が聞こえた。

　私はドクドクと鳴る心臓を必死に落ちつかせながら、階段を上り、お姉ちゃんの部屋を見る。

　お姉ちゃんのきれいだった部屋には、今までお姉ちゃんが勉強で使った問題集や辞書、教科書が床に散らばり、グシャグシャになっていた。

　母は知らなかったけど、私は知っていた。

　お姉ちゃんが高熱の中で勉強していたことも、成績を少しでも落とすと鼻血が出るほど夜遅くまで勉強していたことも、テスト前は悪夢にうなされ眠れていなかったことも。

　お姉ちゃんは、とっくに限界だったことに気づいていた

のに、私は今まで気づかないふりをしていた。

　それが今こんな形で崩された。

　私がもっとお姉ちゃんを気づかっていればよかった、私が早く母に話していればよかった。

　私が私が……と、頭の中では不甲斐ない自分に腹が立った。

　もう自由にしてあげたかったし、幸せになってほしかった。

　お姉ちゃんには誰よりも……。

　そんな気持ちから、気づいたら母に言ってしまった。

『私がお姉ちゃんになる。私が、お姉ちゃんの代わりになるから──』

　だから、泣かないでお母さん……。

「……あっ、起きた」

　──え？

　目を覚ますと、そこは知らない空間だった。

　そして、制服を着た知らない女の子が上から私を見下ろしていた。

「え？　……どこ、ここ？」

　私は困惑して目をキョロキョロとさせる。

「ここは私の家、お兄が連れてきたの」

「……お兄……？」

「え？　お兄の友達じゃないの？」

　誰、お兄って？

　私の頭にはクエスチョンマークが浮かんでいたけど、女の子の頭にも同じくらいクエスチョンマークが浮かんでいるように見えた。

「お兄が倒れたから連れてきたって言ってたから、てっきり友達か、お兄の彼女なのかと思ってたんだけど？　あれ？」

　そうだ……私、道端で倒れたんだ。

　あれはたぶん、ただの貧血と寝不足だ。

「ごめんなさい、あの私、帰ります」

「えっ、待って！　もうすぐお兄が帰ってくると思うから！」

「看病してくれてありがとうございます。でも、もう元気になったので……」

　これ以上、見ず知らずの人に迷惑はかけられないと思った私は、立ち上がって家を出るためドアノブに手をかける。

　すると、家の外側から誰かがドアを開けた。

　驚いて顔を上げると、目の前にはさっきの不良が立っていた。

「え？　あ、あんたは……」

「何やってんだよ、お前」

「あっ！　お兄！　おかえり！」

　お兄？

　この子が、この男の妹？

　ってことは、この家はこの男の家ってこと？

　状況が理解できていないことへの混乱と寝不足と、久し

ぶりにあの日のことを思い出したショックで、その場でま
た倒れそうになる私を、ものすごい反射神経で男が受け止
める。

「まだ本調子じゃねえんだろ、寝てろ」

「……いや、本当に……大丈夫」

「フラフラな足で説得力ねぇんだよ、黙って言うこと聞け、
クソ女」

　本日二度目の『クソ女』に反論する気力もないまま、男
に軽々と持ち上げられると、布団に寝かされた。

　薄れゆく記憶の中、２人の会話が耳に流れ込んでくる。

「お兄、友達じゃないの？」

「まぁ、友達ではないな」

「え？　じゃあ誰？　彼女……とか？」

「……赤の他人」

　そこまで聞いたところで、私は眠りについた。

　目が覚めると、窓から見える空が暗いなぁと思いながら
また目を閉じる。

　……ん？　空が暗い？

　今度は勢いよく起き上がり、近くの本棚の上に立てかけ
られていた時計を見る。

「え？　17時!?」

「あっ、やっと起きた！」

　驚いて声を上げると、部屋のドアの隙間から妹が顔を覗
かせる。

「今、夕方ですか？」

「うん、そうだよ」

　改めて時計の針を見直すと、５の位置を過ぎていた。

　や、やってしまった……。

　初めて学校をサボってしまった。

「あの、私のカバンは？」

「そこにあるよ」

　私が急いでカバンからスマホを取り出すと、母からの着信が10件以上も履歴に残っていた。

　やっぱり……学校から母に電話がいってたか……。

　家に帰ったら、とんでもないことになりそう。

　とたんに、心が重くなる。

　でも、塾にも行かないと。

「ごめんなさい、私もう帰ります」

「なんだ、用があるのか？」

　男がドアの隙間から顔を出す。

「塾が入ってる日なので」

「塾なんかに行ってんのか、あんなつまんねぇもんに時間と金をかける奴らの気が知れねぇな」

「あの、看病してくれてありがとうございました。助かりました」

　私は男の言葉を無視して、妹にお礼を言う。

「お姉ちゃんのその制服、この近くのちょー頭いい学校だよね？」

「え？　あ、うん」

「お姉ちゃん似合うね、その制服」

「……ありがとう」

「その学校で底辺な成績だったら面白いな」

「ちゃんと1位でやってますから」

「え！　そうなの!?　すごい！」

「……」

　私の言葉にムッとしている男と違って、妹は素直で可愛いなぁ。

　私は男と妹の顔を交互に見比べて、最後に男の顔を見てため息をつく。

「おい、なんだ今の」

「別に」

「別にじゃねぇだろ。聞こえてんぞ、そのでけぇため息が」

　男とくだらない口論をしていると、妹が突然、私の目の前に来て服をクイッと引っ張る。

「……何？」

「お姉ちゃんが通っている学校、私も勉強すれば行けるかな？」

　私は今、通っている学校に首席で合格するために、死ぬほど勉強した。

「もしかして、行きたいの？」

「でも、私のレベルじゃ絶対に無理って、クラスの頭のいい子が言ってた」

「誰だ、そいつ。名前教えろよ。ぶん殴ってやる」

　私も中学の時、『お前の成績じゃ厳しい』と担任に言わ

れた。

　母にも、『お姉ちゃんとは違って、要領悪いから受からない』と言われた。

　それでも、首席で受かってみせた。

「受けてみたら？」

「え？」

「この世に"絶対"なんてものはないんだから」

　私が笑うと、妹は丸くした目を大きく見開いて驚いた。

「お姉ちゃん、かっこいいね」

「え？　そうかな」

「私、お姉ちゃんの名前が知りたい！　私は佐倉奈都、中3です！」

　笑った時に見える八重歯が可愛い奈都は、聞けば中学3年生で、ちょうど進路に悩む時期だった。

「私は、一條綺月」

「……一條？」

「何？」

「お前……」

　男が私の名前を知った途端、眉間にシワを寄せて何か考える素振りを見せる。

　私はその顔が気になったけど、男の背後に見える仏壇のほうが気になった。

　その仏壇には、穏やかに笑う彼らの両親と思われる2人の男女の写真が立てかけられていた。

　もしかして、両親は亡くなっていて2人暮らしなのか

なぁ……。

「おい、時間いいのか？」

　立ち尽くしたまま動かなくなった私を見て、男が声をかけてくる。

　時刻を見ると、18時になろうとしていた。

「やばい！　時間ない！　じゃあそろそろ行くね！　看病してくれてありがとう、奈都」

「うん！」

「おい、そんなに急いでんなら送ってくぞ」

　私はその言葉に足を止め、男の顔を見る。

　その言葉に甘えたいけど、バイクには乗りたくなかった。

　なんだろう……。

　これ以上コイツに関わると、引き返せなくなるような気がしていた。

「……。大丈夫、じゃあ」

　そう言って、私は2人の住む家を出た。

　階段を下りると、駐車場には男の真っ黒なバイクがあった。

　ふと、お姉ちゃんの時のように、私のこともバイクで連れ去ってくれないだろうかと思った。

　そんなことを一瞬でも考えてしまう私は、もう男のことが気になっていたのかもしれない。

　そして、姉のように今の生活からも、母親からも離れたい自分に気づかないようにしていることも。

　名前も『佐倉』という苗字しか知らないのに、おかしな
話だ。

　でも、もう会うことはないのだから思うだけならいいだ
ろう。そう思ってたのに……。

「……なんで？」

　次の日、学校が終わって校舎を出た瞬間、近所の中学校
の制服を来た女の子が、私の顔を見るなり一直線に向かっ
てくる。

　困惑している私をよそに、彼女は昨日会った時に見せた
屈託のない笑顔で笑う。

「昨日ぶりだね！　綺月ちゃん！」

　あの不良の妹、奈都がたしかに私の目の前にいた。

「え？　なんで？」

「じつは、綺月ちゃんにお願いがあって！」

　ニカッと可愛いらしく笑う奈都に、私は内心嫌な予感を
覚えていた。

　話があるという奈都を連れて、私は学校近くのカフェに
入る。

　席に座ってお互い飲み物の注文を済ませると、ソワソワ
しながら店内を見渡している奈都が、思い出したように声
を上げた。

「昨日、塾は間に合いましたか？」

「あーうん、なんとか」

　あのあと、全速力で走り塾にはなんとか間に合った。

　家に帰ると、母に学校に行ってないことを問い詰められたけど、体調が悪く学校についた時から保健室で休んでいたと、なんとか誤魔化した。

　『体調管理はしっかりしなさい』とまた小言を言われたけど、それほど責められはしなかった。

「ところで、話って？」

　私も優雅にお茶をしてるほど暇ではないので、さっそく本題に入る。

　奈都は言いにくそうな顔をしながらも、意を決して口を開く。

「綺月ちゃん、私の家庭教師になってください！」

　そう言うと、奈都は額をテーブルに当てる勢いで頭を下げた。

「……え？」

　まさかそんなお願いをしてくるとは思わず、素っ頓狂な声が漏れる。

「いやいやいや、私は家庭教師なんかやったことないし、そもそも高校受験なんて大事な試験に私なんかじゃ……」

「……やっぱり、ダメですか？」

　ダメっていうか、そんな大事な試験ならちゃんと塾に行くか、ちゃんとした家庭教師を雇うほうが受かる確率は上がるだろうし、私なんかじゃ務まらない。

「お兄が、本気で目指すなら塾に行ってもいいって昨日言ってくれたの」

「だったら……」

「でも私、お金のことで、これ以上お兄に負担をかけたくないの！」

お金のこと……？

奈都の言葉を聞いて、家で見た仏壇を思い出す。

「私たちには親がいないんです。だから私の学費とか生活費とかは全部お兄が働いて出してくれてて、もうこれ以上負担かけたくなくて」

奈都は涙を我慢するようにスカートをギュッと握る。

「お兄はいつもお金のことは心配するなって言うけど、毎日、朝早くから出かけて遅くに帰ってくるし、なのに塾でもっとお金がいるってなったら、さらにバイトを増やすと思う。そうなったら、お兄は過労で死んじゃう」

「でも、あの人が夜遅くに帰ってくるのは……」

不良とつるんでるからじゃないの？

そう言おうとしたけど、とっさに口をつぐんだ。

「お兄は、今まで大事なものをすべて捨ててきました。入ったばかりの高校も中退して、働くために夢もプライドも全部捨てた」

奈都の目から我慢していた涙がこぼれ、頬を伝う。

「お兄は、一度落ちるところまで落ちたんです。だけど、仲間が引き戻してくれた。お兄が不良だとか暴走族だとか、そんなのどうでもいい。私は、もうお兄の大事なものを奪いたくないし、奪われたくないんです」

あの男が言っていた言葉を思い出す。

『お前みたいな人を"ナリ"で判断する奴を見ると、無茶

苦茶にしたくなる』

　たしかに、見た目だけで判断した私は浅はかだった。

　だって、私なんかを助けてくれたんだし。

　あの男が見てきた世界を会ったばかりの私が理解できる
わけがない。

　何かを守るためには、何かを捨てないといけないのは私
も知っている。

「だけど私は可能性があるとしたら、信じたいって思うか
ら。私は受けてみたいし、頑張ってみたい」

　守られた側は、たまったもんじゃない。

　自分のせいで大事な人が落ちていくところを見ているん
だから。

　私は、それを知っている。

　もしかしたら……奈都と私は似ているのかもしれない。

「無茶なことをお願いしてるのは、わかってます。本当に
ごめんなさい。お金なら少しだけど私のお小遣いが……」

「奈都」

「……はい」

　断られると思っているのか、奈都はギュッと強く瞼を閉
じる。

「月曜と木曜は塾がないから、その日でよければ教える」

「え！」

　どうせ塾で自習してる日だし、大丈夫、お母さんにはバ
レない。

「学校が終わってから向かうから準備しといてね。時間は

21時まで、それ以上は誤魔化せない」

「誤魔化せない？」

　あっ、口が滑（すべ）った。

「えっと、遅くなると母が心配するからね」

　母にバレたら、絶対まずい。

　勘（かん）づかれないようにしなくちゃ。

「本当にいいんですか？」

「むしろ、私でいいの？　私、責任とらないよ。奈都が落ちても」

「私が決めたことだから、綺月ちゃんに責任なんかとらせません！」

　奈都は安心したのか汗（あせ）のかいたグラスを手に取り、オレンジジュースを一気に飲み干した。

「ところでさ、その……お兄は何歳（なんさい）なの？」

「私の５つ上なので19歳です」

　まだ未成年なのに、妹の学費に生活費と……すべて１人で稼いでいるの？

　その事実を知って、私は不良ってだけで男に嫌な態度をとったことを反省した。

　その後、私たちは来週から勉強をするという約束をしてカフェを出た。

　奈都と別れて、私は塾に向かう足取りがいつもと少しだけ軽い気がしていた。

　なぜかは自分でもわからなかった。それでも、頭の中はクリアでいつもよりも勉強に集中できた。

　そして、あっという間に月曜日を迎えた。

　学校を終え、いったん自分の家に荷物を取りに帰る。

　いつも帰りが遅い母は、案の定この時間帯にはまだ帰ってきていなかった。

　必要な荷物を持ってすぐさま奈都の家に行き、一息ついてチャイムを鳴らす。

　バタバタと足音を立てながらドアがゆっくり開く。

「本当に来てくれた！」

「来るよ、約束したから」

「ありがとう、綺月ちゃん！」

　奈都の笑顔は、なんか釣られる笑顔だ。

　私が家に入ると、すでに机には教科書やノートが置いてあった。

「勉強してたの？」

「うん、私が受かるにはもっと勉強しないといけないから」

「そういえば、どうしてこの高校行きたいの？」

　私は重いカバンを床に慎重に置いて座る。

「死んだお母さんがね、昔から言ってたの。知識はいつか自分の財産になるって。知識を持てば人を簡単に傷つけることはしないし、誰かを守ることもできる時があるからって」

　少し寂しそうに笑う奈都を見て、自分も胸が締めつけられた。

「頭のいい学校は、頭のいい人たちが集まるから知識をたくさん吸収できるんじゃないかなって思って」

「しっかりしてるなぁ」

「もっとしっかりしたい。お兄のことを守れるように」

　奈都にとっては、兄の存在がすごく大きいのだろう。

　同時に、失った時の喪失感もすごいだろうなとマイナスなことを考えて、すぐに消した。

「じゃあ、頑張ろう」

「頑張ります！　よろしくお願いします！　先生！」

「先生はやめて」

「ごめんなさい、綺月ちゃん」

　私はさっそく勉強に取りかかろうと、カバンから大量の問題集や冊子やノートを取り出して机に次々と置く。

「えっ、そのカバンから何冊出てくるの？」

「これで最後！」

　互いの視界を遮るほどに積まれた冊子の量に、奈都は目を丸くして驚く。

「これ、私が中３の時にやった問題集と当時のノートと、塾で出されたテスト用紙やら要点がまとめられたプリント」

「こ、こんなに？」

「これ全部に目を通せなんて言わないよ。過去問からまったく問題に出されていないのもあるし、過去問の流れから見て山は張れるからね」

　早口で捲し立てる私を見て、奈都は唖然とする。

「まぁでも、これ全部に目を通す勢いでやらないとね」

「うん、頑張る」

「じゃあ、まず最初にどの教科ができてどの教科を理解してないのか、ちゃんと基礎が頭に入っているのか、それをどこまで応用できるのかのテストをするから」

「テスト!? 綺月ちゃんが作ったの?」

「まぁね、はい教科書しまってー」

　この日までになんとか作り上げたテストを奈都に渡す。

　おかげでちょっと寝不足だし、自分の勉強は半分しか手をつけられなかった。

　だけど、どうしても受からせてあげたかった。

　奈都が問題を解いている間、必死で過去問を漁りながら問題の流れを見て、ここ何年も問題として出されてないものは排除していく。

　奈都が問題を解き終わると、すぐさまその答え合わせをする。

　奈都は文系は得意だけど、理系が苦手だということがわかった。

　とくに数学はボロボロだった。

　かといって理系に集中させても、今度は文系が心配になる。

　時間配分も鍵になるし、何より私の教え方でちゃんと理解してくれるのか不安でもあった。

「綺月ちゃん、綺月ちゃん!」

「……あっ、ごめん、何?」

「もうすぐ21時だよ」

「え？」

　奈都に言われて時間を確認すると、もうすぐ21時になろうとしていた。

　窓から外を見れば、すっかり暗くなっていた。

　集中しすぎて、外の景色さえ目に入っていなかったのか私……。

「ごめん、続きはまた次回でいい？」

「うん！」

　そう言うと、私は急いで帰る支度をする。

　時間が足りないなぁ……もっと教えてあげられたらいいのに。

「奈都、次回までに、この問題集できるところまで進めといてくれる？」

「わかった」

「わからなかった時は答えを見ていいから、その代わりちゃんと理解すること」

「はい！」

「答え見てもわからなかったら付箋しといて。今度教えるから」

「はい！　とりあえず綺月ちゃん急いで！」

　私は奈都に伝えたいことを早口で言うと、ちょうど玄関で靴を履いているところであの男が帰ってきた。

「なんだ、帰んのか？」

「あっそうだ、お兄送っていってよ」

「え!?　いや大丈夫！　大丈夫だから！」

　この前のことで、この男と今２人っきりになるのは気まずい。

　ブンブンと首を横に振るけど、男は面白そうに笑って私の腕を掴んだ。

「すぐ戻ってくる」

「はいはーい！」

　男は奈都にそう言い残すと、軽やかな足取りで家を出て階段を下りる。

「ちょっと！　私１人で帰れるから！」

　腕を掴んで離さないこの男は、私の声なんて聞こえていないのかズカズカとバイクの前まで歩いていく。

　そしてヘルメットを渡される。

「乗れ」

　まるで命令するかのような言い方に、私は少し頭にきた。

「乗らない」

　即座に、そう答えて反抗する。

　だが男は顔色１つ変えずに、私に近寄り腰に手を回すと自分のほうへグイッと引き寄せた。

　男の顔が視界いっぱいに映り、あまりの至近距離に怒ることも忘れ、胸がドクンと高鳴る。

　目のやり場に困り私はあからさまに目を逸らすと、男はまた面白そうにフッと笑みをこぼした。

　完全にからかわれている……。

　そうわかった時、私は男の硬い胸板を力一杯押して距離を取る。

「本当にやめて」

「だったら乗れ」

「だから乗らないって」

「乗らないなら今度はキスするぞ」

　キ、キス……!?

　コイツ、本当に頭いかれてんじゃないの!?

　私はこの男のペースに乗せられていることに無性に腹を立て、男の足めがけて思いっきり踏みつけた。

「痛ってぇ！」

　男は踏まれた足を触りながら痛みに悶絶している隙に、急いでこの場から逃げ出す。

　あんな奴の後ろに乗るなんて死んでも嫌だった。

　ましてやバイクなんかに……。

　私は走れるところまで走り、あの男から距離をできるだけ取る。

　奈都に勉強を教えるということは、アイツに会うことは避けられないということだ。

　こんなことが毎度あっては困る。

　早足で歩きながらどうしようかと対策を考えていると、バイクのエンジン音が耳に入る。

　今日はやけにうるさい……。

　不良が、そこら中をバカみたいにバイクで走り回っているんだろうか。

　そういえば、クラスメイトがAgainっていう暴走族が復活したとかなんとか言ってたなぁ。

　気づくと、私の頭の中はアイツのことよりも暴走族のほうへと向いていた。

　どうでもいいと思っているのに、お姉ちゃんがもしかしたらそこにいるんじゃないのかと思ってしまう。

　昨日のうるさいと思ったほどのバイクのエンジン音は、翌日以降、たびたび学校で噂になっていた。

『Againが完全に復活した』

　Againの完全復活を全暴走族に知らせるため、その日の彼らは夜ずっとバイクで走っていたそうだ。

　くだらない……。

　心底どうでもよかったし、夜ぐらい静かにしてくれと思ってしまった。

　そしてなぜか、昨日を境に、奈都の兄と私が家で鉢合わ<ruby>鉢<rt>はち</rt></ruby><ruby>合<rt>あ</rt></ruby>わせすることはなくなった。

「よし！　今日はここまで！」

「はぁー！　疲れた！」

　あれから数日後の家庭教師の日。

　集中していた奈都は、私の言葉で一気にだらけて床に寝転がる。

「次は数学やるからね」

「はーい」

　私は帰る支度をしながら、開かない扉<ruby>扉<rt>とびら</rt></ruby>を見て一安心する。

　今日はアイツに会わずに済みそうで……よかった。

「ねぇ奈都」

「ん？」

「あの人、最近帰ってきてるの？」

「あの人？ ……あぁ、お兄か！ 夜中に帰ってきてるみたい。用意してたおかずとか、朝起きたらきれいに食べてるから」

　夜中って……中学生の妹をずっと1人にして、あの男は何やってるんだか……。

「寂しくないの？ 家に1人で」

　私は寂しかった。

　お姉ちゃんがいなくなったあの家で1人で勉強して、1人でご飯を食べるのは。

「寂しいよ。でも寂しいって言ったら、お兄は絶対困るから。だから言わない」

「偉いね」

　私が奈都の頭を撫でると、奈都はうれしそうに笑った。

　奈都は、私が想像できないようなことをきっとたくさん我慢している。

　それでも不満1つ漏らさずに自分のできることを一生懸命やる姿は、尊敬してしまうほどかっこよかった。

　奈都に勉強を教え始めてから、早くも1ヶ月をたとうとしていた。

　奈都がどんどん知識を吸収する中、着々と自分の学校のテスト期間も近づいてきていた。

　勉強を教えながら、自分の学年1位も維持しなければい

けない。

　時間を効率よく使って、なんとか自分の勉強時間も確保
しなければ。

　私は寝る間も惜しんで勉強に注ぎ込んだ。

「綺月ちゃん」

「……ん？」

「綺月ちゃん最近寝てる？　すごいクマだよ」

　テストを直前に控えた、ある日の放課後。

　私が勉強を教えていると、奈都が私の顔を覗き込むよう
に見る。

　やばい……コンシーラーで隠したのにバレてる……。

「大変だったら休んでもいいからね。無償で教えてもらっ
ているのに、綺月ちゃんが無理して倒れたら……」

「大丈夫、倒れたりしない」

　まだやれる、まだ自分は頑張れると自分に言い聞かせる
ように『大丈夫』を口にする。

　ただそうは言っても、道端で倒れて奈都に看病しても
らった前科があるので、私の大丈夫には説得力がまるでな
かった。

　それでも今、その言葉に甘えたくはなかった。

　奈都は確実に点数も上がって、応用にも対応できるよう
になってきた。

　でもまだ、問題の理数系は全然ダメだ……。

　今は１秒だって惜しい。

　なんとか奈都を受からせてあげたいという強い気持ちが、いつの間にか自分の首を絞めていることに気づかないふりをしていた。

"まだ大丈夫だ"

　そんなふうに、私は自分で自分に暗示をかけ続けた。

　――そして迎えたテスト当日。

　学校に行く前、珍しく母がまだ家にいた。

「おはよう」と挨拶をしても、パソコンの画面に夢中の母は気づいていなかった。

　挨拶をしても返ってこない家なんて、家と呼べるのだろうか。

　それでも私は気をつかって母の邪魔をしないように身支度を済ませ「行ってきます」と声をかけた。

　でも母は、私の声に反応することもなくキーボードを叩いていた。

　この家にまるで私は存在していないようで、朝から虚しくなる。

　学校までの道のりを歩きながら、私は眉間にシワを寄せていた。

　今日は雲1つない青空で、眩しすぎる日差しに目が眩む。

　でも徐々に、それは眩しすぎる日差しのせいじゃないことに体が気づき始める。

　視界がグラグラと歪み、足がもつれる。

　私はとっさにその場にしゃがみ込むと、カバンからペッ

トボトルの水を取り出し、それを一気に飲み干した。

　危ない。今日はテスト当日なんだ、倒れるなんてことはあってはいけない。

　重たい体をなんとか動かしながら、私は学校に向かった。

　早めに家を出たはずなのに、学校についたのはテストが始まる時間ギリギリだった。

「綺月、大丈夫？　顔真っ白だよ」

「大丈夫大丈夫、平気」

「平気って……」

「大丈夫だから」

　心配する菜穂を押しのけ、私は席についた。

　なんとか学校についたことに安堵していると、予鈴が鳴り、すぐに担任が教室に入ってきた。

　テストの日はいつもよりも教室は静かで、みんな必死になってギリギリまであがいている。

　いつもだったら私もそうだ。

　でも、今回は違った。

　視界がユラユラと揺れ始めたと思ったら、頭痛もしてきて冷や汗が止まらない。

　テストが始まっても、その最悪な状態は続いていて、ペンを持っている手が小刻みに震えて文字が歪む。

　何度も何度も強くペンを持ち直し、働かない頭を必死に使ってなんとか今日のテストを無事にやりきる。

「綺月」

　１日目のテストが終わり、机に突っ伏したまま動かない私の肩を菜穂が叩く。

　重たい頭をなんとか上げてあたりを見渡すと、もう教室には誰も残っていなかった。

　私、いつまでこうしていたんだろう……。

　明日のテストの勉強もしなくちゃいけないのに。

　私は重たい腰を上げイスから立ち上がると、菜穂が私の手を掴む。

「綺月、ちゃんと食べてる？　ちゃんと寝てる？」

「……大丈夫」

「綺月！　ちょっと待ってよ！」

「私は、大丈夫だから」

　心配してくれる菜穂の手を振り払うと、早足で教室を出ていく。

「もう聞き飽きたよ、それ」

　そんな菜穂の呟きを背に、私は昇降口に向かって歩き出す。

　私には、弱音を吐いている時間も、現実を嘆いている時間もない。

　もうそういうのは、お姉ちゃんが家を出ていった時から諦めているから。

　４日間かけて行われたテストも無事になんとか終わり、やっと肩の力が抜ける。

　うちの学校は少し特殊で、すべてのテストが終わると1日休みがある。

　そして休み明けには、テストの結果が貼り出されているのだ。

　とにかく、少しは休める。

　そう思っていた矢先、母が1枚のパンフレットを私に渡してきた。

「……え？　どういうこと？」

　そのパンフレットは、聞いたことのない塾のパンフレットだった。

「そこの塾、最近評判がいいらしいから、明日からその塾にも週2で通いなさい」

　鈍器で頭を強く殴られたような衝撃に襲われる。

　今も週3で塾に通っているのに、さらに通う必要あるの？

　母の言っていることがわからず混乱していると、用件を伝えた母は、そそくさと仕事に向かう準備をしていた。

「待ってよ、どうして急に？」

「……嫌なの？」

「嫌っていうか、お金もかかるし……」

「お金のことは心配しなくてもいいわ」

　でもこれじゃ、奈都に勉強を教えてあげられない。

　もしかして、バレている？

「綺月」

　肩がビクッと跳ねる。

「最近何やっているか知らないけど、あなたは勉強だけに集中しなさい。その環境もお金も、あなたには充分与えているはずよ」

　勉強が思う存分できる環境が私の心も体も苦しめていることに、母はこれっぽっちも気づいてはいなかった。

　勉強が私を縛りつける。

　母が私に鎖をかける。

　重い鎖は自分では壊せないほど強固なものに、次から次へと変わっていく。

　母がどうしてこんなことを言ったのか、テストが明けて朝学校に来てすぐにわかった。

　廊下に大きく貼られたテストの結果が、その理由を物語っていた。

　今ではどこの学校もプライバシーの侵害だと言って個人個人でテストの結果を知らされる中、この有名進学校は生徒たちの競争心を高めるため、こうやって貼り出されていた。

「綺月が、１位じゃない」

　菜穂の呟きが、どこか遠くから、現実世界の声じゃないように聞こえる。

　今まで１位を独占してきた私は、３位に下がっていたのだ。

　あぁ、これのせいか……。

　母が急にあんなことを言った理由を、今ここで痛感した。

　たまたま体調不良が重なったテストだった。

　でも、そんなの母は知らない。

　今そんなことを言っても、体調管理もできないのが問題だと母はいつもみたいに叱り、さらに強く私を縛りつけるだろう。

　あぁ、重い。

「綺月？　どこ行くの？」

　菜穂の声をよそに、私は重い足取りで廊下のど真ん中を歩いて教室に戻る。

　大丈夫、まだ頑張れる。

　一種の麻薬みたいな言葉は、もう使い物にならなかった。

　気づくと、私は倒れていた。

　視界が歪み、誰かに踏みつけにされているかのような重たい体は、自分の体とは思えないほど言うことを聞いてくれない。

　遠くから菜穂の声が聞こえる。

　それでも意識は保てず、瞼がゆっくりと落ちた。

　私は目を開けると、なぜか自分の部屋にいた。

　まだズキズキと痛む頭に小さく声が漏れる。

　なんとか起き上がり、壁を伝ってリビングに向かうと、母の声がした。

「はい、ただの熱だったみたいで、ご心配おかけしました」

　何やら誰かと電話をしているようだった。

　電話の内容を聞く限り、私のことを担任の先生に電話で

伝えているようだった。

　学校で倒れたから、母が迎えに来てくれたのだろうか。

　制服を着ていたはずの服は、いつの間にかパジャマに着替えさせられていた。

「では、失礼します」

　母が電話を切ったことを確認し、私は声をかける。

「ごめんなさい、心配かけ——」

「どうしてなの？」

「え？」

　どうしてなの……とは？

　母の泣きそうな声に、私は嫌な予感がしていた。

「どうしてあなたはそうなの？」

　母は握りしめているスマホを乱暴に机に置くと、ズカズカと近寄ってくる。

　そして強く私の肩を掴んだ。

「熱が出ても、お姉ちゃんは１位を取ってたのよ!?」

　嫌な予感は見事に的中した。

「なのに、どうしてあなたはこんなに脆いのよ！　いったい、いくらあなたに注ぎ込んでいると思ってるの！」

　母のヒステリックな声が頭に響いて、思わず顔を歪める。

　そんな私を見て、母はまた叫ぶような声量で私を罵倒した。

「どうしてなのよ！　お姉ちゃんみたいになりたいなら、もっとちゃんと死ぬ気でやりなさいよ！　あなたが望んだから、私はこうやっていい環境を与えているのよ！　これ

以上、失望させないで！」

　体調管理もできないダメな私。

　お姉ちゃんみたいに頭のできもよくない、おまけに性格だってよくないダメな妹。

　いつまでもお姉ちゃんのようにはなれず、親に無駄金を投資させ続けるダメな娘。

　こんな人間、笑っちゃうよね。

　だって、なんにも残らないんだもん。

　勉強を取ったら何１つ残らない。

　放心状態の私を置いて、母はまた無駄金になるお金を稼ぐため家を出ていく。

　いっそのこと、見捨ててくれたほうが楽なのに。

　でも、母は決して私を手放しはしない。

　だってもう、私しかいないのだから——。

　私は部屋にこもると、死んでもいいと思ってしまうくらいにペンを動かした。

　これが終わったら、私はもう死んでもいい。

　私は２週間部屋にこもり、ろくに寝ずにペンを動かした。

　その間、母には体調がよくならないと言って学校も塾も休ませてもらった。

　奈都にも体調が悪いから家庭教師を休ませてほしいとメッセージを送り、何度も連絡をくれた菜穂にも、まだ体調がよくならないから……とだけ送った。

　２週間でどれだけの文字を書いただろうか、私はたくさんのノートとプリントを文字で埋めつくした。

　気づくとペンは血で滲んでいて、手にできたマメが潰れて血が出ていた。

　でもそんなの気にも留めず、私はその死ぬ気で作ったノートとプリントを大きめの紙袋２つにパンパンに詰め込むと、母がまだ帰らない時間を狙って、それらを手にして家を出た。

　外はもうすぐ日が暮れようとしていて、そんな大荷物を持ってどこに行くんだ、と、すれ違う人たちにチラチラと見られる。

　それでも私は、迷わず真っ直ぐに道を歩いていく。

　そして、ある場所につくと玄関のチャイムを鳴らした。

　いつもみたいにバタバタと足音を立てながら、勢いよくドアが開く。

「綺月ちゃん！」

　久しぶりに会う奈都は、相変わらず明るくて可愛かった。

　無邪気な笑顔に、じんわりと心が癒やされていくのを感じる。

「綺月ちゃん、どうしたの？」

「ごめん、長い間休んじゃって」

「ううん、そんなのは全然！」

　奈都の顔を、じっと見つめる。

　最後まで教えてあげられたらよかったのになぁ……。

　でも、もうできない。

「奈都、勝手なことを言ってごめん。もうこれで家庭教師を終わりにしたい」

　私は奈都に頭を下げると、奈都はわかりやすいほどに慌てふためく。

「その代わり、これ」

　私は手にしていた紙袋を奈都の足元に置く。

「綺月ちゃん……？」

「私が奈都のためにまとめたノートとプリント。これは絶対にやってほしいっていうのをまとめておいた。あとは中学の時に使った問題集とか、過去問とかも全部一緒に入れたから」

「綺月ちゃん待って……」

「奈都なら絶対受かるから大丈夫。努力は裏切ったりしないから」

「綺月ちゃん！　どうしたの！」

　奈都が私の頬に優しく触れる。

　そこで、やっと自分が泣いていることに気づいた。

「すごく体調悪そうだよ、綺月ちゃん大丈夫？」

　何度も聞かれた『大丈夫？』って言葉。

　そして何度も答えた『大丈夫』が、今は口から出てくれなかった。

「綺月ちゃん、とりあえず中に入ってよ。今ね1人でご飯食べてたんだけど寂しくて、だから一緒に食べようよ」

　あの男は、また奈都を1人にしているのか。

　1人は思っている以上に寂しいことを知っているから、

私は奈都の誘いを断れなかった。

　家に入ると、すぐさまご飯をよそってくれる。

　湯気が立つ温かいご飯と、おいしそうな匂いに私のお腹が無様に鳴る。

「食べよっか」

「うん」

　奈都は笑いながらイスに座ると、私は奈都と一緒に手を合わせる。

　誰かと一緒にこうやって食事をするのが久しぶりで、泣きそうになるのを必死でこらえた。

　奈都の作った料理は、驚くほどどれもおいしかった。

　奈都は勉強ができなくても、こんなにおいしい料理を作れる。

　1人で十分に生きていけるスキルを持っている。

　でも、私にはない。

　そんなマイナスなことを考えていると、机の隅に置かれきれいに畳まれた作文に目がいく。

「私の夢……？」

　それは【私の夢】というタイトルの作文だった。

「これ、卒業日誌に載せるやつなの」

　そういえば中学の時、こういうの書かされたなぁ。

　懐かしくてその作文に手を伸ばすと、奈都に「ダメ！」と奪われた。

「なんでよ、見せてよ」

「嫌だよ、恥ずかしいもん」

「じゃあ読まないから教えてよ、奈都の夢」

　奈都は少し考え込んで、意を決したように顔を上げる。

「私、弁護士になりたいの」

　——え？

　私は思いもしなかった奈都の夢に、思わず箸を落として
しまった。

　こんなに驚くのは奈都に似合わないからではなく、私の
母も弁護士だからだ。

「バカなのになれるわけないよね。無謀な夢だってわかっ
てるけど、頑張ってみたいの」

「そんなことないと思うけど、どうして弁護士になりたい
の？」

　正直母を見ていて、弁護士の仕事がいかに大変な仕事か
を知っていた。

　小さい頃は、毎日大変そうに働く母が滅多に帰ってこら
れないのは弁護士の仕事をしているからだと、弁護士とい
う職業が必要なこの世を呪ったこともあった。

「両親が亡くなった時、弁護士の人に優しくしてもらった
の。とても辛かった時にいっぱい話を聞いてくれてうれし
かったの。だから私もそういう優しい弁護士になりたいと
思ったの」

　そう話す奈都の目は生き生きとしていて、本当に心から
弁護士になりたいんだなと思った。

　「奈都だったらなれる」となんの根拠もないのに予言者
みたいに強く口にすると、奈都はうれしそうに笑った。

「綺月ちゃんは？」

「え？」

「綺月ちゃんの夢は何？」

　私の答えを楽しみに待っている奈都の目がきれいで眩しすぎて、私はあからさまに目を逸らした。

　夢なんてない。

　将来、何になりたいとかもない。

　未来のことなんて考えたって仕方がない。

　今を生きるのに必死なのだから。

　強いて言うなら、私は……。

「お姉ちゃんが幸せになることが私の夢かな」

　優しくて自慢のお姉ちゃんが、今はどこかで幸せに自由に生きていることが、今私が頑張る理由だ。

「綺月ちゃん、お姉ちゃんいるの？」

「うん」

「へぇ、きっと美人だろうなぁ。会ってみたいな！　今度遊びに行ってもいい？」

「遊びに来ても会えないよ、私も何年も会ってないから」

「え？　どこか遠くに行ってるの？」

「うん、どこかにはいると思う」

　お姉ちゃんが自由の翼を手にして、あの家から羽ばたいて向かった場所がどこかはわからない。

　それでもきっと、幸せで生きていると私は信じていた。

「綺月ちゃん、お姉ちゃんのこと大好きなんだね！」

「……うん、そうだね」

　私を置いていったお姉ちゃんを憎んだことも何度もあったけど、それでも戻ってきてと強くは思わない。

　お姉ちゃんの幸せは、私の幸せでもあるから。

「ごちそうさまでした。じゃあ私行くね、勉強頑張ってね」

「綺月ちゃん、本当にもう会えないの？」

　帰り際、奈都はとても悲しそうに私の手を握る。

「いつかは会えるよ、同じ地球上に生きているんだから」

　きっと奈都の言いたいことは、そういうことではないのかもしれない。

　でも、私はそう伝えてこの手を離すしかなかった。

「じゃあね、奈都。頑張ってね」

「うん、綺月ちゃんもちゃんとご飯食べて元気にしててね！」

「あははっ、わかった」

　奈都は私にとって太陽みたいな存在だった。

　いつも明るくて、よく笑う、お姉ちゃんみたいな優しい子だった。

　私は奈都に背を向けた途端、目から涙が溢れた。

　大変だし、不安だったけど、奈都に勉強を教えている時だけは楽しかった。

　奈都に求められることが素直にうれしくて、自分が誇らしかった。

　どんなに辛くても頑張れる気がした。

　でも、私がその生きがいを断ち切ったんだ。

　泣いている場合じゃない、心を切り替えなきゃ。

　お姉ちゃんの幸せを願うなら、死ぬ選択もしない。

　私は死ねない、もっと頑張らないと。

　そして、また私は新しく暗示をかけた。

"お姉ちゃんのために、頑張らないと"

不器用な女

【カオルside】
「ただいま」
「お兄、おかえり」

　帰ってきて早々、奈都の頭を乱暴に撫でてからイスに座ると見覚えのない大きめの紙袋に目がいく。
「ん？　なんだその紙袋」
「これ、綺月ちゃんが渡しに来たの」

　奈都は俺の前にその紙袋を置いた。

　相当重たいのか、置く時に下の階の住人に迷惑がかからないように奈都は優しく慎重に置いた。

　その紙袋には、たくさんのノートや問題集やプリントが入っていた。
「うげっ、これ全部やれってか？　鬼かよ」

　上に置いてあったノートをパラパラと捲り、あからさまに嫌な顔をする。
「もう来れないんだって」
「は？」
「綺月ちゃん、もう来れないんだって。だから代わりにこれを置いていってくれたの」

　奈都の浮かない言葉を聞いて、急に来れないなんてだいぶ無責任だなと思った。

　でもそのノートの内容を見て、すぐに口をつぐんだ。

「……汚え字だな」

　きっちりしてそうなあの女が書く字には思えず、つい本音が漏れる。

「綺月ちゃんいつもきれいな字を書くのに、その紙袋に入っているノートやプリントだけ汚いの。それによく見たら全部、文字が震えてるの？」

「……なんで？」

「わからない。でも、ここことか血みたいなものがついてて。これを渡しに来た時すごく体調悪そうで」

「もしかして寝ずにこれ書いたのか？」

「たぶん」

「この量をか？」

「……たぶん」

　もう、そうとしか思えなかった。

　今にも泣き出してしまいそうな顔で、奈都が口を開く。

「ねぇ、お兄。綺月ちゃんこのままだと壊れちゃうよ」

　奈都の言葉を聞いて、また血らしきものがついたノートを見る。

「お兄、綺月ちゃんの話を聞いてあげてくれないかな」

「なんで俺が」

「だってお兄、信用してない人は家に入れないじゃん」

　年頃の妹がいる家に信用できない奴は徹底して入れないようにしていた俺は、まだ名前も知らなかった綺月を家に入れて奈都に看病まで頼んだ。

　どこか不良を毛嫌いしていて、年下のくせにクソ生意気

で、睨みつけると震えながらも対抗してくる女は今まで会ったことがなかった。

　ファミレスで目が合った時も、公園の前で立ち尽くして俺の仲間を見ている時も、俺の目を見ている時も、ずっと綺月は悲しげな目をしていた。

　その目は、両親を亡くした当時の俺の目に似ていた。

　今の綺月の目にはいったい俺たちがどう映っているのだろう、笑ったらどんな顔をするだろうとやけに気になった。

　少しだけからかってやろうと顔を近づけてみたら、驚くほど顔を真っ赤に染めて動揺していた。

　その反応が、ちょっと可愛いと思ってしまった。

「一條、綺月……」

　俺は小さく綺月の名を口にする。

　聞き覚えのある苗字と、どこか似ているきれいな顔と、物怖じしないその態度に、１人の女の顔が浮かんだ。

　俺の勘違いで終わるかもしれないけど、動いてみる価値はあった。

　めんどくせぇし余計なお世話だろうけど、それで綺月が俺のことを知りたくなったらいいなと思ってしまった。

「お兄、私の話聞いてる？」

「聞いてる聞いてる」

「じゃあ、綺月ちゃんのこと助けてくれる？」

「一応話してみるけど、あんま期待すんな」

　俺はそう言うと、奈都が温め直してくれたおかずを行儀悪く手で掴んで口に入れた。

第 2 章

Againのアジト

「よぉ、綺月」

　学校帰り、目の前に現れた男は驚くほど陽気な顔をして
いた。

　しまった、今日も学校を休めばよかった……。

　私は男の顔を見て真っ先に後悔する。

「ちょっと付き合えよ」

「は？　ちょっと……！　離してよ！」

　男はそう言うと、私の腕を掴み、近くに停めてある大き
くて黒い大層な車に無理やり乗せる。

「ちょっと！　なんなの!?」

　強引すぎる力にまだ本調子じゃない私は、抗えず車に
乗ってしまった。

　そして男も後部座席に乗り込むと、運転席に座っている
人間に声をかける。

　男の一言で車が動き出すと、私は男の肩を思いきり叩く。

「待ってよ、どこ連れていく気!?」

　問い詰めると、男は私の顔を見ながら言う。

「Againの溜まり場」

　──は？

　コイツ、今なんて？

「俺の名前は、佐倉カオル」

　ここで、初めて私はその男の名を知る。

「……」

「お前に名前言うのは初めてだったな。名前聞かねぇから言うの忘れてたわ」

　面白そうにカオルはほくそ笑んだ。

　それよりも、

「Againって、たしか……」

「暴走族だ」

　──暴走族。

　たしかにカオルはそう口にした。

　学校でも話題になっていたAgainという暴走族。

　私には関係のないことだと思っていたのに、これからそのAgainの溜まり場に連れていかれようとしている。

　なんだこの状況……。

「あんた、本当になんなの」

　本心が口からこぼれる。

「俺のこと知りたかったら、黙ってついてこい」

　カオルのことを知りたい？

　別に知らなくてもいい……と思う一方で、気になっていたのは事実だ。

　だけど、なんだろう。

　嫌な予感がして堪らなかった。

　しばらくすると、車が廃工場の前で停まった。

「降りるぞ」

　カオルは車が停まった瞬間にドアを開け、私を置いてそ

そくさと車から降りる。

　どうしよう……。黙ってついてきたけど、こんなところ怪しすぎて降りられない。

　私がモタモタしていると、面倒くさそうにカオルがドアを開けた。

「お前は誘導してやんねぇと降りられねぇのかよ、お嬢様か？」

　そう言うと、カオルは私の手を掴んで無理やり車から降ろす。

　今すぐにでも逃げ出したいくらい、この場所は怖かった。

　使われなくなった廃工場を溜まり場にしているなんて、暴走族では当たり前なの!?

　そんなことを考えながら私が車から降りた瞬間、車はすぐにどこかへと行ってしまった。

　もう逃げられない。

　行くしかないのだ。

　私は意を決して、カオルについていく。

　カオルはシャッターが閉まっている正面からではなく、裏のほうに回って廃工場に足を踏み入れる。

　扉を開けた瞬間、眩しい光と無数の声が耳に入る。

　そこには、私の知らない世界があった。

　工場内は思っていたよりもスッキリしていて、まるでどこかのお店のようなきれいさがあった。

　いろいろな髪色と奇抜な服装をした不良がいて、いくつ

ものライトで工場内を照らしているせいか、外からは想像
もつかないほど中は明るかった。

「綺月、口開いてんぞ」

　カオルは私の顔を見て、ケラケラと笑いながらさらに歩み
を進める。

　野蛮人の巣窟みたいで、怖かった。

　またもやためらっている私にカオルは舌打ちをこぼす
と、腕を掴まれ引っ張られる。

　カオルに気づいたのか、カラフルな頭をした怖そうな男
たちが一斉にこちらに視線を向ける。

　そして、彼らはいそいそと端に寄り始め、気づくとカオ
ルの進行方向には1本の道ができていた。

　その光景に私は顔が引きつる。

　コイツもしかして、この暴走族の中でかなり上の位置に
いるの?

「2階のほうが怖ぇ奴らの集まりだから、1階のほうがま
だ安全だ」

「これのどこが安全なの。っていうか2階もあるの?」

「2階は限られた奴しか入れねぇから、お前はまだ入んな」

「そんなとこ入らないから、絶対私のこと守ってよ!」

「自分の身は自分で守れ」

　無理やり連れてきたくせに、あとは自分でどうにかしろ
と投げ捨てたカオルの背中を私は思いっきり殴った。

　「全然痛くねぇよ、貧弱だな」と笑うカオルに、私は苛立っ
ていた。

　さっきから面白そうに笑いやがって、これだから不良は嫌いなんだよ。

　そんな会話をしていると、気づいたら工場内の真ん中くらいまで来ていた。

「カオルさん今日来るの早いっすね」

　カオルの顔を見た瞬間、静かになった空間を我先にと破ったのが近くにいた赤い髪の毛をした男だった。

「今日はバイトねぇんだわ」

　カオルは、ぶっきらぼうに答える。

　その後も、赤髪の彼のようにカオルに声をかける人もいれば、頭を下げる人もいて、かと思えば尊敬の眼差しを向ける人もいた。

　恐れられ、敬われ、頼られている、そんな感じがした。

　そんなカオルの後ろを歩く、場違いすぎる私は肩身が狭かった。

「カオルさん、その女……誰ですか?」

　誰かがそう尋ねると、カオルは足を止め私のほうを見る。

「"初めて見る女"ですけど、その制服どこかで見たことあるような」

　『初めて見る女』というのは、いつも誰かしら女を連れているということになる。

　その女と私は、まったくタイプが違うのだろう。

　彼らは物珍しそうに私を見てくる。

「んー」

　カオルは私の顔を見ながら返答に悩んでいた。
「俺の女でもないし、かといってダチでも仲間でもねぇしなぁ。お前俺のなんなの？」
　んなこと、私が知るわけないでしょ！
　そう突っ込みたくなったけど、この状況で言えるわけもなく私は代わりにため息を漏らした。
「なんで、お前が面倒くさそうな顔すんだよ」
「あんたは、なんのために私をここに連れてきたわけ？」
「俺に興味持ってもらうためだろ」
「誰が、あんたみたいな不良に興味を持つのよ」
「お前またそうやって外見だけで判断しやがって、いい加減にしろよ」
「不良は、凄（すご）めばいいと思ってる」
「は？　お前マジで──」
　私とカオルのやりとりを、近くにいた奴らが唖然として見ている中、奥（おく）のほうから噴き出すように誰かが大声で笑う声が聞こえてくる。
　その笑い声を聞いて、カオルが明らかに不機嫌（ふきげん）に舌打ちをした。
「カオルが女と痴話（ちわ）ゲンカみたいな会話してるのを見るのは、久しぶりだな」
　奥で笑っていた男は、ヘラヘラしながらこちらに近寄ってきて、不機嫌なカオルの肩に腕を回した。
　カオルに馴（な）れ馴れしい男は金髪（きんぱつ）に髪を染めていて、何度も色を抜いたせいか、髪はかなり傷んでいた。

　長身なカオルと張り合うくらいの高身長で、そんな２人が並ぶと威圧感がすごかった。

　そんな男の手にはカードゲームでもしていたのか、トランプのスペードの４のカードを持っていた。

　そのカードでカオルの頬をパチパチと叩く。

「副総長がなんでここにいんだよ、上にいろよ」

　すると、カオルが押し殺したような声で男に向かって言い放つ。

　副総長……？

　ってことは、ヘラヘラしているこの男がAgainの副総長？

「それを言うならお前もだろ？　総長代理。っていうか俺の副総長は、正式に代替わりするまでの、ただの"つなぎ"だから」

　えっ？　総長代理!?　カオルが!?

　……ってか代理って何？

　暴走族に関してはまったく知識のない私は困惑していると、その男はまじまじと私の顔を見て、またヘラッと笑った。

「可愛いね、キミ」

「え？」

「なんか雰囲気似てるね」

　誰に？と聞き返そうとした時、カオルが乱暴にその男の腕を払って距離を取る。

「マジでベタベタすんなよ、一喜」

「相変わらず態度でけぇな、お前は」

「この時間帯に来ると、一喜がいるから嫌なんだよ」

「はっ！　可愛くねぇな本当お前は！」

　なんだかんだ言いながら仲よさげに話しているカオルと『一喜』と呼ばれた男を見ながら、私はうんざりしていた。

「一喜さんにタメ口で話せるの、カオルさんぐらいだよな」

「カオルさんは特別だもんな、下っ端の時から群を抜いて強かったしよ」

「総長もカオルさんのこと次期総長にずっと推してるしな」

　そんな２人を見て、近くにいた男たちがコソコソと話をしているのがしっかりと私にも聞こえる。

　総長代理って次期総長って意味なのかな？　この男が？

　そもそも、こんな奴らにランクづけしてなんの意味があるんだろうか。

　私にとって、暴走族の上下関係や規則なんてどうでもよかった。

「だから上に行ってろって」

「嫌〜だね〜！　今２階にみんないて、俺の定位置取られてるし」

「……みんないるのか？」

「ははっ、珍しいよな」

　その男の言葉に、あからさまにカオルは"しまった"という顔をした。

　そしてカオルは"今、連れてくるのは間違っていた"と言わんばかりの顔を私に向けた。

「綺月、やっぱり今日は帰れ」

「は？　じゃあなんで連れてきたのよ」

「そうだぞ、カオル！　もう少し遊んでいけよな、な？ かわい子ちゃん！」

「一喜、そういうのマジでいいから。綺月、送っていくから帰るぞ」

　カオルは、またしても強引に私の腕を掴んで引っ張る。

　最初から私はこの男の強引さに苛立っていたのもあって、力一杯その手を振り払った。

「なんなの、本当に！　あんたいったい何がしたいわけ!?」

　私がカオルに苛立ちをぶつけた時、ある声が耳に入った。

「一喜！　聡が呼んでるよ！」

　その声は、聞き覚えのある声だった。

　私が間違えるわけがない。

　でも、間違いであってほしかった。

　私がゆっくりと声のするほうに視線を向けると、その声の主が階段を下りてこちらに近づいてくるのが見えた。

「一喜、みんながいる時は２階にいてって、いつも言ってるじゃない」

「悪い悪い、今行くわ。カオルも来いよ」

「え？　カオル今日早い、ね……──」

　声の主が、私の顔を見て目を見開いた。

　あ、驚いている。でも私も、それ以上に驚いていた。

　何年ぶりだろうか、こうしてお姉ちゃんの顔を見たのは。

「綺月……」

　消えてしまいそうな小さな声で、お姉ちゃんは久しぶりに私の名を口にした。

「ん？　知り合いか？」

　一喜という男は、お姉ちゃんと私を交互に見ながら首をかしげる。

　お姉ちゃんは震える声で、たしかにそう言った。

「……私の、妹」

　その言葉を放った瞬間、一気にまわりがザワついた。

　なんで今、こんな場所で……。

　なんで今なの？

　なんでこの場所でなの？

　そんな疑問が頭に飛び交う中、お姉ちゃんに久しぶりに会えたうれしさと、何も変わっていないお姉ちゃんの懐かしさに私は高揚していた。

　今すぐにでも飛びついて抱きしめたかった。

　また昔みたいに優しい笑顔を向けられたかった。

　でも、すぐに私の頭の中にはお姉ちゃんに執着していた母の顔が浮かんだ。

　今もなお、お姉ちゃんの姿を探す母の、あの恐ろしい顔が私の頭の中をどんどん支配していく。

「綺月、久しぶり」

　お姉ちゃんはそう言って私に手を伸ばす。

　──ダメ、こっちに来ては行けない。

　私は、とっさにお姉ちゃんの手を払いのけた。

「……綺月？」

　今、お姉ちゃんと繋（つな）がりを持ってはいけない。

　お姉ちゃんと繋がってしまえば、母はそのことにいつか気づいてしまう。

　そうしたら母は、お姉ちゃんを何がなんでも取り戻そうとするだろう。

　それは絶対に避けなければいけない。

　考えろ、今一番お姉ちゃんにとっていい選択をするんだ。

「どの面（つら）下げて、私に触れようとしてんの？」

　私は、できるだけ冷たい目つきでお姉ちゃんのことを睨んだ。

「妹とかよく言えたね。私のこと、家族のこと、捨てたくせに」

　投げ捨てるように言葉を放つと、お姉ちゃんの顔がわかりやすく歪んだ。

「ごめん、でも綺月に聞いてほしいの」

「今さら何を聞くの？　あんたの話に耳を傾けている時間なんてこの世で一番無駄なんだけど」

　お姉ちゃんにまた会えたら、話したいことがたくさんあった。

　聞いてもらいたいことも、たくさんあったの。

「大事な受験すっぽかして、家を滅茶苦茶（めちゃくちゃ）にして、家族も壊しておいて、こんな場所で何してるの？」

　でも、もうその望みは叶わない。

　いや……もういっそのこと叶わなくていい。

　だから、お姉ちゃんは戻ってきたらダメ。

「家族を捨てて、こんなバカな頭してバイク乗り回してる
ケンカしか能のないクズたちと一緒にいる選択をしたなん
てありえない！」

　——バチン。

　その瞬間、お姉ちゃんは私の頬を叩いた。

　痛かった、あまりにも痛くて涙がこぼれそうだった。

「私のことはなんとでも言っていいけど、彼らのことを侮
辱することだけはいくら綺月でも許さない！」

　お姉ちゃんの手は怒りで震えていて、こんなにもムキに
なるほど彼らのことを愛しているのだとわかる。

　この場所を大事にしていて、彼らを信用しきっているお
姉ちゃんは、私の知らない人になっていた。

　やっと手に入れたお姉ちゃんの幸せは、この場所だった。

　それを知れてうれしくもあり、寂しくもあった。

「美月、よせ、落ちつけ」

　金髪の男が慌てて止めに入る。

「でもっ……！」

「妹なんだろ？」

　私が死にそうになっている中、お姉ちゃんは幸せそうに
していた。

　それは憎らしいことでもあったけど、私はそれでも純粋
にうれしかった。

「どうした？　美月」

「……聡」

　その時、また新たに2階から別の男が下りてくる。

　私はいつの間にか肩から床に落ちていたカバンを拾い上げると、人の波をかき分けてこの場所から逃げる。

「綺月！」

　カオルの声が聞こえたけど、振り返りはしない。

「どいて」

　早くどいて。そこを早く。

　私は名前もわからない不良たちに言う。

「あ？　誰だよ、お前」

「いいからどいて！」

　私はその男たちを半ば強引に押しのけて、この廃工場をあとにする。

　もうここには来ないし、お姉ちゃんにももう会わない。

　ひと目会えただけで十分だ。

　私は溢れる涙を必死で拭いながら、初めて来た道をわけもわからず歩いた。

　苦しくて何度も立ち止まり、またゆっくり歩き始める。

　それを繰り返しながら、私はどうにか生きていこうとしていた。

修復すべき関係

【カオルside】

　綺月の姉である美月は顔を両手で覆うと、しゃがみ込んで子供のように泣きじゃくる。

　そんな姿にAgain三代目総長である聡は、困惑しながらも美月の背中を優しくさする。

「何があったんだ、説明してくれ。一喜、カオル」

　聡は美月のことになると、ものすごい殺気を放つ。

「俺はよくわかんねぇよ、カオルのほうがわかってんじゃねぇの？」

　一喜も、この状況を上手くのみ込めずにいた。

　この状況を説明できるのは、泣きじゃくっている美月か、綺月を連れてきた俺だけだった。

　俺は面倒くさそうに頭をかきながら、ため息をこぼす。

「なんとなくそうなんじゃねぇかと思ったけど、やっぱり綺月は美月の妹だったか」

　そう言葉を口にすると、美月は静かに頷いた。

　一條と苗字を名乗った時、なんとなく美月の妹ではないのかと察した。

　どこか顔も似ていたし、神経が図太いところも似ていた。

「どういうこと？」

「俺が連れてきた女がたまたま美月の妹の綺月で、久しぶりに顔を合わせた２人がケンカしたんだよ」

「ただの姉妹ゲンカではなかったけどな」

　俺の言葉に、一喜が余計な一言をつけ加える。

「実際、私は綺月を置いてあの家を出ていったし、責められるようなことをしたのは事実よ。綺月は悪くない」

「でも、あれはちょっとイラッとしたっすよ」

　近くにいた下っ端が話に割って入る。

「俺たちのこと、ケンカしか能のないクズとか言ってたし」

「カオルさん、なんであんな女連れてきたんですか？」

「外見で判断する奴とか一番嫌いじゃないですか。正直、美月さんが叩いてくれた時はスカッとしましたけどね」

　余計なことをよくもペラペラと……。

　そいつらを睨むと、殺気が伝わったのか下っ端たちは顔を引きつらせる。

「カオル、睨むな」

「どうしたんだよ、カオルらしくねぇぞ」

　俺らしくないことも、なんでこんなイライラしてしまうのかも俺が一番わからねぇよ。

　でも、お前らだって綺月のこと何も知らねぇだろ。

「美月、いつまでも泣いてんじゃねぇよ」

　自分の顔を隠す美月の手を振り払った。

　そして、美月の涙でぐしゃぐしゃな顔を真っ直ぐに見る。

「切るか、修復するか選択しろよ」

　いつまでも泣いているのは、お前らしくねぇだろ、美月。

　お前だって遅かれ早かれ、綺月とはいつかこんなふうに向き合う時が来るのだと思っていたんだろ？

「綺月のことは大事に思っている、今もそれは変わらない」

「だったら……！」

「修復できるなら元の関係に戻りたいと思う。でも、それを綺月が望んでいないのなら私は綺月にはもう会わない」

　元の関係に戻れるなら、みんなそうしたいと思う。

　でも、それがどれだけ難しいことか俺は身をもって知っていた。

　それでもここに存在しているのなら、生きているのなら、声はまだ届くし仲直りだってできるんだ。

　それに、奈都に綺月を助けてほしいと託された。

　この場所に連れてきてどう転ぶかは、ほぼ賭けだった。

　いずれ、ゆっくりと美月と接触させればいいと考えていたのに、こんな早く顔を合わせることになるとは思いもしなかった。

　完全に誤算だったと、この状況に俺は頭を抱えた。

広がる溝

【菜穂 side】

　その日の夜、カオルの『いつものとこに集合』という一言で、いつものメンバーと遊具の少ない小さな公園で集まって話をしていた。

「え？　今なんて言った？」

　私は手にしていたスマホを地面に落とした。

　私は中学の頃からカオルとは付き合いがあった。

　学校に馴染めず、家にもいづらかった時にカオルたちと出会った。

　そのまま時間がたち、気づいたら仲間みたいな深い関係になっていた。

　もちろん暴走族と繋がっていることなんて、綺月にもクラスの誰にも言っていない。

　こんなこと言ったら、さらに孤立してしまう。

　前にAgainという名前がクラスメイトの口から出た時、綺月の前で知らないふりをするのに必死だった。

　綺月は不良を嫌っているから隠す必要があったから。

　なのに、なんでこうなってるの？

「おいおい、スマホはデリケートのものなんだから大切に扱わねぇと」

　仲間の１人である『せっき』こと藍沢雪希が、誤って落としたスマホを拾ってくれる。

「よかった、割れてなかった……って、それは今どうでも
よくて!」

「だーかーら! 美月ちゃんの妹がうちの溜まり場に来た
んだよ!」

　私は今日の出来事をカオルたちから聞き、開いた口が塞
がらないほど驚いていた。

　混乱しているせいか上手く頭に入ってこず、何度も同じ
ことを聞き返してしまう。

「そこはもうわかったから、そんで? カオルなんて言っ
た?」

「何回目だよ、聞こえてんだろ」

「……綺月が美月さんの妹だってのは聞こえたけど」

「聞こえてんじゃねぇか」

「えっ? マジなの?」

　カオルが、こんなくだらない嘘をつくような人間ではな
いことはわかっていた。

　わかっているのに、頭の中ではこの話が事実へと変換で
きずにいた。

「こんなことってあるの……」

　私は頭を抱え、その場にしゃがみ込んだ。

「そんな落ち込むことか?」

「……当たり前でしょ。やっとできた友達なのに、より
によって綺月が美月さんの妹だったなんて……」

　私にとって、初めてできた友達が綺月だった。

　今まで友達のいなかった私が、意を決して選んだ超有名進学校。

　派手だった髪を黒く染め直し、メイクもせずに、校則をしっかり守った制服で登校する毎日を私は選んだ。

　いわゆる逆高校デビューだった。

　両親共々職業は美容師で、幼い頃から髪をいじくり回され、小学生ながら派手髪で登校していた私はクラスの生徒から反感を買い、教師までもが問題児扱いをしてきた。

　『親の教育がなってない』と、他の生徒の親が口を揃えて言ってきた。

　傍から見れば、たしかにそう見えるだろう。

　でも両親は、私の一番好きな色を髪にまとわせているだけだった。

『菜穂は好きなものだけに囲まれてほしい』

　そんな脳内お花畑な考え方をしているバカげた両親のことを、私は大好きだった。

　実際のところ、好きな色、好きな柄、好きなものをまとうだけで自分のことを好きでいられた。

　だけど、陰口や仲間外れが日常だった小学校から中学校に上がると嫌がらせという〝イジメ〟が追加された。

　１つ大人へと上がった中学生は、いろいろな感情を閉ざされていた引き出しから次から次へと溢れ出していく。

　感情でもっとも厄介だったのが嫉妬や欲望だった。

『この人だけずるい』

『なんでお前だけ』

『私もやりたかったのに』

　そんな感情が渦巻く中、容姿も言動も派手だった私はある女子の逆鱗に触れた。

『出しゃばってんじゃねえよ！　派手女！』

　自分が一番注目されたい彼女にとって、派手で目立つ私が邪魔だったのだ。

　あっという間に私はイジメの対象になった。

　それは3年間ずっと続いた。

　そして3年間、両親にずっと隠し続けた。

　その期間に私は、現実から逃げるように夜の街をブラブラし、しつこい不良に絡まれているところをたまたまカオルたちが助けてくれた。

『いつもこの公園でバカ騒ぎしてるから暇なら来たら？』

というカオルたちの誘いに、仲のいい友達もいなかった私はその言葉に甘え入り浸るようになった。

　カオルたちは暴走族のメンバーだと名乗るだけあって、ケンカはすごく強かった。

　他の不良と比べ、頭1つ、いや2つ3つは抜きん出ていた。

　Againの名前が知れ渡り、カオルたちが一目置かれるようになった頃、このままでは置いていかれると思った私は、最後の最後に抗うように有名進学校の高校を受験した。

　落ちるとみんなに言われたけど、唯一勉強ができたメンバーである『ユキ』こと川島幸人に頭を下げて教えてもらい、死ぬ気で毎日勉強しギリギリなんとか受かった。

　受かったのはいいものの、そこは勉強だけが優位に立てる場所だった。

　勉強が苦手な私がそんなところに入学したところでついていけるはずもなく、あっという間に底辺になった。

　そんな中、私の目の前に綺月という、かっこよすぎる女の子が現れた。

　勉強ができない私のことをバカにするように笑う教師に向かって、綺月は言った。

『大の大人が、ましてや教育する側がそんなんで恥ずかしくないんですか？』

　その言葉を聞いて、胸が高鳴った。

　私は絶対、この子と友達になりたいと強く思った。

　でも綺月と一緒にいる時間が長くなればなるほど、綺月は不良をよく思ってはいないと感じるようになった。

　だから、Againのメンバーと友達だということは絶対綺月に知られてはいけないと、完璧に隠し通してきた。

　なのに、綺月が美月さんの妹だとはまったく考えもしなかった。

　このままじゃ、バレるのは時間の問題だ。

「……暴走族と仲よくしてる私の本性を知ったら絶対嫌いになる」

　床に這いつくばる勢いで項垂れる私の背中を仲間の１人であるユキがポンポンと優しく叩いて慰める。

「にしても……なんで綺月がAgainの溜まり場に？　誰が

連れてきたのよ」
「俺」
　カオルが面倒くさそうに手を挙げた。
「はあ!?　どこで知り合ったのよ！」
「顔怖っ」
「早く答えなさい！　今すぐ答えなさい！」
　私はすごい形相でカオルに迫る。
　言うまで肩を掴む手を離さないという私の勢いに、カオルがため息をこぼす。
「ちゃんと話すから離せよ」
「わかった」
　"早く話せ"と目で促す。

　カオルは最初の出会いから今までの話を簡潔に話した。
　私は目を何度も瞬きさせながらカオルの顔を見る。
　いまだ信じられなかった。
　そんな偶然ですべてが繋がってしまうなんて……。
「だからあんなに体調悪そうだったのか……」
　自分のテスト勉強と並行で奈都ちゃんの勉強も見てあげるなんて、そんなの体を壊すに決まってるのに。
「そこまで体調悪そうだったのか？」
「うん、テスト期間中も体調悪そうで、すぐに結果が貼り出されるんだけど、綺月初めて１位逃しちゃって……そのあと廊下で倒れたの」
「倒れたって相当だったんだな」

「それから2週間休んでて、たぶんその時、奈都ちゃんのためにいろいろ頑張ってたんだと思う」

　思い返せば、2週間休んだ割にはまったく回復してなさそうな顔だった。

　それでも元気になったからって無理して笑って本当にバカな子だ。

　私は深いため息をこぼしながらベンチに座る。

「綺月ちゃんにとっては、自分の体調よりも奈都ちゃんのことが大事だったんだろうね」

　今まで静かに聞いていたユキが呟く。

「そういう子って気づかないんだよね、自分の限界に」

　大事なものを守るためなら自分のことなんて後回しにする人は、これからも一生自分を一番には考えない。

　自分の気づかないうちに少しずつ崩れていって、気づいた時にはあっという間に修復できないくらいに壊れる。

「美月さんの時みたいに救ってくれる人が現れればいいんだけどね」

　ユキの言葉にカオルが強く拳を握った。

「そいつ本当に美月の妹なのかよ」

　仲間の最後の1人、『カイ』こと赤羽海斗が、話の一部始終を聞いてもまだ信じられないという顔をしていた。

「美月さんがそう言ってるんだから、そうに決まってるでしょ！」

「美月は俺たちに初めて会った時、そんな言い方はしなかった。それなのに美月の妹があれ？　あの女？　冗談じゃ

ねぇよ、全然似てねぇ」

「出た〜美月ちゃん信者〜」

　せっきの小学生みたいな冷やかしに、ノールックでカイはせっきの頭を叩いた。

「うわ〜ん！　ユキ、カイがぶった！」

「カイの気持ちもわかるけど、せっきに八つ当たりするなよ」

　ユキは、嘘泣きするせっきの頭を優しく撫でる。

　この光景は毎度よく見る光景だ。

　すぐに余計なことを言うせっきに、すぐに手が出てしまうカイ、それを宥めるのがユキだ。

「八つ当たりじゃねぇよ、腹立ったから殴っただけだ」

「もう！　今はそんなくだらない話してる場合じゃないでしょ！」

「俺にとっては、そいつの話をしてる時点で十分くだらねぇけどな」

「あ？　今なんつった？」

　カイの言葉がカオルの逆鱗に触れ、苛立ちで珍しくピクピクと眉が動かすカオル。

「おいカオル、待て待て」

　嫌な予感を抱いたせっきが、一目散にカオルを押さえながら宥める。

　だけど、その行動もカイの一言で水の泡となる。

「あんな女、美月にとっても害だろ」

　その瞬間、カオルがカイのバイクを思いっきり蹴り倒す。

　ユキとせっきが、もう終わったという絶望な顔で２人を見ている。

「てめぇ、何してんだよ！」

「美月美月きめぇんだよ、お前の目には美月しか映ってねぇのか!?　あ!?」

「カオルこそ妙にあの女に肩入れしてるみたいだけど、何？ついに本命でも作ったわけ？」

「てめぇみたいに毎晩違う女の家に泊めてもらってるヒモに、あれこれ言われたくねぇわ！」

　互いに殴りかかりそうな勢いで胸ぐらを掴んで離そうとはしない。

　どっちかが手を出したら、そこから殴り合いが始まる。

　その前に、どうにか止めないと。

　どんどんヒートアップする口論に、近所迷惑の心配も頭をよぎる。

「菜穂、カイのバイク壊れてないか見てきて」

「わかった」

　ユキに言われ私はカイのバイクが無事かを確認する。

「せっき悪いけど……」

「わかってる、一喜さん呼んでくる」

　何度も見慣れている２人のケンカに、ユキは迅速（じんそく）に対応していく。

　そして、ついにカイのほうから手が出る。

　振り上げられた拳はカオルの頬目がけて猛（もう）スピードで落ちるけど、それをカオルは軽くかわすと、今度はカオルが

カイに蹴りを入れる。

急所こそ外れたけど、カイの服がカオルの足の裏についた泥（どろ）で汚（よご）れる。

それを見て舌打ちをすると、カイは指の関節を鳴らしながらカオルに近づいていく。

「まずいね」

負けず嫌いのカイには言えないけど、カオルはカイよりも遥（はる）かにケンカが強い。

今までカイが挑（いど）んでカオルに勝った試しがない。

それでもカイはカオルに挑み、カオル自身もケンカで手を抜いたりしないから、カイがぶっ倒れるまで、もしくは誰かが止めに入るまで収まりはしない。

ケンカの収拾をするのは毎度ユキの役割で、それがいつもクソほどに面倒くさいと以前ぼやいていた。

お互い意固地なため、どっちかが謝（あやま）るとかはない。

どっちもまず謝らないし、下手に回ることもしない。

とりあえず、先のことを考えるのはこの状況を打開してからだ。

「おい！　お前ら何やってんだ！」

ユキの迅速な対応で、すぐに一喜さんが駆（か）けつけた。

荒々（あらあら）しいケンカを止めるのは、それ以上に荒々しいケンカをする人にしか無理な話なのだ。

ましてやカオルとカイのケンカは、ユキやせっきにも太刀（たち）打ちできない。

頼るならAgain副総長の一喜さんが一番妥当（だとう）だと、ユキ

もせっきも、もちろん私もそう思っていた。

「カオル、海斗」

　ドスが利いた低い声を耳にした瞬間、この場にいる誰もが肩を震わせた。

　恐る恐る振り返ると、一喜さんの後ろからものすごい殺気を放ち、ゆっくりとこちらに歩いてくる聡さんが見える。

「ちょっと、せっき！　誰が聡さんまで連れてきてって言ったのよ！」

　小声でせっきに訴える。

「だって一喜さんの隣に聡さんがいたから！　一喜さんだけ呼ぶのも変じゃん！」

「そこは上手く立ち回りなさいよ！　この状況で聡さんは火に油注ぐようなもんでしょ！」

　Again現総長の聡さんはカオルとカイの顔を交互に見ながら、大きい舌打ちをする。

　カオルはあからさまに嫌そうな顔をし、カイは聡さんを連れてきた私たちを睨んでいる。

「お前ら外でケンカしたら今度こそ殺すって言ったよな？」

「総長が、下っ端のケンカなんかに口挟むんすか？」

「ケンカぐらい好きにさせろよ」

　聡さんの言葉に怯むことなく生意気な態度をとる下っ端は、昔からカオルとカイしかいない。

　一喜さんは、その光景を楽しそうにニヤニヤしながら見ている。

「お前らがケンカしたら、どっちか死ぬまで終わらねぇだ

ろ」

「死ぬのは海斗だ」

「あ？　黙れよ、そうやって調子乗ってる奴こそ寝首かかれて死ぬんだよ」

「じゃあやってみろよ、俺に一度だって勝ったことねぇくせに」

「あぁやってやるよ、ほら構えろよ」

　聡さんの目の前でまたケンカを始めようとしている 2 人に私たちはハラハラしていた。

「アイツら本当バカなのか？」

「完全にバカでしょ」

　コソコソと、せっきと 2 人でカオルとカイをバカ扱いする。

「そんなにケンカしたいなら俺が相手してやるよ、そこに並べ」

　聡さんは目にかかった前髪を乱暴にかき上げると、2 年前の抗争でつけられた大きい額の傷が露わになる。

　その傷を見た瞬間、カオルは構えていた拳を下ろした。

「どうした、並べよ」

「もういいわ、なんか面倒くさくなってきた」

　カオルはそう言うと、さっきまでの威勢は嘘のように消えその場に座り込んだ。

「おい、なに腑抜けたこと言ってんだよ、立てよ」

「いや、もうやる気失せた。そもそも聡が来た時点でケンカなんてできねぇよ、全力で止められるだろうし。なんな

ら俺たちどっちも潰されるだろ」

　カオルがそう言うと、カイも同意見なのかその場に座り
込んだ。

　明らかに戦意喪失した２人を見て、聡さんは最後に大き
いため息をこぼして、もう終わりかよとつまんなそうな顔
をしている一喜さんと溜まり場に戻っていった。

　私は安堵で胸を撫で下ろす。

「海斗、お前何もわかってねぇよ」

「……何が」

「綺月がどういう人間なのか、美月しか見てないお前には
一生わかんねぇよ」

「お前、あの女に惚れてんの？」

「……は？」

「気持ち悪っ」

「おい、また蹴られたいのか？」

「ちょっと！　もうやめてよ！」

　私はまた始まりそうなケンカにうんざりしながら、カオ
ルとカイの頭を思いっきり叩いた。

　この日から、美月さんは溜まり場に顔を出すことが極端
に減った。

　そして綺月も、テストの順位を落としてから勉強に時間
を費やすようになり、時間がたつにつれ、どんどん姉妹の
距離は遠ざかっていった。

意外な来訪者

【カオル side】

　綺月と再会して以来、溜まり場にめっきり顔を出さなくなってしまった美月に俺は自ら会いに行く。

　美月は家を出てから聡と同棲していた。

　聡の家を知っているのは Again の総長代理の肩書きを持っている俺と、副総長の一喜だけだ。

　半ば強引に決まった総長代理が、こんなところで役に立つとは思わなかった。

　俺は躊躇することなくインターホンを押すと、インターホン越しから聡の不機嫌な声が聞こえた。

　これは寝起きだなと、いつもよりも数段低い聡の声に無性に帰りたくなるのを耐えて、ドアが開くのを待つ。

　しばらくするとゆっくりとドアが開き、やはり寝起きの聡が眉間にシワを寄せ立っていた。

「なんだよ」

「美月いるか？」

「……来るのが遅ぇんだよ、入れ」

　聡は俺が来るのを待っていたのか、会う約束もしていないのに待ちくたびれたという表情をしていた。

　家に入ると、俺の顔を見た美月は困ったように笑った。

「コーヒー飲む？」

　美月はちょうど淹れようとしていたのか、手に持ってい

たマグカップを見せてくる。

　俺は、その問いに頷いた。

　コーヒーが出されると、聡が真っ先に口にする。

　美月は俺の目の前に座ると、落ちつかないのか目をキョロキョロさせ、落ちつかせるように一呼吸置いてから口を開いた。

「……綺月のことだよね」

　綺月の名を口にした美月を見て、俺は組んでいた足を下ろす。

「綺月のこと、どうするつもりだよ」

「……どうするって？」

「このままでいいのか？」

「だから言ったでしょ。綺月が私と関わることを望んでないなら私は綺月の気持ちを優先するって」

　美月は平然を装うようにコーヒーを口に含む。

「それって逃げてるだけだろ？」

　正直な言葉を告げると、ゴクリと美月の喉(のど)が鳴る。

「逃げてる……？」

「傷つきたくないから逃げてるだけだろ。綺月のためだとか言って、結局は自分のためだろ」

　図星だったのか、美月はあからさまに目を逸らす。

　その反応が何よりも逃げている証拠(しょうこ)だった。

「家を出ていって後悔してるんだろ？　あんな別れ方正解じゃないって、ずっと負い目感じてるんだろ？　なのに、なんでまた同じことしようとしてんだよ」

　美月も、美月なりに苦しんでいることは知っている。

　何度も帰ろうと実家の前に立って、あとはインターホンを押すだけなのに、そのたった一歩の勇気が出ないのも知っている。

　だけど今、修復できるチャンスを与えられている。

　今を逃したらまた綺月とは会えなくなるはずだ。それは綺月も然りだ。

「綺月は、このままだと必ず壊れる」

「……え？　どういうこと？」

「アイツ、道端で倒れたことある。学校でも一度倒れてるらしい。体はもう限界なんだよ」

　美月の瞳が動揺で揺れる。

「なんであそこまで頑張るのかはわからねぇけど、心まで限界がきたら死ぬぞ」

　美月は『死ぬ』という言葉を聞いた瞬間、前のめりで尋ねてくる。

「私に何ができる？」

「俺が綺月と話せる機会を作るから、綺月に本音を吐かせろ」

「……本音？」

「あれは本音じゃねぇよ。アイツは賢い、もっといろいろなことを考えてる」

　そう告げると、俺はおもむろにスマホを取り出して時間を確認する。

「悪い、時間だ。じゃあ、また連絡する」

「待って、それ私にできると思ってるの？」

　美月は溜まり場で言われた綺月の言葉が、ずっと呪いのように頭から消えないのだろう。

　表情が自信のなさを物語っていた。

　そんな美月に、俺は真っ直ぐな目で強く言った。

「できる、家族だろ」

　できないじゃない、できるまでやれ。

　そう言ってやりたかったけど、聡が見ている前で美月にプレッシャーをかけるようなことを言ったら命はないと思い、グッと耐えた。

　俺は美月たちと別れると、夜からのバイトのために少しだけ仮眠をとる。

　起きると、学校から帰ってきた奈都が夕飯の準備をしていた。

「お兄、頼んでた卵、買ってきてなかったでしょ！」

「あ、悪い、忘れてた」

「もう！　約束１つ守れないんだから！」

　奈都は軽くパンチをして、また包丁を動かす。

　そんな後ろ姿を見ながら綺月のことを考える。

　美月に綺月と話す場を作るって言ったけど、どうするのかまでは考えてないんだよな……。

　学校で、また出待ちするか？

　あの時も強引に車に乗せたしなぁ、今度こそ警察呼ばれるかも。

「どうしようかな……」

「何が？」

「んー？　綺月のことでちょっとな……」

　その時、家のインターホンが鳴る。

「お兄、出てー！」

「はいはい」

　俺は、ゆっくりと家の扉を開ける。

「……は？」

　目の前に立っている人物を見て、思わず素っ頓狂な声が
漏れる。

「誰だったの？　え！　綺月ちゃん!?」

　そこには、ほんの数秒前、どうやったら会えるだろうか
と考えていた人物……綺月が目の前にいた。

　綺月は制服のスカートを強く握りしめながら言った。

「家、しばらく泊めて」

「……は？」

　綺月は荷物を何１つ持たず、家出してきた。

本音は抱きしめてほしい

　お姉ちゃんと会った日以来、私はより一層、勉強に力を注いでいる。

　奈都の家庭教師も辞めて、母に言われたとおり新しい塾にも通っている。

　成績トップでいなくては、母に見放されてしまう。

　私がお姉ちゃんの代わりになるって、自分で決めたんだ。

　投げ出すことは許されない。

　それに、お姉ちゃんの自由を邪魔してはいけない。

　お姉ちゃんの人生に、もう母はいらない。

　呪われているかのように、私は血豆ができるほどペンを動かした。

　母の支配にのみ込まれればのみ込まれるほど、私には自由がなくなった。

　どうしようもない不安と恐怖で夜中に目が覚める。

　ご飯は倒れないための最低限の食事で、いつしか味がしなくなった。

　自分でもわかる。

　もう体が限界だということに。

　眠りたい、でも眠れない。

　食べたい、でも食べられない。

　お姉ちゃん、助けて……。

「綺月」

　母が私の名前を呼ぶ。

　勉強のことでしか、母は私の名前を呼ばない。

「先週、塾の模擬テストがあったわよね」

　そんなのあったっけ……。

　わかんない、覚えてない。

　結果はどうだった？　ダメだった？

　思い出せない。

「あなた、本当に勉強してるの？」

　——え？

「どうして、こんなに点数が悪いの？」

　突きつけられたテストの点数が、歪んでぼやけて上手く見えない。

　息もしづらい。苦しい。

「お母さんが、どれだけあなたにお金を費やしてるかわかってるの!?」

　立っていられなくて、膝から崩れ落ちる。

「何やってるの？　休憩してないで早く勉強しなさい！」

「……お母さんっ」

「どうしてあなたはこんなにもできないのよ！　お母さんを困らせないでよ！」

　母は、机に積んである仕事の資料を怒りに身を任せ床にぶちまける。

　お母さん、聞いて、私の話を……。

「こんなに苦労するなら」

"まだ頑張れる、お姉ちゃんのためにも頑張る"

　また自分に暗示をかける。
「子供なんて産まなきゃよかった……」
　どうにかこうにか耐えていた心の糸が、母の言葉でプツンと切れた音がした。
「……お母さんは、今まで私に何かしてくれた？」
　気づくと、私はそう聞いていた。
「……は？」
「私に勉強以外の何かをしてくれた？　お母さんは、私の何？　完璧な人間を作る製作者か何かなの？」
「何を言ってるの！　してあげてるでしょ！　何不自由ない生活を送らせてあげてるでしょ!?」
「そんなの！　お母さんじゃなくてもできるじゃん！」
　ずっと内に秘めていた言葉が、止まることなく口から次々と漏れ出す。
「そんなに完璧な娘が欲しいなら、自分のクローンでも作れば？」
「親になんてこと言うの！　どうしてそんな言い方するのよ！　お母さんは、あなたに間違った道を進んでほしくないから言ってるのよ！」
「間違ってるよ！　だって、その証拠にお姉ちゃんは出ていったんじゃん！」
　その瞬間、母の目から涙がこぼれる。
　お姉ちゃんが家を出ていったあの日以来、母が泣いてるところは見たことがなかった。
　でも、泣きたいのは私のほうだ。

「あなたも出ていきたいなら出ていきなさい」

　母は泣きながら、そう吐き捨てた。

　違う、私はそういうことを言ってほしいんじゃない。

　どうしてわかってくれないの……。

「お母さんは、それでいいの？」

「……構わない」

「私が出ていったら1人になっちゃうんだよ？」

「余計な気を回さないで！　言ったでしょ、子供なんて産まなきゃよかったって」

　もうダメだと思った。

　母には私の声は届かないのだと。

　それに気づいた時、私は飛び出すように家を出ていた。

　泣きたい気持ちを必死に抑えながら、ただただ気が済むまで歩いた。

　疲れて足を止めた時、自分が財布もスマホも何も持ってきてないことに気づいた。

「……何やってんの、私」

　私はしゃがみ込み、これからどうしようかと頭を抱える。

　スマホを持ってきてないから菜穂には連絡できないし、家もはっきりとはわからない。

　カバンも置いてきたから教科書もないし、明日からの学校はどうしよう。

　財布もないから何も買えない。

　でも、家には帰りたくない。

　その時、ふとカオルと奈都の顔が頭によぎる。

　私は気づくと、奈都の家の前まで来ていた。

　家庭教師を自分の都合で辞めた分際で、居候(いそうろう)させてほしいなんてあまりにも勝手がすぎる。

　でも頼れる人も家を知っている人も……彼らしかいなかった。

　あの男に笑われるんだろうな。

　無一文で家出をするバカどこにいるんだって。

　私は笑われる覚悟(かくご)でインターホンを押した。

　すぐに扉は開いた。

「……は？」

　カオルの、こんなにも驚いた顔を見るのは初めてだった。

「掃除(そうじ)も洗濯(せんたく)もなんでもやるから、しばらく泊めてください、お願いします」

　私は頭を下げる。

「家出してきたのか？」

「……そんなもんです」

「え！　家出!?　綺月ちゃんが!?」

　カオルの後ろから奈都が顔を出す。

「なんでうちなんだよ」

「スマホも財布も置いてきて、知っている家がここしかなくて……」

　手に何も持っていない私を見て、カオルはすべてを悟った顔をした。

「綺月ちゃん綺月ちゃん、今ね、ちょうどご飯できるとこ

ろなの！　早く早く！」

「え？」

　奈都は私の腕を掴むと、グイグイと家の中へ引っ張る。

　私は、いいのかなと思いながらカオルの顔を見る。

「どうぞ、家出少女」

　カオルは扉を全開にして、私を中へと促す。

「ありがとう」

「いいから早く入れ、虫が入るだろ」

「お兄、虫嫌いだからね」

「そうなの？」

「虫は、ちょこまかとうるせぇだろ」

「殺したらかわいそうだから逃がしてあげようって言うのに、いつも容赦なく殺すの」

「デカイのは逃がしてるだろ」

「大きさは関係ないでしょ！」

　2人の微笑ましい会話に、私は心が落ちついてくる。

　もう何度も出入りしている家は無性に安心感があった。

「今日はオムライス作る予定だったけど、お兄が卵買い忘れたから変更してドリアにしたんだ〜」

「ドリアとか作れるの？」

「簡単だよ！　あんなのチーズ乗っけるだけだから！」

「嘘！　もっとなんか乗ってるよ！」

　奈都はウキウキで夜ご飯の準備をする。

　その時、オーブンが焼き上がった音を立てる。

「うわ、おいしそう」

「綺月ちゃん、あれ取って！」

「これ？」

「違う違う、その隣の！」

「あーこれか」

　カオルはイスに座ってご飯ができるのを静かに待つ。

「お兄、できたご飯くらい取りに来たらどう？」

　奈都が机に料理を並べながら嫌味っぽく言う。

「大黒柱は動かないんだよ」

「ねぇ、綺月ちゃん今の聞いた？」

「聞いたー、絶対モテないでしょ」

「残念ながら顔がいいからモテるんだよな」

「クラスの子がイケメンは３日で飽きるって言ってたよ！」

「誰だ、そんなこと言った奴は」

　そういえば、カオルと奈都がこんなに会話をしているのを見るのは初めてだった。

　いつも夜遅くに帰ってきて最低な兄だなんて思ってたけど、普通に仲よさそうに話してて、私はまた少ない情報だけで勝手に決めつけようとしてたんだなと反省する。

「じゃあ、いただきまーす！」

　奈都の大きな声の挨拶に釣られるように、自分の家では滅多に言わない"いただきます"を言った。

　奈都の作った料理は温かくてやっぱりおいしかった。

「前も思ったけど、本当に料理上手だね」

「頑張ったからね！」

「最初は全部焦がしてたよな」

「それでもお兄は全部おいしいって食べてくれるんだよ、優しいでしょ？」

「へぇ、意外……」

「意外ってなんだよ、見たまんまだろうが」

　誰かと夜ご飯を食べるのは久しぶりすぎて、思わず泣きそうになった。

　最近、に入れるもの全部味がしなくて、食べてるのに吐きそうになって苦しかった。

　誰かと他愛もない会話をしながら食べるご飯は、さらにおいしく感じた。

「じゃあ俺、夜のバイトだから行くわ」

　夜ご飯を食べ終わったあと、奈都はすぐにお風呂に入りに行った。

　その間にカオルは身支度を終え、財布を乱暴にポケットに突っ込む。

「あのさ」

　私は靴を履いているカオルに話しかける。

「聞かないの？　なんで家出したのかって」

　居候させてもらう身としては、何も事情を話さずに衣食住を提供してもらうのはすごく心苦しい。

　だからと言って、すべてを話すのは気が引ける。

「話したいなら自分から言うだろ。でも言わないのは話したくないからだろ？　無理に聞き出すほどせっかちじゃねぇから、話したい時に話せ。気が済むまでここにいても

らって構わねぇから」

　カオルの優しさに鼻の奥がツンと痛くなる。

　泣きそうになって慌てて俯くと、カオルは私の頭を乱暴に撫でて家を出ていった。

　私、もう1人の妹だと思われてる気がする……。

「あ、お姉ちゃんに口止めするの忘れてた」

　でも、アイツはすぐにペラペラと言いふらすような奴じゃないと信じられる。

　頼ってよかったと私は心から思っていた。

　その日、私は布団に入って久しぶりにすぐに寝つけた。

「……綺月、綺月」

　誰かに呼ばれている気がして、私は重たい瞼を薄らと開ける。

　もしかして、お姉ちゃん……？

　お姉ちゃん、今そこにいるの？

「……お姉ちゃん」

　私は近くにあるその手を握る。

　手の温もりが心地よくて、私はまた瞼を閉じた。

「お前、本当はお姉ちゃんのことすげぇ好きだろ」

　そう誰かに問われ、私は目を閉じたまま頷いた。

「好きだよ、当たり前だよ。だから……ずっとそばにいて。お姉ちゃん……」

　そこで、また私は眠りについた。

　私が目を覚ますと、太陽が元気に顔を出していた。

　壁に立てかけられた時計を確認すると、昼の12時を過ぎていた。

　まずい……寝すぎた……。

　こんなにぐっすり眠れたのは久しぶりで、不思議と体も軽かった。

　窓を開けると涼しい風が髪を揺らす。

　しばらく風に当たっていると、お風呂場からガタゴトと物音が聞こえてくる。

　……何？　誰かいる？

　身構えながら恐る恐る人を確認すると、お風呂場の扉から上半身裸のカオルが髪をタオルで拭きながら現れた。

「驚いた、あんたか……」

「やっと起きたのかよ」

「ごめん、なんかすごく寝ちゃってた」

「よっぽど疲れてたんだろ？　別に構わねぇよ」

　カオルは水を口にすると、部屋中を歩き回りながら髪の毛を拭いている。

「お前さ、学校どうすんだよ」

「……どうしようか」

　カバンも家だし、教科書もないくせに学校へ行っても何しに来たんだってなるだろうな……。

「カバンやスマホ、財布くらい取りに帰れよ」

　それが一番手っ取り早いけど、一度あの家に戻ったら、また出られなくなりそうで怖いんだよなぁ……。

「それよりさ、服着てくれない？」

　話を変えるついでに、普通に上半身裸でいるカオルを注意する。

　見ないように見ないようにと目を背けていたけど、やっぱり着てほしい。

「暑い」

「そういうの見慣れてないから私が困るの！」

　私が布団を畳みながらなるべく視界に入れないようにしていると、カオルは面白そうに笑いながらジリジリと私に近づいてくる。

「ちょっと来ないでよ！」

「見慣れてないなら、じっくり見て慣れればいいだろ？」

「そんな慣れる必要もないから」

「あ？　お前、気持ちいいことする時はお互い全裸になるんだぜ？　上半身裸でワーワー言ってるとかどんだけ子供なん……痛っ！」

　私は、枕をカオルの顔面目がけて力一杯投げる。

　やっぱり最低だ、不良はろくなことを言わない。

　私はカオルを睨みながら、ゆっくりとまた距離を取る。

　だけど、カオルの長い足で一瞬にして距離を詰められる。

「本当に来ないでよ」

　その時、カオルが腕を掴む。

「え？　ちょっと何……」

　濡れた前髪の隙間から、鋭い目が私を捉えて離さない。

　これ以上何かしそうになったら、ぶっ飛ばそうと身構え

る。居候の身だけど、軽い男は大嫌いだ。

　だけどカオルは私の顔をじっと見て、すぐに腕を離した。

「お前、顔真っ赤だぞ、耳も首も」

　そう言われて、火照っている頬を両手で隠す。

「ねぇ！　本当にやめてよ！」

「ぶははっ、可愛いなお前」

「もういいから早く着てってば！」

「はいはい、わかったから枕投げんな」

　コイツ本当にムカつく……。

　信じられる奴だって一瞬でも思った私がバカだった。

「俺、仮眠とるから騒ぐんじゃねぇよ」

「１人で騒いだりしないから！」

　カオルは眠そうに欠伸をしながら私を見て笑った。

「待って」

「ん？」

「髪、乾かさないの？」

　まさか、そのビショビショな髪で寝る気？

「いやいつも乾かしてねぇけど」

「ダメだよ、風邪引いちゃう」

「いやいや引かねぇよ、そんなガキじゃねぇし」

　バカにしたように笑うカオルの腕を掴むと、無理やりイスに座らせる。

「私が乾かしてあげる」

「は？　別にいいから」

「いいから、眠たいなら寝ててもいいし」

　私はそう言うと、ドライヤーでカオルの髪を乾かし始める。

　ぬるい温風が髪に当たっているせいか、カオルが少しウトウトし始める。

　やっぱり疲れてるんだろうな……。

「……髪の毛、意外ときれいだなぁ」

「……あんまり染めたりしてねぇから」

　小さく呟いたひとり言は、ウトウトしているカオルにも聞こえていた。

「あんたは黒が似合うよ」

「俺はなんでも似合うんだよ」

　相変わらずナルシストだな。

　私はサラサラな髪の毛を触りながら、昔のことを思い出す。

　よく、お姉ちゃんが私の髪の毛を乾かしてくれた。

　ズボラな性格だから濡れた髪のまま寝ようとすると必ずお姉ちゃんに止められて、髪を乾かしてくれたのだ。

　その時間がすごく好きだった。

　そのせいでお姉ちゃんがいなくなったあと、自分で髪の毛を乾かす時間が昔よりも嫌いになった。

「よし！　終わった！」

「悪いな」

「ちゃんと毎日乾かすんだよ」

「……お前がまた乾かしてくれねぇの？」

「甘えるな」

「ッチ」

　髪の毛をセットしていないカオルは、さらに色気が増す気がする。私はドライヤーを片づけながら、顔だけはいいんだよなと心の中で呟いていた。

「そういえばあんたってピアス何個開いてるの？」

　カオルは耳に複数のピアスをつけていた。

「忘れた」

「ピアス開ける時って痛いの？」

「全然」

「開け慣れてる人に聞いても意味ないか」

　私はカオルが首にかけているタオルを取ると、洗濯物のカゴに入れる。

「何？　開けてぇの？」

「開けるつもりはないかな」

「じゃあ、なんで聞いたんだよ」

「あんたみたいな人種と関わったことないから、単に興味が湧いただけ」

「不良のことを人種とか言うなよ」

　カオルはため息をつきながら、立ち上がると自分の部屋の扉を開ける。

「寝るの？」

「ん、眠い」

　欠伸をしながら私の顔を見る。

「おやすみ、カオル」

　その時、無意識に私はカオルの名前を呼んだ。

　カオルは一瞬驚くと、顔に手を当てて長い息を吐いた。

「……何？」

「……お前、急に名前呼ぶなよ」

「えっ？　ダメ？」

「ダメじゃねぇけど、人が必死で抑えてるってのに。あんま俺を誘惑（ゆうわく）すんなよ、持たねぇから」

　カオルはそう言って扉を閉めた。

「……別に誘惑したつもりないんだけど」

　私はカオルが言った意味がわからず首をかしげた。

　夕方になると、奈都が元気に帰宅してくる。

「綺月ちゃん今日すごい寝てたよ」

「うん、すごい寝てた」

　奈都は手洗いうがいをすると、すぐさま机の前に座る。

「ねぇ、奈都」

「ん？」

「私、また奈都の家庭教師やっていいかな？」

　それが今、奈都に返せる唯一の私ができることだから。

　そう言うと、奈都を花を咲（さ）かせたみたいに笑った。

「やったー!!」

「しっ、奈都静かに。カオルが寝てるから」

「本当にいいの!?」

「奈都がよければ……」

「そんなのいいに決まってるじゃん！」

「だから静かに」

　奈都は家庭教師復活に飛び跳ねて喜んだ。

　「さっそくだけど」と、付箋が大量に貼られている問題集を持ってくる。

　奈都は私が以前言っていたとおり、わからない問題には付箋を貼り続けて、ずっと待っていたのだと言う。

　それに心苦しくなって、何度もごめんと謝った。

　私は奈都と一緒に、付箋が貼られた問題を1つずつ解いていく。あんなに苦痛だった勉強ができるのが今はなぜかうれしくなった。

　その日から夜は奈都の勉強をみっちりと見てあげて、学校に行かない代わりに昼間は家の掃除や洗濯をやるようになった。

　たまに奈都に料理を教えてもらったり、すぐに濡れた髪の毛で寝ようとするカオルの髪を乾かしてあげたりした。

　楽しい時間を過ごせば過ごすほど、自分が辛い現実から逃げようとしているのが見てとれた。

　このままではいけないのはわかっている。

　これ以上学校を休むわけにはいかないし、菜穂もきっと心配しているはずだ。せめて母に連絡はしないと。

　でも、そのためには一度家に戻らなければいけない。

　頭では理解しているのに、その勇気が出ない。

「綺月ちゃん？」

「……ごめん、ぼーっとしてた。わからないとこあった？」

　奈都が心配そうに私の顔を覗き込んでくる。

「綺月ちゃん、私はずーっといてくれてもいいんだよ。むしろ。ずっといてほしいって思ってる」

「どうしたの？　急に」

　奈都はペンを置くと、私に体を向き直す。

「綺月ちゃんが来てから、お兄がちゃんと家に帰ってくるようになったの」

「え？」

「お兄ね、たぶん私とずっといると、ときどき息が詰まるんだと思う。お兄は私のためにいろいろなもの犠牲にしてきたから、私の顔を見ると昔のこと思い出したりしてるんだと思うの」

　奈都は自分の複雑な気持ちを伝えようと、言葉を一生懸命選んでいた。

　私はそれを黙って聞く。

「私はお兄のお荷物だから」

　私もそんなふうに思っていた。

　私は、お姉ちゃんと母のお荷物になっていると。

　実際、母には子供なんて産まなきゃよかったとハッキリ言われたし、お荷物以外の何物でもないんだろうな。

　でも奈都とカオルは違うと思った。

　それは2人を見ていればわかる。

「でもね、最近は綺月ちゃんが家にいるからすぐに帰ってきてくれるの」

「もしかして、ずっと寂しかった？」

「お兄には一生言わないけど、仕事なんて辞めてずっと私

のそばにいてほしいって思ってる」
「私も一生言わないかな」
「え？」
「帰ってきてほしいなんて、一生言えない」
　人は、ある程度は我慢が必要だ。
　寂しいとかそばにいてほしいとか、そんなわがままを一方的には言えない。
　だって困らせてしまうのが目に見えているから。
　でも、もし本当に限界を感じた時には言ってみてもいいんじゃないかと思う。
　壊れてしまってからでは遅いのだから。
「奈都、寂しかったら私が抱きしめてあげる」
「え？」
「いつだって抱きしめてあげる。でも、それでも寂しかったら、ちゃんと言うんだよ」
　奈都は不安そうな顔をする。
「大丈夫、アイツは奈都のこと大好きだから」
「……本当に？」
「見ててわかるよ、シスコンだなって」
「うん、ありがとう」
　奈都は少しスッキリしたのか、いつもの笑顔を見せる。
「綺月ちゃんも、寂しかったらいつでも抱きしめてあげるからね」
「ふふっ、ありがとう」
　奈都の優しさや無邪気さに救われる。

　私もこんなふうにもっとお姉ちゃんの前で笑っていれ
ば、お姉ちゃんを救えたのだろうか。
　いや、そんな単純な話ではない。
　誰かの真似をしたところで、本心ではない笑顔を向けた
ところで、誰も救えないことは私にでもわかる。

　今日はこの家に来てから珍しく寝つけなくて、奈都を起
こさないように静かに部屋を出ると、私はリビングの窓を
開けて生温い風を浴びていた。
　その時、バイトから帰ってきたカオルがまだ起きている
私を見て呆れたように笑った。
「まだ起きてたのか」
「なんか寝つけなくて」
　カオルは冷蔵庫からミネラルウォーターを取り出すと私
の近くのイスに腰かける。
「昼寝でもしたのか」
　カオルが喉を鳴らしながら、水を口に含んでいく。
　昼寝して寝つけないて子供じゃないんだから、と内心思
いながら窓を閉めた。
「……バイトいくつやってるの?」
　寝つけないからカオルを話し相手にする。
「ＢＡＲのバイトと、警備員のバイトと、たまにキャバの
ボーイのバイト」
「キャバのボーイ?　何それ?」
「キャバクラで働く男のスタッフみたいな」

　そんな仕事してるんだ……だから、たまに香水の匂いが強い時があるのか。

「時給がいいんだよ、そういう夜の仕事は」

　生活費も稼いで、さらに奈都の学費も払っているとなると、それだけのお金を1人で稼ぐのにどれくらい時間がかかるんだろうか。

　どれだけ大変なんだろうか、私には計り知れなかった。

　たくさんのものを捨てたんだろうし、たくさん傷つけられたんだろう。

「生きていくには金が必要だからな」

　きっと母も私たちを育てるために、たくさんものを捨てたんだろう。

　私には、お金を稼ぐことの大変さはわからない。

　だからこそ、カオルを見てると母に申し訳なくなる。

　私は本当にお荷物だ。

「ごめんね、カオル」

「んだよ、急に」

「あんたはいいお兄ちゃんだよ。不良だってバカにしてごめん」

　私は泣きそうな顔でカオルに謝った。

　またいろいろと頭の中で考えて、ぐちゃぐちゃになる。

　何1つ自分の心の中が整理できない。だからなのか、私はここに来てまだ一度も自分のことを話してはいない。

「じゃあもう寝るね」

「あぁ、おやすみ」

「おやすみ」

パタンと扉を閉めた。

ちゃんと自分の気持ちを整理しないと。

その次の日、

【一度家に帰ります】

と置き手紙を残し、カバンを取りに帰るため私は一度家に戻ることに決めた。

このまま学校を休み続けるわけにはいかないし、菜穂にも連絡したかった。

私は心を落ちつかせて、2週間ぶりに家の扉を開けた。

扉が閉まると、やっぱり家の中は外よりも静かで急に怖くなった。

玄関には脱ぎ投げたように散らばった母の靴があった。

それに違和感を覚える。

いつも母はきっちりと靴を揃える人なのに、こんなに散らばっている状態を見たのは初めてだった。

ゆっくりと廊下を歩いていき、リビングを静かに覗く。

カバンは家を出ていったあの日以来、同じ場所に放置されていた。

私がリビングに足を踏み入れると、母は床に座って窓から見える庭をずっと見ていた。息をしているのか不安になるくらい、ピクリとも動かない。

「……お母さん？」

心配になって声をかけるけど、母から返事はない。

　こんな母は見たことがなく、何か嫌な予感がして私はその場からすぐに立ち去りたくなった。

　私はカバンを手にしてリビングを出ようとした時、母が私を引き留めるように静かに口を開いた。

「裏切り者」

　母の小さく放った言葉は、私の耳にもしっかりと届いていた。足首を掴まれているかのように、力を入れてもピクリとも動かない感覚が襲う。

「お腹を痛めて産んだのよ」

　母がゆっくりと立ち上がる。

「出産費、入院費、オムツ代やミルク代、定期健診（けんしん）の費用、産まれただけでたくさんのお金がかかる」

　……苦しい、息の仕方がわからなくなる。

「いったいここまで育て上げるのにどれだけのお金がかかったか、あなた計算できる？」

「……お母さんっ」

「そのお金、あなた返せる？」

　そんなお金、もちろん返せない。

　我慢できず涙がこぼれる。

「お母さんを捨てるなら、そのお金を払ってから消えてくれない？」

「……できない」

　私が首を振ると、母は乾いた笑みをこぼす。

「だったら！　ここにいなさいよ！」

　母が私のカバンを奪い取ると床に叩きつけた。

　まるで、自分が母に殴られたかのように痛かった。

「払えないなら、お母さんの言うとおりに生きなさい！」

　母の望むとおりに生きたら、本当の私はどこに行くの？

「……そんなの、死んでるのと同じだよ、お母さん」

　本当の私が死んだら、きっとこの取り繕った私も死ぬ。

　母は私の言葉にひどく傷つけられた顔をした。

「私の言うとおりにしないのなら、もうお母さんなんて呼ばないで」

　……そんなの、あんまりだよ、お母さん。

　母はフラフラな足取りで、また床に座り込むと私の存在を消した。

　私は力なくその場に座り込み、しばらく動けなかった。

　涙は不思議と止まっていて、それ以上は出なかった。

　気づくと、どうやって死のうか考えている自分がいた。

　何時間そうしていたのかわからない。

　母はそれ以降一言も話さず、私のことなんて見向きもしなかった。

　カバンの中に入ったスマホが鳴り、やっと動く気持ちになって必死に手を伸ばしてスマホを開いた。

　着信は菜穂からだった。

　その他にも、菜穂の不在着信と留守番電話とメッセージがたくさん入っていた。

　フラフラな足取りでなんとか家を出ると、もう景色は夜になっていた。

　この時の私は気づいていなかったけど、丸1日あの家で放心状態になっていた。

　鳴りやまない着信音に、私はやっとその着信に出た。

《綺月？　やっと出た！　もしもし、どうしたの？　何かあったの？》

　久しぶりの菜穂の声に気づくと足は止まっていた。

《……綺月？　大丈夫？》

　何度も聞かれた大丈夫？　に、もう笑って大丈夫だと返せなくなった。

「菜穂っ」

《ん？》

「……もっと早く大丈夫じゃないって言えてたらよかった」

　そう言った直後、充電切れでスマホが落ちた。

　最悪なタイミング……。

　私はスマホをカバンにしまうと、近くの公園のベンチに座った。

　すごく疲れていて、目を閉じたらそのまま眠ってしまいそうだった。

　このまま深い眠りにつけたら楽なのにな……とさえ思っていた。

　だけど、ゴツゴツした寝心地最悪なベンチで深い眠りになんてつけるはずもなく1時間程度で目が覚めた。

　これからどうしようか、カオルの家に戻るべきなのか。

　でも、もう勉強する理由も、私が生きる存在価値もなくなってしまった。母にとって私はもう娘とも思いたくない

存在に成り下がってしまった。

　私は街灯も少ない真っ暗な公園の中、1人でずっと考えていた。

　その時、バイクの音が聞こえてきて、公園の前でそれは止まった。

　それと同時に光が差し込んだ。

　顔を上げると、バイクのライトが眩しくて自分が照らされているのだと気づく。

　え……何……？

「綺月！」

　その時、菜穂の声が聞こえた。

　気のせいかと耳を疑ったけど、私に向かって走ってきている菜穂の姿が見えて、気のせいではないのだと確信する。

　菜穂は走ってくる勢いのまま私を抱きしめた。

「え？　菜穂？　なんで？」

「こんなところで何してるのよ！　バカ！　すごい心配したじゃない！」

　菜穂が強く強く抱きしめる。

　私は困惑しながら菜穂の背中に手を回すと、バイクに乗っていた男も降りて近づいてくる。

　見覚えのあるバイクに、もうその人が誰なのか顔を見なくてもわかった。

「てめぇ、ふざけてんのか」

　鬼のような形相で睨みつけるカオルがいた。

　菜穂は泣いているし、カオルはものすごい怒っていた。

　私だけがこの状況を上手くのみ込めていなかった。

「菜穂どけ」

「ちょっとカオル何する気!?」

「ムカついてんだよ、一発殴らせろ」

「ちょっとやめてよ！　相手は女なんだよ！」

「女も男も俺には関係ねぇ、いいからどけ」

　2人は、もしかして知り合いなの？

　下の名前で呼び合っている2人を見て、私はさらに困惑する。

「それよりユキたちに見つけたって連絡入れて」

「そんなのお前がやれ」

「いいから！」

　カオルは舌打ちをすると、渋々誰かに連絡を入れ始める。

　私は困惑しながら菜穂の顔を見ると、菜穂も困ったように笑った。

「電話の時に綺月がおかしかったから、みんなに綺月を探してほしいって連絡したの」

「連絡……？」

「私、Againの暴走族のことよく知ってるの」

　……え？　菜穂が？

「メンバーとまではいかないけど、カオルたちとよく一緒にいるの。ごめんね、ずっと黙ってて」

　菜穂がずっと伝えるべきか迷っていたのが、その申し訳なさそうな顔ですぐにわかった。

　たぶん私が不良を嫌いだと気づいていたから、言い出せ

なかったのだろう。

　変に気をつかわせてしまったことに、私も申し訳なく感じた。

「今から幸人が来る、菜穂は幸人の後ろに乗っけてもらえ」

「うん」

「綺月、お前は俺の後ろだ」

　カオルは菜穂が被(かぶ)っていたヘルメットを渡してくる。

「ちょっと待って、今からどこか行くの？」

「美月のとこ」

「は？　なんでそうなんのよ！」

　私はカオルにヘルメットを返すけど、カオルは受け取るどころか、殺気を放ちながらまた睨みつける。

「今、Againのメンバー全員がお前のことを探してる」

「え？　なんで？」

「美月の妹だからだろ！」

　カオルの怒鳴(どな)り声に驚いて、思わず肩が跳ねる。

「Againにとって美月は大事な存在だ。その美月が大事だって言うもんは、俺たちも大事なんだよ」

「……でも、私はお姉ちゃんとは縁(えん)を切ってるし」

「あーごちゃごちゃうるせぇな！　とにかくお前は今Againに迷惑かけてんだよ！　とりあえず迷惑かけてごめんなさいってみんなの前で謝れ！」

「はぁ!?　別に頼んでないし！」

　カオルは黙らない私についに手が出て、乱暴に胸ぐらを掴む。

「ちょっと、カオル！」

　慌てて菜穂が止めに入るけど、カオルは離そうとはしない。

「だったら頼れよ！」

　カオルの声が公園内に響く。

「……は？」

「本当は限界なんだろ？　誰かに助けてほしいんだろ？」

「……」

「ずっと待ってんだろ？　美月のこと」

　図星だった。心も体も限界で、心の中ではお姉ちゃんに助けてほしいと叫んでいた。

「もう早く乗れ」

　乗らないと逃がしてくれそうにないと思い、渋々ヘルメットを被るとカオルの後ろに乗る。

　ずっとお姉ちゃんはどんな気持ちであの時バイクに乗ったのか知りたかった。

　カオルみたいに、バイクに乗ってどこへでも行ってみたかった。

　バイクに乗り込むと、カオルは躊躇することなくエンジンをかけた。

　近くで聞くとうるさいんだろうなと思っていたけど、想像よりも遥かにうるさかった。

「ちゃんと掴まれ」

　そう言われ、私はカオルの腰に手を回してしっかりと掴まった。

　カオルは私を乗せているからか、他の車とも大差ないくらいのスピードで走らせていた。

　風が気持ちよくて思わず笑みがこぼれた。

　流れゆく景色がどれも新鮮で、思っているよりずっと楽しかった。

　しばらくすると、一度来た溜まり場についた。

　ここに、お姉ちゃんがいる。

　そう思うと、なかなか前に進めなかった。

「綺月」

　カオルが私の名前を呼ぶ。

「美月が待ってる」

　私も本当は、ずっとお姉ちゃんの帰りを待っていた。

　もしかしたら、今私たちは同じ気持ちでいるんだろうか。

　そう思ったら、怖い気持ちが少し和らいだ気がした。

　私は意を決して、Againの溜まり場に再び足を踏み入れた。

　中に入ると、真っ昼間のように中は明るかった。

　私は、初めて２階に繋がる階段を上る。

　途中何度も引き返そうと思ったけど、後ろにいるカオルが早く行けという顔をしてくるので、仕方なく前に進んだ。

「ちょっとそこで待ってろ」

　カオルは奥の部屋の扉を２回ノックしてから開けた。

　そして、カオルはしばらく誰かと話したあと、私をその

部屋に手招きする。

「やっぱり、行かない」

「……おい」

「お姉ちゃんには会わない」

　会ってしまったあと、自分がどうなってしまうのか先のことが手に取るようにわかった。

　だから私はその部屋には入らない。

　私はカオルに背を向けると、元来た道を引き返す。

「綺月！」

　でもそれはできなかった。

　お姉ちゃんの声が私を引き止めた。

「待って綺月、私は綺月と話がしたい」

　お姉ちゃんは一歩一歩私に近寄っているのか、震える声や息づかいさえも耳にしっかりと届く。

　だけど、私は背を向けたまま振り向こうとはしない。

「あの日、家を出ていって本当にごめんなさい」

　お姉ちゃんが私の背中に向かって謝る。

　お姉ちゃんは私を置いて家を出たこと、2年間もの間姿を見せなかったことにずっと負い目を感じているのか、声からでも申し訳なさが滲み出ていた。

「何度も綺月に会いに行こうと思ったの。でも、綺月の立場になって考えた時自分だったら腹が立つなって思った。綺月に嫌われるのが怖くてずっと逃げてた」

　みんなが息をのみ見守る中、私はずっと堪えていた。

「でも、やっぱり私は綺月のことが大事だから、このまま

じゃダメだって思ったの。昔の関係に戻りたいとまでは言わないけど、せめてまた話がしたい」

　お姉ちゃんの言葉は、すべて本心だった。

　私にも、それはちゃんと伝わっていた。

　本心には本心で返さないといけない。

　だけど伝えたいことがたくさんありすぎて、何から話せばいいのか上手く言葉がまとまらない。

「綺月、一番伝えたいことを伝えればいい」

　カオルが私の気持ちに気づいて、助け舟を出してくれる。

　カオルの声が今までにないくらい優しくて、その言葉がそっと私の背中を押してくれた。

　私は覚悟を決めて振り向くと、お姉ちゃんの顔を目を逸らさずに見る。

「私は、お姉ちゃんが幸せでいてくれるなら自分のことはどうでもよかった」

"大丈夫、まだ頑張れる"

　使い古されてボロボロになったその言葉を、何度も修繕して使っていた。

　私が頑張れば、お姉ちゃんは自由に生きられる。

　それだけが私の頑張れる理由で、それが私の幸せだった。

「それはたしかに私の本心で、本当にそれだけを思ってた」

「……綺月」

「でも、本当に本当のことを言うと、お姉ちゃんに帰ってきてほしかった」

　必死に耐えてきた涙が一粒こぼれる。

　それが引き金となって、ダムが崩壊したように大粒の涙が頬を濡らす。

「本音を言えば、ずっとお姉ちゃんに抱きしめてほしかった」

　ずっと押さえ込んでいたものが一気に溢れ出て、崩れるようにその場に座り込んだ。

「……ごめんっ、綺月ごめんね」

　お姉ちゃんは私の側に駆け寄ると壊れやすいものに触れる時のように慎重に優しく抱きしめた。

　久しぶりに抱きしめられたお姉ちゃんの匂いは、別の人みたいに嗅いだことのない匂いに変わっていた。

　それでも安心する匂いだった。

　私はしばらくお姉ちゃんにしがみつき、気が済むまで子供のように泣いた。

　お互い素直に本音を打ち明けていたら、もっと早く仲直りできていたのかもしれない。

　かなりの遠回りをしたけれど、その日はたしかに私たちにとって人生で一番幸せな瞬間だったと思った。

世話の焼ける女

【カオル side】
　綺月はやっと泣きやんだかと思えば、今度は美月を抱きしめたまま眠ってしまった。
「赤ちゃんかよ」
　鼻も目も真っ赤な綺月を見て笑いがこぼれる。
「奥のベッドで寝かせてやれ」
　一部始終を静かに見ていた聡は、美月から離れようとしない綺月の頭を撫でながら言う。
「ったく、世話が焼けるな」
　綺月を持ち上げると、起こさないように静かにベッドに寝かせる。
「美月も頑張ったな」
「今日、ここに泊まっていい？」
「あぁ、もう遅いしみんな泊まってくだろ」
　後ろで美月と聡がそんな会話をしていた。
「また明日来るから」
　俺は、美月とわかり合えた安堵感で眠ってしまった綺月をベッドに運び、無邪気に眠る彼女の髪を撫でながら頬にキスをする。
　奈都が家にいるので帰ろうと立ち上がると、すぐ後ろに一部始終を見てしまったと言わんばかりの驚いた顔で菜穂が立っていた。

「カオル、あんた……」

「俺は帰るから、綺月よろしくな」

　キスのことには一切触れず、不敵な笑みを浮かべる。

　菜穂は、あからさまに顔を引きつらせた。

「えー、マジ？」

　気持ちよさそうに寝ている綺月と、不敵に笑う俺を交互
に見ながら、菜穂は大げさに頭を抱えた。

第 3 章

これからは全部私のもの

　いい匂いに目が覚めると、カーテンの隙間から光が差し込んでいた。

　ベッドから出ると、雑魚寝しているAgainのメンバーを起こさないよう慎重に歩きながら、匂いがするほうへと向かう。

　匂いの元を辿ると、お姉ちゃんが鼻歌を歌いながら朝ご飯を作っていた。

　この部屋、キッチンもあるなんて、普通に暮らせる便利な溜まり場だなぁと感心する。

「お姉ちゃん、おはよう」

「おはよう、ごめん起こしちゃった」

「いい匂いがして起きた」

「朝ご飯食べるでしょ、待ってね、もう少しでできるから」

　私はお姉ちゃんの隣に立つと、出されているレタスを自ら洗う。

「手伝ってくれるの？」

「うん」

「ありがとう」

　お姉ちゃんはうれしそうに笑って、卵をフライパンに入れる分だけ割り入れる。

「綺月は黄身は硬め？　それとも半熟？」

「硬めがいい」

「私と一緒だ」

　まだ目を覚ましていないんじゃないかと不安になるくらい、この時間がとても幸せに感じた。

　ずっとこうして話がしたかったのだと、今はっきりと気づいた。

「ちなみにカオルは半熟が好きだよ」

「うん、ずっと半熟だった」

「あっ、そっか、カオルの家に居候してたんだっけ」

　雑魚寝しているAgainのメンバーを見るけど、そこにカオルの姿はなかった。

「カオルは奈都ちゃんがいるから家に帰ったよ」

「そっか、カオルにも迷惑かけたし謝らないとなぁ……」

　ここまで連れてきてくれたのはカオルだし、あの夜もカオルと菜穂が迎えに来てくれなければ公園で野宿するところだった。

「また今日来るって言ってたよ」

「えー暇なの？」

「綺月のことが心配なのよ」

　お姉ちゃんは、焼いた目玉焼きを皿に雑に盛りつける。

　お姉ちゃんと同様に私もレタスを雑にちぎると、ボウルに入れる。

「お前ら似てるなぁ」

「うわっ、びっくりした……何？　起きてたの？」

　私たちの間から顔を出して、男が話に割って入る。

　私はほぼ初面面なので戸惑っていると、お姉ちゃんが気

づいて男を紹介する。

「真城聡って言うの、Againの現総長」

「一応な、もうすぐ引退だから」

　もうすぐ引退って……。

　じゃあ、やっぱり次期総長はカオルなんだ……。

　聡さんはくっきりとした目が長い前髪で隠れて、せっかくきれいな目なのに、もったいないと思ってしまった。

　カオルもそうだけどイケメンはかっこいい顔に甘えて、髪がおざなりになってるなぁと思った。

　聡さんは大きい欠伸をし、片耳にしかつけられていない青いピアスを癖のように触りながら、冷蔵庫から水を取り出す。

「もしかして、彼氏？」

「あー、まぁそんな感じかな」

　お姉ちゃんは照れているのか、顔を背けながら曖昧な返事をする。

「そんな感じってなんだよ」

　聡さんはお姉ちゃんに近づくと、後ろからお姉ちゃんの肩に自分の顎を乗せる。

　妹が目の前にいるのに遠慮もしない聡さんに、お姉ちゃんは照れながら距離を取る。

「なんか、大人だ……」

　たぶん、こういうのは2人にとって日常なんだろう。

　あまりのスマートなイチャイチャシーンに、少女漫画を見ている気分になる。

「えぇ？　なに言ってんの！」

「なんか美月の妹、初々しくて可愛いな」

「余計なこと言わなくていいから！　イスに座って大人しく待ってて！」

　お姉ちゃんは野良犬でも追い払うように、聡さん手でシッシッと邪魔者扱いする。

　聡さんはつまらなそうにしながらも大人しくイスに座って、朝ご飯ができるまでスマホを触り始める。

「お姉ちゃん、さすがに目玉焼きを積み重ねて置くのは見栄え悪くて雑だよ」

「綺月こそトマトのヘタくらい取ってよ」

「見栄え重視のために緑も入れたんだよ」

「レタスときゅうりで十分だから」

　くだらない言い合いをしながらも朝ご飯を作り終わると、お姉ちゃんは雑魚寝している男たちを、雑に足で蹴りながら起こしていく。

　お姉ちゃんって家にいた時はすごく我慢してたんだなと、素で笑っているのを見て改めて思った。

「幸せそう……」

　腹を抱えて笑っているお姉ちゃんを見て、私は思わず本心を口に出す。

「俺が幸せにした」

　聡さんは目玉焼きを食べながら、自分がお姉ちゃんを幸せにしているんだと独占欲を見せる。

「もしかして、あの日バイクを運転してたのは聡さんです

か？」

　お姉ちゃんが家を出た日、誰かのバイクの後ろに乗って消えていったことを私は思い出した。

「お前は怒るだろうけど、俺は美月をあの家から遠ざけたこと……間違ってたとは思わない」

　一点の曇りもないその目が、お姉ちゃんを救うことだけを考えて行動してくれたのだと教えてくれる。

「私も」

「ん？」

「私もこの2年間、お姉ちゃんの代わりになったこと間違ってなかったって、お姉ちゃんの笑顔を見て思いました」

「……美月の代わり？」

　私はこの時、初めて自分のことを話した。

　誰にも言えなかった母のこと、なぜ私がお姉ちゃんを遠ざけたのかその理由も、すべてを話さないといけないと思った。

「お姉ちゃんの代わりとして、母の期待に応えることが私の生きる理由でした。そうしないと、母はお姉ちゃんをまた縛ろうとしていたから」

　Againのメンバーを起こしに行っていたお姉ちゃんは、いつの間にか私の近くまで来ていて、その話はちゃんと届いていた。

　お姉ちゃんは、すごく傷ついたような顔をして立っていた。

「ご飯食べよう、お姉ちゃん」

「……え？」

「ちゃんと全部話すから、今は食べよう」

　お姉ちゃんとこうしてまた一緒にご飯が食べられる瞬間を、ずっと待っていた。

　今は、もう少しだけ幸せな気持ちでいたい。

　その気持ちがお姉ちゃんにも伝わったのか、無理に笑顔を作った。

　その後、お姉ちゃんに無理やり起こされた不良たちも続々と顔を出す。

「あー！　綺月ちゃんだ！」

　前髪をちょんまげヘアーで結んでいる不良が、まだ開けきっていない目のまま私を指さした。

「初めてしっかり顔を見るけど、可愛いね」

「……どうも」

　彼は、他の不良と比べるとよく笑っていて不良っぽくはなかった。

「藍沢雪希、カオルと仲いいから仲よくしてあげて」

「みんなからは『せっき』って呼ばれてるから、綺月ちゃんもせっきって呼んで！」

　ずっと私を指さしている手を、お姉ちゃんは無理やり下ろさせる。

「それでこの朝がものすごく弱い彼が、赤羽海斗。海斗もカオルと仲いいから」

「俺、お前嫌い」

　海斗が単刀直入に言うと、光の速さでお姉ちゃんが頭を

叩く。

「気分屋なの、いい奴ではあるから怖がんないでね」

　海斗はお姉ちゃんを見る目と、私を見る目の輝き方が明らかに違っていた。

　カオルと仲いい人ってキャラが濃い気がした。

「俺は、川芝一喜（かわしばいっき）。前に少し話したけど覚えてる？」

　たしか初めてここに来た時、嫌な顔を浮かべながらカオルが誰かと話をしていたような気がする。

「なんとなく」

「なんとなくかーショックだな、俺、女の子に一目惚れしましたってよく言われるんだけど」

「これでも一応Againの副総長で、怒らせたら聡並みに怖いから気をつけて」

「ちょい美月、余計なこと言うなよ」

「余計じゃないわよ、あと私の妹に変なこと言わないでよ」

「変なことって、なんだよ。この際だから言うけど、お前を敬愛してる海斗のほうが変だからな」

「マジ、一喜さんにだけは言われたくないです」

「お前、黙ってそこは俺を立てろよ！」

「せっきドレッシング取って」

「これですね、はいどうぞ」

「ダメダメ、聡にドレッシングかけさせたらドレッシングまみれにするから」

「野菜って味しねぇんだよな」

「新鮮な味するでしょ」

　こ、これは……。

　カオルと奈都と食事をしている時よりも、遥かに騒がしい。

　私はみんなの会話を聞き流しながら、料理を口に運んだ。

「ごめん、騒がしかったでしょ」

　食事が終わると不良たちは各々好きなことをやり始め、お姉ちゃんと私は一緒に皿を洗っていた。

「なんか新鮮だった」

「新鮮?」

「お姉ちゃんがあんなに楽しそうにしてるの、なんか新鮮で面白かった」

「何それ」

　お姉ちゃんが楽しそうにしているのを見ると、私まで楽しくなる。

　本当にここは、お姉ちゃんにとってのかけがえのない居場所なんだなぁ。

「綺月、そこにコーヒーメーカーあるから、コーヒー淹れてくれない?」

「ここなんでもあるね」

「聡とカオルがコーヒー飲むの好きなのよ。コーヒー飲む時くらいしかカオルはこの部屋には来ないの」

　朝に鉢合わせすることは滅多にないから、あまりはっきりとは覚えていないけど、たしかコーヒーを飲んでいたような記憶は薄らとある。

「カオルが、あんなに人に興味を持つのは珍しいんだよね」

「……え？」

「綺月だけには妙に執着している気がする」

　カオルのそういうことは私にはまだわからないから何も言えないけど、奈都へのシスコンっぷりを見ているから、なおさら執着されているとは感じなかった。

　お姉ちゃんの気のせいだろうと、この時の私は軽く受け流した。

「綺月はコーヒー好き？」

「……あまり飲まない」

「じゃあ紅茶を淹れるから、話の続き聞かせて」

　私はたしかに頷いた。

　今度はもう逃げたりしない。

「俺たち、席外そうか」

　聡さんが気を利かせて部屋から出ていこうとしたけど、私がそれを引き止める。

　自分のことで彼らにも迷惑をかけてしまった。

　理由くらい話すのが道理だと思った。

　私はお姉ちゃんが淹れてくれた紅茶を一口飲んでから、続きを話し始める。

　お姉ちゃんが出ていった時の泣きじゃくる母を見て、自分がお姉ちゃんの代わりになると言ったこと。

　お姉ちゃんが歩いたレールの上を、踏み外さないように必死で歩いていたこと。

　私がお姉ちゃんを必死で遠ざけ、わざと嫌いになるよう

に仕向けた理由。

　母との口論で家を飛び出し、カオルの家に居候させてもらっていたこと。

　できるだけ簡潔に、できるだけお姉ちゃんが負い目を感じないように軽い感じで話をした。

　お姉ちゃんは何も言わず、私の話を最後まで聞いていた。

　これから先、誰にも伝えることはないだろうと思っていた。

　ずっと母の期待に応え続けるのだろうと、真っ暗闇を歩く自分はそう思っていた。

　でももう、勉強でいっぱいいっぱいになる自分も、母の顔色をうかがう自分もうんざりだ。

　その日、私は初めて自分のことを話して気が楽になった。

　お姉ちゃんも彼らも、頷くだけで何も言わなかった。

　各々がいろいろな表情をしていたけど、私だけはやっと解放されたのだと清々(すがすが)しい顔をしていたと思う。

「綺月」

　名前を呼ばれ振り返ると、制服を着た菜穂が気まずそうな顔をして立っていた。

「ここにいたんだね」

　私は朝にお姉ちゃんにすべてを話し終えると、気を紛(まぎ)らわすように溜まり場を探索(たんさく)して屋上があるのを見つけた。

　そして、屋上でぼんやりしていたところだった。

「ここ、本当になんでもあるね」

　建物自体はそんなに高くないけど、溜まり場にしているこの工場は坂の上にあるためか空に近く、上から街を見下ろすことができて景色はきれいだった。
「居場所がない人たちが集まって、暮らせるような溜まり場にしたの」
　菜穂は本当に、Againのことをよく知っているようだった。
「菜穂が、みんなに連絡してくれたんでしょ?」
　お姉ちゃんは菜穂がAgainのメンバーを頼ってくれたから、すぐに私を見つけられたのだと言っていた。
「ありがとう」
　お礼を言うと、菜穂は両手で顔を隠した。
「え?　どうしたの?」
「……綺月、もう私と話してくれないと思った」
　菜穂は泣いているのか声が震えていた。
「どうして?」
「だって、Againのこと私ずっと黙ってたし、学校でも知らないふりしたから……」
「それは、私が不良のことよく思ってなかったから言えなかっただけでしょ?　私にも原因があるし」
「それでも言うタイミングはいつでもあった。でも言えなくて、綺月が私から離れちゃうんじゃないかって怖くて……ごめん……」
　黙っていることに罪悪感を覚えて、私を騙しているのではないかと自分を責めて、でも話したら私は菜穂の前から

消えてしまう。

　話したいけど話すのが怖いという矛盾と、菜穂は1人で
闘っていた。

「バカだなぁ、そんなんで離れたりしないよ」

「……本当？」

「本当だよ」

　私は涙でグシャグシャになった菜穂の顔を見て笑いなが
ら、子供をあやす親のように抱きしめた。

「あーもう、泣かないで」

「泣いてない〜」

「めちゃくちゃ泣いてるじゃん」

　私は菜穂の涙を袖で拭いてあげた。

　実際、私も菜穂に家のことを黙っていたのだからお互い
様だ。

　菜穂はもうすでに誰かから話を聞いていて、私の存在を
確かめるかのように強く手を握った。

　菜穂が泣きやむまで私は手を握り返し、空が暗くなるま
でそばにいた。

　私たちは屋上を出て2階の部屋に戻ると、カオルがいつ
の間にか溜まり場に来ていた。

　菜穂から聞いた話だと、2階の部屋を使えるのは総長、
副総長の肩書きを過去や現在持っている人、あとは現総長
の聡さんに認められた人だけが出入りを許されていた。

　基本的に女の人は部屋の出入りは許されているけど、聡

さんとお姉ちゃんがいる時だけは、暗黙の了解で入ること
は禁じられている。

　暴走族にも意外とルールがあるのだ。

「綺月、今みんなで話してたんだけど」

　お姉ちゃんは、これからのことについて話をする。

「綺月、私たちと一緒に住まない？」

　私をこのまま家に帰らせるわけにはいかないと思ったの
だろう。

　かといって、このままここにいるのも危険。

　お姉ちゃんは聡さんと住んでいるけど、私を1人にする
訳にはいかないと考えた末の提案だった。

　それは、聡さんも同じ意見のようだった。

「だから、綺月は前みたいに俺の家に住むって言ってるだ
ろ」

　私を誰の家に泊めるかで揉めていたのか、カオルは不機
嫌そうに眉間にシワを寄せていた。

「カオルは信用ならない」

「だから奈都もいるだろ」

「わかんないじゃん、カオルも男なんだし！」

「信用しろよ、取って食ったりしねぇから！」

　目の前で、お姉ちゃんとカオルがまた揉め出す。

「綺月、別に私の家でもいいんだよ」

　困惑している私に菜穂も手を挙げて立候補する。

「さらに選択肢増やすなよ」

「私もカオルの家に住むのは、ちょっと心配だし」

「おい、味方しろよ」

「カオルよりも綺月のほうが大事だから」

　お姉ちゃんたちと一緒に住むか、このまままたカオルの家に住むか、それとも菜穂の家に住むか。

　ありがたいことに選択肢は３つもあった。

「じゃあ、綺月が選べ」

　このままだと埒が明かないので、見兼ねた聡さんが自ら選ばせてくる。

　みんなが一気に私へと視線を向ける。

　私は考える素振りを一切見せずに、選択肢から１つを選んだ。

「カオルの家に住む」

　まさか誰もカオルを選ぶとは思っていなかったのか、カオル以外の全員が驚いていた。

「待って、綺月よく考えよ？　カオルは危険人物だから」

「大丈夫、私はカオルのことを信用してる」

　私はカオルの目を真っ直ぐに見つめて言った。

「それに、奈都の家庭教師だから。近くにいたほうがすぐに教えられるし」

　それがカオルの家を選ぶ最大の理由だった。

『私はカオルのことを信用してる』

　あえてみんなの前で言うことで、カオルはより一層信用を裏切れない状態に立たされた。

「やっぱり美月の妹だな」

　聡さんは声を出して笑うと「じゃあ決まりだな」と話を

終わらせた。

「綺月にスタンガン渡したほうがいいかな」

「絶対にやめろ」

　お姉ちゃんはまだ心配なのか、通販サイトでスタンガンを調べ始めた。

　それをよそに、私はカオルの前に立つと頭を下げる。

「またしばらく居候させてもらいます」

「ったく、余計なこと言いやがって」

　カオルは面倒くさそうに頭をかくと、私のカバンを手にしてそそくさと歩き始める。

　もう行くのかと慌ててカオルのあとを追うと、カオルは思い出したように突然足を止めた。

「お前の許しが出たら、俺は即座に手出すぞ」

　わざとみんなに聞こえるようなボリュームでそう言い残すと、悪魔のような笑みを浮かべた。

「は!?　ちょっと待ちなさいカオル！」

「お前のお姉ちゃん、怖ぇな。早く行くぞ」

　カオルは私の手を取ると急いで溜まり場を出る。

「待てー！　カオル！」

　外に出ても、お姉ちゃんの声は聞こえていた。

　カオルはヘルメットを渡すと、逃げるようにバイクに乗って溜まり場をあとにした。

　私はカオルが運転するバイクにまた乗ることができて、じつは結構ワクワクしていた。

　うれしさで表情筋が緩むのを必死で抑える。

　家につくと、バイクを停めているカオルを待たずに階段を駆け上がりドアノブに手をかける。

　鍵を持っているカオルが来ないと扉は開かないとわかっているのに、また戻ってこられたことがうれしくてすぐに開けられるように構える。

「そんなにこの家が気に入ったのか」

　カオルは鍵をポケットから取り出しながら、私とは反対でゆったりと歩いてくる。

「うん！」

　子供みたいに無邪気に笑う私を見て、カオルは噴き出して笑う。

「なんか開けたくねぇな」

「なんでよ、早く開けてよ」

「インターホン鳴らしたら、奈都がすぐに開けてくれると思うぞ」

「それ早く言って」

　私はすぐさまインターホンを鳴らすと、玄関前で待っていたのか1秒足らずで扉が開く。

「綺月ちゃん！」

　扉を開ける勢いのまま奈都は私に飛びつく。

「やっと帰ってきた！」

「ただいま」

「おかえり！」

　あー、癒やされる……。

　私は奈都の頭をグリグリと撫でくり回す。

　家に入ると、いい匂いがしてお腹が無様に鳴る。

　机にたくさんの料理が並べられていて、奈都はずっと私の帰りを待っていたのだと話す。

「綺月ちゃんが好きな物作って待ってたの！」

　今まで誰も自分の帰りなんて待っていなかったし、毎日あの冷たい家に帰ることが苦痛で仕方なかった。

　でも今はそんなことない。

　それがうれしくてうれしくて、思わず涙が出てしまった。

「え、綺月ちゃん？」

　私、最近泣いてばっかだ……。

　袖で乱暴に拭うけど、また次から次へと溢れ出る。

「どうやって死のうか考えてたけど、あの時、死ななくてよかった……」

　あのまま死んでいたら、一生後悔するところだった。

「ごめん、食べよう！」

「うん、冷めないうちに食べよう！」

　みんなで手を合わせて、奈都の作った温かいご飯を泣きながら食べた。

　その日も、いつもみたいにご飯を食べ終わると、奈都と一緒に皿を洗い、カオルはバイトに行き、夜は眠くなるまで奈都と勉強をした。

　何事もなかったかのように、いつもみたいに過ごした。

　そして次の日、やっと私は学校に顔を出した。

　私が休みだした初日に体調が悪いのでしばらく休むと母が学校には電話をしていた。

　それからなんの連絡も来なくなり心配していたのだと担任の先生に言われた。

「どう？　カオルに何かされなかった？」

　菜穂の今日の第一声はそれだった。

「何もされてないよ。そもそもカオルはバイトばっかりでほとんど顔合わさないし、私が学校に行き始めたらもっと見なくなるよ」

「あーそれも心配だなぁ、カオル無理するからね」

　カオルと仲のいい菜穂が言うのだから、相当無理して働いているのだろう。

　倒れたりしないようにちゃんと見とかなきゃ。

　母の支配から逃れて、カオルの家に住むようになってから私の生活はガラリと変わった。

　朝は、朝ご飯のいい匂いで目が覚める。

　必ず誰かとご飯を食べて、それでいて3食すべて温かい。

　食べて寝て規則正しい生活をすれば、不思議と勉強にも集中できた。

　もう勉強に縛られることはない、でも成績は落としたくないから暇な時があれば教科書を開く。

　ときどき奈都の勉強を見てあげて、解けなかった問題が解けた時は一緒になって喜んだ。

　そんな日々を送っていると、あっという間に2週間がたつ。

「綺月、美月さんまだ来てないから2階で待ってるといい

よ」

　今日は久しぶりにお姉ちゃんが溜まり場に顔を出すというので、菜穂に連れられ私も溜まり場に来ていた。

　お姉ちゃんを待っている間、私は2階の部屋へと足を踏み入れる。

　2週間ぶりの溜まり場に異様に緊張していた。

　扉を開けると、1人だけイスに座って読書をしている男の人がいた。

　見たことない人だ、この部屋にいるってことはカオルとも仲いいのかな……。

　彼は私に気づくと、待ち合わせでもしていたかのように手をヒラヒラと振った。

「綺月ちゃん、だっけ？」

「え、あ、はい」

　え？　どこかで会ったっけ？

「菜穂からよく話聞いてるから、単純に俺が一方的に知ってるだけ」

　菜穂と仲がいいってことはやっぱりカオルとも仲がいいってことだ。

　カオルの仲いい不良はみんなキャラが濃くて近寄りがたかったけど、彼はニコニコしていて好印象だった。

「あれ、ユキ来てたの？」

「うん、課題の提出が一段落したから」

「そっか、お疲れ」

　菜穂は両手にジュースを手にしていて「1階の奴らの分

パクってきた」とお茶目に笑った。

「あっ、そっか、綺月まだ会ったことなかったよね」

「うん」

「この爽やか優男は川島幸人。みんなからはユキって呼ばれてるの。一応、次期副総長だよ」

「どうも」

　菜穂の言ったとおり、幸人は無駄に爽やかな笑顔を振り撒いていた。

　幸人は"次期"で、カオルは"代理"って何か意味があるんだろうか。

「なんで次期とか代理がつくの?」

　私は気になってやっと聞いてみると、菜穂が「あー」とか「んー」とかどこか歯切れの悪い返事をする。

「聡さんと一喜さんの引退は確実なんだけど、ちょっとカオルが訳ありで……」

　カオルが訳あり?

　わからなくて聞いたのに、私はさらに疑問が増える。

「カオルが渋ってるんだよ、Againの中じゃ断トツでケンカ強いのに総長はやりたくないって」

　幸人がさらに言葉をつけ加えて説明してくれるけど、やっぱりわからなかった。

　総長とかの肩書きって、不良はみんな欲しいものなんじゃないの?

「それより、いろいろと大変だったんだよね?　もう大丈夫?」

　幸人は唐突に話を変え、Againの話は流れる。

「あっ、もう全然大丈夫です、元気なんで」

「……そう」

　幸人もたぶん、誰かしらに話を聞いたのだろう。

　それ以上は幸人も何も言わず、また読書に夢中になる。

　菜穂は少し話してくると言ったきり部屋には戻ってこないし、私はお姉ちゃんが来るまでなるべく幸人の邪魔をしないように空気に徹した。

　キッチンの蛇口からポタポタと落ちる水滴が、静かな部屋でやけに響く。

　あ、ダメだ……。こういう静かな場所は、家のことを思い出して堪らなく息苦しくなる。

　気を紛らわすように、菜穂が持ってきたジュースを飲んだ。

「綺月ちゃん」

　パタンと本を閉じると幸人が私に視線を向ける。

「……本当に、大丈夫？」

　──え？

「綺月！　美月さん来たよ！」

　その時、菜穂がタイミング悪く部屋に入ってきた。

　私は幸人が二度も確認してきた意味を聞けないまま、お姉ちゃんと聡さんが部屋に入ってきて、その数分後に雪希と海斗が現れ、さっきまでの静寂が嘘のように騒がしくなった。

　カオルの家に帰ってきてからも、私は幸人の「大丈夫？」

が気になっていた。

　大丈夫、毎日楽しいし、幸せだ。

　でも、ふと 1 人になった時、首を絞められているような息苦しさを感じる時があった。

　今の生活に不満なんてない。

　誰かといる時は息苦しさも感じない。

　なのに、自分は今何も持っていないのではないかという不安に駆られた。

　勉強という私の唯一できることを今放棄（ほうき）したら、私には何が残るのだろうか。

　何も持っていない自分のことを、誰かが必要とするのだろうか。

　今の私の生きる存在価値はなんなのだろうか。

　深く潜（もぐ）れば潜るほど、最後には必ず 1 つの答えに辿りつく。

　やはり、死ぬべきだったんじゃないのかと。

　そう思うことが怖くて、この思いから立つように私は必死で笑っていた。

　無理して笑っていることにも、また『大丈夫』と口にしていることにも、私は自分のことなのに気づいていなかった。

　　──パリン

「綺月ちゃん！　大丈夫？」

　私は拭いている皿を床に落として割ってしまう。

　手から滑り落ちて割れた皿を見て、母という手のひらから滑り落ちた私はこんなふうに割れてしまうのではないかと、日常のアクシデントでさえ自分と重ねるようになった。

「……ごめん」

「全然！　それよりケガない？」

「うん、大丈夫」

　大丈夫、大丈夫。

「奈都どいてろ、俺が片すから」

　自分でもわかる。

　何かがおかしい。

　私の中の"ナニカ"が私を苦しめる。

「綺月？」

　立ち尽くしたまま動かない私を見て、カオルが心配そうに顔を覗き込む。

「やっぱりどこかケガしたのか？」

　……ケガ？

　こんなに苦しくて、痛くて、どうにかなってしまいそうなのは、ケガをしているからじゃないのか？

　でも、どこも血が出ていない。

「綺月ちゃん」

　奈都が私の手を取る。

　不意に訪れた温もりに私は我に返り、奈都の顔を見る。

「まだ痛いんでしょ？」

「……え？」

　どこかケガしてる？

　私にはわからないけど、奈都にはわかるの？

「1人でいると、何か思い出す？」

「……え」

「幸せなのに、1人でいる時だけ無性に死にたくなる？」

　……どうして、わかるの？

　奈都は私の気持ちが理解できるようだった。

「母親と何かあったのか？」

　カオルが痛いところを突いてくる。

　その瞬間、さらに痛みが増した。

　そこでやっと私は気づいた。

　私は母に言われた言葉が、今も癒えないままずっと残っているのだと。

「……お姉ちゃんには言えなかったけど、ずっとお母さんに言われたことが頭から消えなくて」

　お姉ちゃんには母と口論になって家を出たとしか言っておらず、その内容は詳しくは話していなかった。

　これ以上、心配かけたくなかった。

　自分はもう幸せだし、大丈夫だと思っていた。

　でもそれは、自分に大丈夫だとまた暗示をかけていただけなんだ。

「子供なんて産まなきゃよかったって。この家から出ていくなら、もうお母さんなんて呼ばないでって」

　口にすると、棘のように刺さってなかなか抜けない言葉が明確になっていく。

　グリグリと傷口を抉りながら、時間がたつにつれ奥深く

に入り込もうとしていた。

「私は勉強がすべてで、勉強以外何もなくて、何も持って
ない私には存在価値なんてなくて……。私は生きていて
も、これから先も価値のない人間が大きくなっていくだ
けだっ……」

　奈都は私の言葉に何かを感じたのか涙を流す。

　奈都の涙を見て、釣られるようにいろいろな感情が溢れ
出る。

　母は私を愛してはくれない。

　これから先、自分の言うとおりにならない私を母はどう
いう目で見るのだろう。

　想像すると怖くて、無性に死にたくなった。

「それなら、もういっそのこと死んだほうがいい……」

　そんなこと言ってはダメだとわかっている。

　でも生きているのが怖くなった。

　そんな私の手を奈都が強く握る。

「ふざけんなよ」

　静かに聞いていたカオルが、もう我慢できないと怒りに
震えた声で口を開く。

「お前はまだ何もしてねぇだろ、勉強以外何もやってねぇ
だろ！」

　カオルが私の肩を強く掴んだ。

「これから探せばいいだろ！　自分のできること、やりた
いことをゆっくりと探していけばいいだろ！」

　カオルの強い言葉は、私の深く傷ついた心を包んでくれ

るようだった。

「お前はもう自由なんだよ」

　いつまで支配されてるんだバカ、と言われてる気がした。

「これからのお前は、全部お前だけのものだ」

　奥深くに刺さっていた刃物（はもの）のような言葉は、カオルの強い言葉に負けて消えていく気がした。

「お前の人生は、お前だけのものだ」

　これからの人生は、私だけのもの——。

明らかに好きでしょ

　もう季節はすっかり夏真っ只中で、毎日太陽が元気に仕事をしていた。

　カオルの家に住み始めてから、あっという間に２ヶ月がたった。

　母からの連絡もいまだ来ておらず、どうしてるのか心配だと一度本音を漏らすと、カオルは『子供を大事にしない親なんてほっとけ』と言った。

　母は私たちを散々苦しめたけど、いまだ学校からも何も言われないということは、学費は今までどおり払ってくれていることになる。

　そのうち学校にも行けなくなるだろうと覚悟はしていたのに、いったい母は何を考えているのだろう。

「綺月、弁当忘れてんぞ」

　そんなことを考えていると、大事な弁当を忘れそうになる。

「あー忘れてた、ありがとう」

　カオルは珍しくバイトが休みで、朝から優雅にコーヒーを飲んでいた。

　いってきますと挨拶をして、私は奈都と一緒に家を出た。

「ねぇ、奈都」

「ん？」

「カオルって休みの日は何してるの？」

「んー私もわからない」

　カオルのバイトが1日オフなことなんて滅多になく、休みだったら何をするのかずっと気になっていたけど、答えはわからないままだった。

「学校から帰ってきたらいるけど、いつも出かけた格好してるから、お昼はどこかに行ってるんだと思うよ」

「……どこか」

「友達と遊んでるんじゃないのかな」

　奈都はそう言ったけど、カオルはあまり溜まり場に顔を出さない。

　菜穂たちとは頻繁に会ってるみたいだけど、なぜか溜まり場には来ない。

　総長代理のくせに……。

　しかも最近は、私が行かない日を選んで溜まり場に行っているみたいだった。

　私のことを避けているみたいに。

　でも家では普通なんだよな……。

「じゃあ、綺月ちゃんまた家でね」

「うん、またね」

　奈都とは途中から道が違うので、いつもここで『またね』と手を振って学校へと向かう。

　教室につくと、菜穂が暑さにやられぐったりとしていた。

「おはよう、菜穂」

「……はよう」

「本当、暑さに弱いよね」

「夏のイベントは好きだけど、やっぱり暑いのは無理」

　たしかに、去年の夏休みは充実してたみたいで、すごく日焼けした状態で学校に来ていたなと思い出す。

　菜穂は「学校の空調ってもっと下がらないの？」と文句を言いながら、イスの上に立って空調の真下で風を浴び出す。

「ちょっと、怒られるよ」

「待って」

「……何が？」

「ってことは、今年の夏休みは綺月と遊べるってこと!?」

　母から解放され、夏休みに毎日塾に行かされることはもうない。

「ねぇ、菜穂」

「何!?　どこか行きたいとこある!?」

「夏休みは宿題が山ほど出るって知ってる？」

「ぐはっ」

「しかも、夏休み前にもあとにもテストがあるってことも知ってる？」

「ぐはっ、ぐはっ」

「そんなに遊んでる暇はないんだよ」

　正論すぎる言葉を投げると、菜穂は殴られたように痛がった。

　それに、奈都にとって夏休みは大事な時期になる。

　家庭教師を引き受けている以上は、遊んでなんかいられない。

「でもさ、時には気分転換も必要でしょ？　行きたいとこ
あるなら連れていくよ！」

　たしかに私にとって夏休みは、勉強から一切逃げること
のできない苦痛な時間だった。

　もちろん、夏休みが楽しかったと思ったことは一度もな
い。

　でももう、今は自由だ。

　どう過ごそうが誰にも責められることはないし、やっと
堪能できる夏休みなのだ。

　人並み程度には夏休みを楽しみたい。

　きっと、奈都も気分転換はしたいはずだ。

「わかった、考えてみる」

　そう言うと、菜穂は満面の笑みで親指を突き上げグーサ
インを出した。

　その日、家に帰ると早々に奈都に夏休みの話をするけど、
意外にも奈都は首を左右に振り乗ってこなかった。

「私、絶対に綺月ちゃんと同じ高校に受かりたいもん。み
んなも塾に行って勉強してるんだし、私も毎日休まず勉強
する」

　塾に行ってない奈都にとって、夏休みは勉強に大きく差
がついてしまう期間だと悟っていた。

「綺月ちゃんも夏休みは毎日勉強してたんでしょ？　だっ
たら私もやる」

　でも、勉強をすればするほど、結果がよい方向に進むと

は限らない。

　自分がいい例だ、と私は心の中で自分を嘲笑った。

「私が思う奈都の好きなところは、いつも全力で楽しんでるところなんだよね」

　毎日鼻歌を歌いながら料理を作ったり、ベランダで洗濯物を干しながら空の雲を指でなぞってみたり、掃除をし終わったあと絶対にきれいになった床で寝そべったり、お日様の香りに釣られ畳んだ洗濯物の上で寝てしまって笑いながらまた畳み直したりと、奈都はいつも楽しそうにしていた。

　それを見るのが私は好きだった。

　勉強をするのが悪いことではない。

　ただ、私は勉強だけの夏休みに息苦しさを感じてほしくない。

「きっと、勉強が楽しくないって思う時が来ると思う」

　夏休みで勉強に挫折してしまうのは避けたい。

　夏が明けてからも、嫌でも勉強しなければいけないのだから。

　何よりも奈都は頑張り屋だから、気づかないうちに頑張りすぎて体調を崩したりするのが怖かった。

「奈都がもし楽しくないって思ったら、私と一緒に楽しいことをやろう」

「楽しいこと？」

「うん、奈都が楽しくなれるようなことを一緒に私もやる」

　私はそう言うと小指を立てた。

「だから約束して、楽しくない時は楽しくないってちゃんと言うこと。頑張れない時は頑張れないってちゃんと言うこと」

「……約束？」

　奈都は私の小指をじっと見つめたまま、突然黙り込んだ。

「……奈都？」

「……しない」

「え？」

「約束は、しない」

　奈都はひどく動揺したように顔を歪めると、私から距離を取る。

「約束なんて口だけでなんの意味もない」

　奈都が苦しい顔をする時はだいたいカオルのことと、亡くなった両親のことだけだ。

　私は気づかないうちに、奈都の弱い部分に触れてしまったのだと奈都の震える声から見てわかった。

　この時、初めて奈都の陰(かげ)を見た気がした。

　安易に出した小指は行き場をなくし、私は静かに下ろした。

　夏休み前のテストもなんとか無事に終え、夏休み期間に入った。

　相変わらず太陽は見せびらかすように光を放っていて、うだるような暑さが私を苦しめた。

　夏休みはおもに奈都の勉強を見て、空いた時間に菜穂に

連れられてAgainの溜まり場を訪れる。

　休み期間に入ったからか、Againの溜まり場には女の人が強い香水を振り撒きながら１日中Againのメンバーと戯れていた。

　基本的に女の人は２階を使うことが許されているためか、その香水の匂いは２階まで充満していた。

　鼻がもげそうで、私は逃げるように屋上で時間を持て余していた。

　こんな暑い中、外で長時間じっとしているのはあまりにも苦痛で、適度に水分補給をしながら流れる雲を飽きることなく、ずっと見ていた。

　その時、錆びたドアが鈍い音を立てながら開く。

「やっぱここにいた！　なんで暑いのに外にいるのよ！」

　菜穂が、強い日差しに目を細めながら私に近寄る。

「だってうるさいし、香水の匂いがきついし、私あんまりよく思われてないみたいだから」

　バイクの音や、いつもよりも数倍騒がしい声、女の人の香水の匂いも甘ったるい媚びを売るような声もきつい。

　何よりきついのは、視線だ。

　バチバチに化粧をした女の人の目は、ライオンが獲物を狙う目に似ていて、自分は下手したらこの人たちに食い殺されてしまうのではないかという錯覚を起こさせる。

　何度かこの溜まり場に顔を出している私は、嫌でも目につく。

　ここに来る女の人たちは露出した服を着て、甘い香水で

魅惑して、バッチリと決めた気合いの入ったメイクで自分を最大限にまで飾りつける。

それは、すべてカオルに一目置かれるためだった。

カオルは、そんな女の人たちを適当にあしらいながら相手をしている。

本人はいちいち注意するのが面倒なのか、それをいいことに女の人たちがカオルにベタベタと触る。

そんな光景を見るのは、正直言って気分が悪かった。

私は強引に引っ張る菜穂と一緒に部屋に戻ると、珍しくカオルが来ていた。

カオルは私を見ると"あ、いたのか"という反応を見せる。

その表情で"おそらく"だったのが"確信"に変わった。

やっぱりカオルは私のことを避けている。

カオルは女の人から鬱陶しそうに離れると、私に近寄ってくる。

その瞬間、あのきつい視線が刺さる。

「なんだ来てたのか」

「……うん、まぁ、でももう帰る」

「は？　もう帰んのか？」

やっぱり気に食わない。

なんであんなにベタベタ触られているのに、断らないのよ……。

「帰るなら送ってく」

「いい」

「いや、車を待つより俺がバイクに乗っけていったほうが早いだろ」

「いいってば！」

　女の人に囲まれているさっきの光景を思い出して、私はつい強く言ってしまった。

「何あの女……」

　誰かがそう呟いた。

　その女の人の小さな言葉さえもムカついた。

　なんでこんなにもイライラするんだろう。

「カオルの後ろには、乗りたくない」

　私はそう吐き捨てると、溜まり場を逃げるように出ていく。

　もしかしたら私以外にも、いろいろな女の人を乗せているのかもしれない。

　そう思ったら、乗りたくなくなった。

　それに一番気持ち悪いのは、自分が嫉妬のような感情をその女の人たちにいだいていることだった。

　嫉妬なんて、こんなのカオルのことが好きみたいじゃん。

　初めての感情に気持ち悪さを覚え、全身から震えがした。

　外でバイクをいじっている音に私はまた嫌気がさして、耳を塞いだ。

「綺月ちゃんさ、お兄となんかあった？」

　その日の夜、奈都と勉強の休憩がてらアイスを食べながら奈都が何気なく聞いてくる。

「えっ」

　突然の質問にわかりやすい反応をしてしまい、奈都が噴き出して笑う。

「なんか綺月ちゃんってわかりやすくなったよね？」

「え？　どういうこと？」

「前は必死で自分を取り繕ってる感じがしたけど、今は手に取るようにわかる」

「取り繕ってたって……そんなふうに見えてたのか」

　たしかに奈都の言うとおり誰にも自分の気持ちがバレないようにと、自分はまだ頑張れるのだと必死で取り繕っていたかもしれない。

「綺月ちゃんは、お兄のことどう思ってるの？」

「どうって？」

「私は、綺月ちゃんがお兄と付き合ったらいいのにって思ってる」

　奈都の願望を聞いて、乾いた笑みがこぼれる。

　その笑みの意味がわからず奈都が首をかしげた。

「カオルは私のことは選ばないよ」

「え！　なんで!?」

　こんな面倒くさい女、私が男だったら絶対選ばない。

　家庭環境が複雑で自分の家にも帰れなくて、勉強ばっかりやってきたつまらない女を好き好んでわざわざ選ぶようなことはしない。

「そもそもカオルの好きなタイプじゃないだろうし」

「お兄の好きなタイプってどういう人？」

「んー、そうだなぁ……」

　いつも甘い香水の匂いを身につけて、スタイルがよくて、化粧映えするような元がきれいな顔立ちの人。

「私とは正反対な人、じゃない？」

　近くにきれいな人がいるのにわざわざカオルは私を選ばないだろう。

　こんなことを考えて落ち込んでいる時点で私はやっぱりカオルのことを好きなんだろうか……。

　溶け始めるアイスが、私の太ももにポタッと落ちた。

　アイスみたいにこの気持ちも溶けてくれないかなぁと思った。

　──チリン、チリン。

　翌日、溜まり場の窓にかけた風鈴が風に揺られ軽快に音を鳴らす。

　そんな風鈴を眺めながら、私は今、時間を弄んでいた。

「扇風機の風で風鈴を揺らす子は初めて見たな」

　幸人が笑いながら私が持ってきた風鈴を見て言った。

「だって窓開けたら冷気が逃げるって海斗に文句を言われるから」

　カオルの家に放置されている埃をかぶった風鈴を見つけ、私は奈都の許可を得て溜まり場の窓付近にぶら下げた。

　昔、風鈴の音を聞くのが好きだったという奈都だけど、いつしか昼間に寝るカオルのために風鈴をぶら下げて聞くことをやめたのだという。

　風鈴の音なんて実際に聞いたことはなかったから、私は興味本位で溜まり場の窓にぶら下げて窓を全開にして聞いていたけど、海斗から苦情が入って渋々扇風機の風で音を聞いている。

「こんなクソ暑い中、風鈴の音を聞くだけに冷気を外に逃がすバカどこにいんだよ」

　海斗はソファにだらしなく寝転がりながら、また文句を言っている。

「でも、風鈴の音を聞くと涼しさが増すね」

「私もそう思ってたの」

「違ぇよ、さっき俺が室温を下げたからだよ」

「うわぁ、盛り下がること言う男って私苦手だなぁ」

「俺も生意気なことばっか言う女苦手だ」

　海斗と私は見ればわかるとおり、どうも馬が合わない。

　会って口を開けばなぜかいがみ合ってしまうので、いい加減見慣れてしまいみんな注意するのをやめた。

「ていうか、美月来てねぇのになんで今日お前がいんだよ」

　私が溜まり場に姿を現すのは、お姉ちゃんが顔を出す時か、菜穂が無理やり連れてくる時くらいだ。

　でも今日は2人とも来ていない。

　海斗は不思議に思ったのか、文句のような口調で聞く。

「じつはちょっと相談があって」

「相談？」

　私はまだ彼らに相談するべきか悩み、言葉を詰まらせる。

　そんな私を見て「早く言えよ」と海斗が急かす。

「家に一度帰ろうかなって思ってて」

　夏休みに入り、母のことを考えることが多くなった。

　時間が空くと、気づけば母の生気を失ったあの姿を思い出してる自分がいた。

「バカじゃねぇの?」

　海斗が吐き捨て、鼻で笑った。

「あんな家に戻って、なんの意味があんだよ」

「戻るっていうか様子を見に行くだけで」

「それこそなんのためにだよ、必要ねぇことして時間無駄にすんな、バカが」

　母と口論になった理由や内容は、カオルと奈都しか知らない。

　母がどういう状態だったのか知っているのも、私しかいない。

　あんなふうに取り乱し、怒鳴りつけてあの家に縛りつけようとした母を知っているのは私だけだ。

　幸人は私の表情を見て何か理由があるのだと悟る。

「それはカオルに相談した?」

「……ううん」

「菜穂には?　美月さんには?」

　幸人の問いに私は首を振った。

　カオルにも菜穂にもお姉ちゃんにも相談しないのは、行くべきではないと言われることが目に見えているから。

　相談する相手を選んでいる時点で、私はあの家へ一度帰ることに誰かが賛成してくれるのを待っているのがわかっ

た。

　誰でもいいから背中を押してほしいのだ。

「俺は綺月ちゃんのしたいようにすればいいと思う」

「おい」

　幸人の言葉に、私はわかりやすく顔を上げ反応する。

　「でも」と幸人は後出しで言葉をつけ加える。

「俺はそのことを美月さんにもカオルにも話す。話した時点で本人たちが綺月ちゃんを止めたとしても、俺は綺月ちゃん側に立ったりはしない」

　好きなようにすればいい、でも決して背中を押すことはしない。

　幸人の意見は、元を辿れば海斗と同じ意見だった。

　自分でも、バカなことを言っているのだとわかっている。

　それでも、1人にしてしまった母が心配だった。

「ねぇ、綺月ちゃん」

「……何？」

「傷ついた人の心は簡単に癒えたりはしない」

　幸人の言葉に、私は静かに息をのんだ。

「どんな些細なきっかけでもそれが引き金となって、綺月ちゃんの首を突然絞めるかもしれない」

　自分の存在価値を探し、日々悶々と生きるための理由を探していたあの日からずいぶんと時がたった。

　あの時の奈都が握ってくれた手は温かくて、カオルが言った言葉が私の気持ちを軽くしてくれた。

　おかげで、前みたいに死ぬべきではないのかとバカなこ

とは考えなくなった。

　でも、それは決して傷が癒えたのではない。

「綺月ちゃんが前を見て歩き始めても、これから先、大事な人を見つけても、生きていることに幸せを感じても、突然"それ"はやってくる」

　わかってはいる。

　だけど、気になってしまうの、母のことが。

「どうしても家に行って様子を見たいのなら、誰かと一緒に行くべきだよ」

　幸人の言葉は妙に説得力があって重かった。

　私はとりあえず、自分の気持ちを整理する時間を作ることにした。

　そして、「もう少し考える」と言って溜まり場を出た。

　家に帰ると、カオルが倒れるように床で寝ていた。

「綺月ちゃんおかえり～」

「ただいま。ねぇ、なんでこんなところで寝てるの？」

　いびきをかきながらスヤスヤ寝ているカオルを無視し、奈都は夜ご飯の準備をしていた。

「よっぽど疲れてたのか、半分寝ながら家に帰ってきたの」

「え！　よく辿りついたね」

　家についた瞬間、床に倒れ、電池が切れたロボットのように動かなくなったカオルを、なんとかリビングまで引っ張ってきたのだと奈都は肩をすくめて言った。

　にしても、大の男がリビングで寝ているのはかなり邪魔

だ。

　朝から出かけて夕方には帰ってきたってことは、今日は夜のバイトではないのだとわかる。

　そのことに、なぜかホッとしている自分がいた。

「奈都、手伝う」

「ありがとう！　じゃあ野菜を洗ってほしいな」

「任せて」

　その気持ちを隠すように、私は別のことをして気を紛らわす。

　料理を手伝うようになって、少しずつだけど手際がよくなったと自分でもわかる。

「ご飯食べたあと、わからない問題があったから教えてほしいんだけど、いい？」

「もちろん」

「やった」

　奈都は私の生活スキルを上げてくれるし、私は奈都に勉強を教えてあげるウィンウィンの関係性だ。

　だけど、私がカオルにしてあげられることは一晩中考えても何も思いつかない。

　私を匿うメリットってカオルにはあるのだろうか。

　むしろ、食事代も１人分多くかかってしまうし、１人増えることで部屋も狭く感じるだろう。

　考えれば考えるほどデメリットでしかない。

「今日の晩飯、もしかして肉？」

「うわっ！　びっくりした！」

　そんなことを考えていると、さっきまで床でぶっ倒れて寝ていたカオルが、いつの間にか起きて私たちの後ろに立っていた。

　まだ眠いのか目が開いていない。

「急にデカい声出すなよ、頭にくるだろうが」

「死んでたのにいきなり生き返らないでよ」

「勝手に殺してんじゃねぇよ」

　カオルは暑いと言いながら上着を乱暴に脱ぎ始める。

「お兄、汗臭い～早くお風呂入ってきてよ」

「なぁ、今日肉？」

「お肉だから、近寄らないで」

「兄のことをバイ菌扱いするなよ、傷つくなぁ」

　カオルはぶつくさと文句を言いながら風呂場に向かって歩いていく。

　途中、閉まっているドアに思いっきり顔をぶつけていたけど、カオルはまだ寝ぼけているのか何も言わずリビングから消えていった。

「あんな変なカオル見るの初めてなんだけど」

「結構あんな感じだよ」

「そうなんだ」

　最近顔を見てなかったから、さらに新鮮に感じる。

「綺月ちゃん、剥きすぎだよ」

「え？　……あっ、ごめん」

　私は剥き終わった人参を、２周目３周目と延々とピーラーで剥いていた。

　久しぶりのカオルに変に動揺してしまった。

　私はこの気持ちが奈都にバレないように、数学の公式を頭の中で唱えながら野菜を切った。

　その後、カオルは晩ご飯を食べ終わると、寝ると言ってすぐに自分の部屋に消えていった。

　カオルは私が一度家に帰りたいと言ったら、なんて言うだろうか。

　今日会ったら聞いてみようかと思ったけど、まだその相談はしばらくは先延ばしになりそうだと、あの疲れきった顔を見て思った。

　その日の夜、菜穂からメッセージが入った。

【明日、海に遊びに行こう】

　うみ？

　うみ？　海？

「……海」

「どうしたの？」

　私の言葉に奈都が不思議そうな声を上げる。

「海って、この辺にあるの？」

「近くにはないけど、隣の県にきれいだって有名な海はあるよ」

　私は人生で一度も海に行ったことはなかった。

　暑いので外で遊ぶのは苦手だけど、海には行ってみたかった。

「明日、海に行こう」

「え？」

「海！」

　私は初めての海にテンションが上がり、誰が来るのか、誰がそこまで連れていってくれるのかも詳しいことは聞かずに【行く】と返事をした。

　その次の日、私は奈都とAgainの溜まり場に行くと、Againメンバー総出で海へと繰り出そうとしていた。

「待って。この人数で行くの？」

　大きなサングラスをかけて、さらに黒くなっている菜穂を捕まえて聞く。

「あれ？　言ってなかったっけ？」

「聞いてないよ！　奈都も連れてきちゃったよ！　私、カオルに怒られない？」

「大丈夫大丈夫！　カオルにも連絡入れておいたから！寝てるのかまだ既読はついてないけど」

　カオルは、奈都をAgainの溜まり場に連れていくのを嫌がっていた。

　こんな総出で行くとは思わず、海にテンションが上がって確認を怠った自分を呪う。

「大丈夫だよ、綺月ちゃんと奈都ちゃんは一喜さんが車で乗っけていってくれるって言ってたから」

　そう言う幸人は、奈都に「久しぶりだね」と手を振っていた。

「ねぇ、私、一喜さん？と、あんまり話したことないんだ

けど」

「大丈夫だよ、優しい人だから」

「でも怒ると怖いって」

「怒らせなければ大丈夫だから」

　幸人が仮面のような笑顔を向ける。

「不良の沸点って低いから怖いんだけど……海斗みたいな人だったらどうしよう」

「おい聞こえてんぞ」

「あっ、雪希久しぶりだね」

「綺月ちゃん久しぶりー！」

「無視してんなよ、クソ女」

「ほら！　沸点低い！」

　私がカオルの仲間と楽しそうに話していると、いつものあの視線が突き刺さる。

　あっ、あの人たちもいるんだ。

　その視線を辿ると、よく溜まり場に顔を見せる香水の匂いがキツい女の人たちが勢揃いしていた。

　彼女たちは、仲よさげに話している私が気に食わないのか睨みつけていた。

　私は奈都を連れ、逃げるように指定された車に乗り込んだ。

「ごめん、私こんなに人がいるとは思わなくて……」

　奈都の顔を見ると、うれしそうにAgainのメンバーを車の窓に張りつくように見ていた。

「奈都？」

「初めて来た、ここ」

　奈都は何人いるだろう、と指で丁寧に数え始める。

「これみんな、お兄の友達？」

「そう、かもね」

「すごい、お兄って友達こんなにいたんだ」

　奈都は満面の笑みで、浮き輪をすでに膨らませている彼らを眺めていた。

　ずっと知りたかったんだろう。

　カオルがどんな人と仲がよくて、家以外の落ちつける場所がどんなところなのか。

「楽しみだね」

「うん！」

　カオルにはあとで怒られよう、今は楽しいことを全力で楽しもう。

　しばらくすると、一喜さんが現れる。

「あれ、もしかしてカオルの妹？」

「はい、奈都です」

「ひぇー、似てねぇ、アイツこんな可愛くねぇぞ」

　一喜さんは車に乗り込む。そして、車のエンジンを入れて動かし始める。

　一喜さんは溜まり場の２階の部屋には居座らず、いつも下の階でみんなと遊んでいるから、部屋にずっといる私とは自己紹介以来話していない。

　みんなが怒ると怖いと話していたけど、まったくそうではなかった。

よく笑うし、冗談も言って楽しませてくれる人だった。

聡さんとはまた正反対な人だった。

「にしても、こんなくそ暑い日に海ってアホだよな」

「海は嫌いなんですか?」

「海は見るのは好きだけど、暑いのが苦手なんだよな」

一喜さんはお洒落なサングラスをかけて、鼻歌を歌いながら優雅に運転していた。

最初に走り始めた一喜さんの車を、あとからバイクで向かうAgainメンバーが次々と追い抜いていく。

途中、浮き輪をすでに体にくぐらせた状態で、バイクに乗って運転している浮かれた不良を見て、奈都と笑っていた。

「一喜さんは、なんで車なんですか?」

「そりゃあ、カオルの妹が来るって聞いたからだよ」

「じゃあ奈都のために?」

「今まで妹を連れてきたことなかったくせに、どんな風の吹き回しだと思って電話したらカオル出ねぇし、男の後ろに乗せるのも過保護な兄がなんて言うかわからねぇから」

おまけに面倒見もいいなんて、この人もしかしてかなりいい人なのでは……?

私はルームミラー越しに一喜さんの顔をじっと見ていた。

「そんなじっと見るほど俺の顔が好きなの?」

そういえば、この人ちょっとナルシスト入ってる痛い人だったのを思い出した。

　私はそっと視線を逸らした。

　しばらくすると、一喜さんが車を駐車場に停める。

「ついたぞ」

　そう言われて車から出ると、人の賑やかな声とおいしそうな匂いがしてくる。

　車に乗ってかれこれ２時間で海に到着し、遠くはないけど、やっぱり頻繁に行ける距離ではなかった。

　まわりには無数のバイクが散らかっていた。

「この坂下りると海だぞ」

　海はまだ私たちには見えず、奈都が早く行こうよと手を伸ばした。

　私はその手を握って走って坂を下りると、一面の青い海が視界を奪う。

「海だ」

「海だー!!」

　水着を着た人たちが海でプカプカと浮いていて、かと思えば砂浜の上に寝転がって肌を焼いている人もいて、家族連れもたくさんいた。

　その中でもカラフルな頭をした彼らは、もうすでにバカみたいに海ではしゃいでいて、悪目立ちしていた。

「綺月〜！」

　菜穂は私たちに気づくと、手を振りながら駆け足で近寄る。

　菜穂はすでに水着に着替えていて、大胆に肌を露出していた。

「もうみんな泳いでるよ、水着持ってきた？」

「あ、私は泳がないから」

「えぇ!?」

　私は当然のように口にすると、菜穂は「じゃあここまで何しに来たの!?」とわかりやすく目を見開いて驚く。

「あ、でも奈都は持ってきてるから、更衣室まで連れていってあげて」

「え？　本当に泳がないの？」

「うん、そもそも水着持ってないしね」

「そんなの言ってくれれば私の貸したのに！」

「いやいや、そんな大胆な水着、私は着れないよ」

　自分の体に自信があるわけでもないし、確実に丁重にお断りするだろう。

　私はカバンから帽子を取り出すと、暑さ対策で深く被った。

「私は日陰で眺めてるから、奈都のことよろしく」

「それは全然いいけど」

「絶対変な不良と絡ませないでよ」

「もう！　わかってるって！　行こう、奈都ちゃん！」

　しつこく釘を刺すと、菜穂はカオル並みの過保護っぷりだと軽く文句を言いながら奈都を連れていってしまった。

　1人になった私は木で日陰になったベンチに座り、海をひたすら眺める。

　海に近づくと潮の匂いが微かに鼻をかすめる。

　太陽の光が海に反射し、キラキラと光る。

　初めての海に、私は気づくとスマホを取り出し写真を1枚撮(と)っていた。

「あーやっぱ暑いな」

　一喜さんは眉間にシワを寄せ、すでに暑さにうんざりしながら私に近寄る。

「熱中症(ねっちゅうしょう)になるなよ」

　一喜さんは飲み物をくれると、隣のベンチに座った。

「ありがとうございます」

　私は手にしたジュースを眺めながらお礼を言うと、一喜さんは満足げに笑った。

「入らねぇんだな、楽しみにしてたからてっきり泳ぐの好きだと思ってたわ」

「たぶん私、泳げないと思います」

「なんで、たぶんなんだよ」

　私は弄ぶように砂浜に足で丸を描(か)く。

「水の中は思っていた以上に静かで、それは心地よかったんですけど、それに息苦しさを感じるとなんかもうダメみたいで……。水の中はまるで家の中にいるみたいで、気づいたら学校のプールで溺(おぼ)れてました」

　中学の頃、夏になると水泳の授業があった。

　プールや海で遊んだことのない私は、それなりに楽しみにしていた。

　だけど、いざ水の中で見様見真似で泳いでみると、想像以上に外の音が聞こえなくなることに戸惑った。

　それに水の中では息ができず、水も冷たく、体も重くて、

　私は身動きが取れないことに気づくと、バカみたいにもがいていた。

　そこから母に水泳の時間は見学するようにと言われ、それからは水の中を泳いだことはない。

　あの時は水が怖いというよりも、母の存在が怖かった。

「奇遇だな、俺も泳げねぇんだわ」

　一喜さんは唯一怖いものが水だと笑って言った。

　だけど大の男が水の中が怖いなんて言うと笑われるしかっこ悪いから、暑いところが苦手なのだと嘘をついて、いつも離れたところで眺めているのだとカミングアウトをした。

　水の中は嫌いだけど、人が騒いでいるのを見るのは好きだから毎年来ていると話す一喜さんに、一喜さんらしいなと思った。

　私たちはしばらく無言で海を眺めていると、一喜さんのスマホが鳴り席を外す。

　私は楽しそうにはしゃいでいる奈都と菜穂を見ながら、自然と顔が緩む。

「ねぇ」

　その時、誰かが私に声をかける。

　私がゆっくりと視線を移すと、そこには怖い顔をして仁王立ちで立っている、よく溜まり場に出入りする女の人たちがいた。

　いつか絡まれるとは思っていたけど、よりによって今日かと思った。

「一喜さんと何を話してたの？」

「……世間話ですけど」

　彼女たちは菜穂よりも露出が高い水着を着ていて、男の人たちを誘惑しようという魂胆が見え見えだった。

　実際のところさっきまで男の人に囲まれていたのに、いつその場所から離れてここに来たのだろうか。

　いやたぶん、一喜さんが席を外すのを見計らっていたのだろう。

「あんたさ、もしかして隠れビッチ？」

「……え？」

　彼女たちは私を汚いものでも見るような目で、見下ろして言う。

「カオルに手出しておいて、他のメンバーとも仲いいし、しまいには一喜さんにも色目使ってなんのつもり？」

　呆れた。

　ただ話しているだけなのに、彼女たちには色目を使っていると思われるのか。

「美月さんの妹だか知らないけど、あんたみたいな地味な女、カオルたちが相手にするわけないでしょ」

　そんなの私が一番わかってる。

　カオルは私のことは、そういう目では見ないってことを。

「みんな仕方なく相手してあげてるだけでつけ上がらないでくれる？」

「別にそういうつもりじゃ……」

「そういうつもりじゃなくても、そう見られるような行動

するなって言ってんの」

　つねに上からで、自分たちの考え方が間違ってないと信じて疑わない彼女たちはある意味清々しかった。

「そもそもあんたがカオルの家に一緒に住んでること自体、気に食わないんだよね」

　そんなことは見てればわかるし、顔にも態度にもわかりやすいほど出ている。

「みんな暗黙の了解で我慢してるの、あんたにはわからないだろうけど」

「……我慢？」

「２階の部屋に出入りするカオルたちは特別なの、聡さんに一目置かれている証拠だし、実際あのレベルの男を自分のものにできるならみんなやってる。でも、自分のものにしないのはカオルたちは１人の女のものになったら価値が下がるから」

　……待って、この人たち何を言ってるの？

　あのレベルの男？　価値が下がる？

「１人の女しか抱けなくなるなんて、そんなつまらない男いらないでしょ」

　話を聞く限り、彼女たちは別にカオルのことは好きではない。

　カオルという価値が好きなだけで、彼女たちにとってはブランド品を身につけるような感覚だった。

　それに激しく嫌悪感をいだく。

「だから、カオルのものになろうなんて思わないで。それ

は他のメンバーも一緒だから」

　カオルをなんだと思っているのか、私は内臓からフツフツと怒りが湧き上がる。

「立場をわきまえてくれる？」

　彼女たちは言いたいことを言って満足したのか、私に背中を向ける。

　私はそんな華奢な後ろ姿に、思いっきり砂をぶちまけた。

「はぁ!?　ちょっと！　何すんのよ！」

　気持ち悪い……。

　カオルを物だと思ってるこの人たちのことが。

「私はカオルの女じゃないし、どうせ女としても見られてないわよ。そこは別に間違ってないから否定しない」

「……何？　自暴自棄になったの？」

　彼女たちが鼻で笑う。

「でも今、あんたたちと同じ女だなんて恥ずかしいって心の底から思った。そういう目でしか異性を見られないなんて、かわいそうで憐れだね」

「はぁ？」

「結局、カオルに相手にされないから僻んでるようにしか見えないし、そんな牽制、見てて痛いからやめたら？」

　彼女たちの真ん中に立つリーダー格の女が、私の頬を勢いよくぶっ叩いた。

　痛みが頬から全身へと痺れた。

　私はやり返したくなる気持ちをグッと堪え、女を睨みつける。

「カオルの価値は、あんたらなんかが推し量れるほど安くないのよ」

　お願いだから、カオルの前から消えて。

「調子乗んなよ！」

　また女が頬を叩こうと手を振り上げると、今度は振り下ろされることはなく、海斗が阻止する。

「……カイ」

「悪いけど、消えてくんね？」

　海斗の殺気が痛くて、彼女たちは怯えながら距離を取る。

「カ、カイもコイツに騙されてるのよ」

「騙されてねぇよ」

「だったらなんでこんな女庇うわけ!?　私と寝たくせに！」

「誰とでも寝る女と俺も寝て何が悪いんだよ」

「はぁ？　最低……」

「それを望んでるのはお前らだろ。言っとくけど、俺はお前らをセフレとしか見てねぇけど、カオルはお前らのこと女としても見てねぇから。お前らを今後本命に置くこともねぇから安心しろ」

　海斗の乱入によって騒ぎが大きくなり、幸人と菜穂がどうしたのかと心配で近寄ってくる。

「そう考えると、幾分かカオルより俺のほうがマシだろ？　いつでも抱いてやるけど、そういう意地汚ぇことしてると、カオルにAgainから追放されるぞ。次はねぇから」

　彼女たちは海斗の言葉にひどく傷ついた顔をして、逃げるように私から離れていく。

「綺月、大丈夫？」

「……大丈夫」

「待って、頬腫れてる、あの子たちに何かされたの？　何があったの？」

　菜穂は熱を持った頬を優しく自分の手で包む。

　海斗は面倒くさそうに頭をかきながら私の前に立つ。

　何を言おうか言葉を選んでいる海斗よりも先に、私が口を開いた。

「余計なことしないで」

「はぁ？」

　助けてもらったのに、感謝とは正反対の言葉を言う。

「次、殴られたら殴り返すつもりだったのに」

　カオルの価値が下がるだとか、つまらない男だとか、好き勝手言いやがって……本当腹立つ。

「あんたもあんたよ、あんな女相手にしてる時間あるなら奈都と一緒に勉強でもしろ」

「コイツ結構口悪いな」

「あー腹立つ……カオルのことバカにする奴全員ハゲろ」

　私は怒りながら、一喜さんに貰ったまだほんのり冷たいジュースを頬に当てる。

　こんなにも怒りを露わにしている私を見て、みんなが戸惑っていると噴き出すような笑い声が聞こえてくる。

「もう温いだろ？　そんなんじゃ冷やす意味ないぞ」

　電話で席を外していた一喜さんが、一部始終見ていたのかケラケラと笑いながら新しく買ってきた飲み物を私の頬

に当てる。

「綺月ちゃん、もしかしてカオルのこと好きなのか？」

　その問いは、もう愚問でしょ。

「こんなの、明らかに好きでしょ。認めたくないけど……」

　ずっと誤魔化してきたけど、もうさすがに無理。

　私はカオルが好き。たぶんかなり好き。

「えっ、えっ！　え!?」

　菜穂の驚いた声が響き、幸人は面白そうに笑って、海斗は興味なさげに海へと戻った。

　このモヤモヤとした気持ちをハッキリと理解してしまったら、驚くほどスッキリと心が晴れた。

こっちに来て

「なんで？　なんでなの？」

　私は冷たくて甘いシロップがかかったかき氷を食べなが
ら、菜穂の質問攻めを右耳から左耳へと受け流す。

　カオルが好きだとハッキリと認めてから、菜穂は正当な
理由を求めてくる。

「カオルのこといつから好きなの？」

「……いつからだろう」

「なんでわからないのよ！」

　ちゃんと遡(さかのぼ)って考えたら、最初カオルを見た時からな気
がする……。

「まぁたしかに顔はイケてると思うし、スタイルもいいか
ら彼氏にしたら自慢できると思うけど、それだけだよ？
顔なんて３日で飽きるんだよ？　若干ナルシスト入ってる
し、シスコンだし」

　仲いいのに、容姿だけしか褒(ほ)められないカオルが不憫(ふびん)で
ならない。

　私はかき氷をスプーンでザクザクと溶かしながらシロッ
プ漬けになった氷を次から次へと口に運ぶ。

「別に彼氏にしたいわけじゃないし」

「え!?　じゃあ綺月は何がしたいわけ!?」

　私は何がしたいんだろう……。

　そもそもカオルに恋愛感情(れんあい)をいだいても、彼氏にしたい

とかそういう欲求は湧かないんだよなぁ。嫉妬はするのに。

　でも、強いて言うなら、私ができることならなんでもやりたい。

　居候させてもらってるわけだし、辛い時に助けてくれたから、それなりに恩返しはしたい。

「あっ」

　その時、横でバタバタしていた菜穂が何かに気づいたように動きを止める。

　菜穂の視線を辿ると、そこには気だるそうに砂浜を歩くカオルがいた。

　起きてからすぐに来たのか、髪の毛はセットされておらず、目にかかる長めの前髪を邪魔そうに手でかき上げていた。

　私たち以外にも徐々にカオルに気づき、みんなが駆け寄りあっという間に輪ができる。

「こう見るとやっぱりイケメンなんだよな」

　ラフな格好が逆に新鮮で、知らない女の人たちまでカオルをチラチラと盗み見していた。

「カオルは、顔だけじゃないでしょ」

「え？」

「私は、別に顔がよくて好きになったわけじゃないから」

　カオルの価値が顔だけなら、あんなふうにみんなに慕われたりしない。

「そんなことわかってるよ。そもそも綺月は顔だけで誰かを好きになるような子じゃないもん。私だって、喜んで

応援したいよ」
「いや応援とかしなくていいから」
「でも、綺月には傷ついてほしくないし、さっきだって殴られたばっかだし、カオルを狙ってる女たくさんいるし何より怖いんだもん」
「私、あんな女たちには負ける気しないけど」
「その負けん気の強さが、それ以上に怖い！　いちいち突っかかったりしないでよ！　本当にいつかケガするから！　ていうか、もうしてるし！」
　菜穂は私にしがみつくように抱きついてくるので、暑苦しいと引き剥がす。
「ところで奈都は？」
「あーそこ、せっきと遊んでる」
　奈都は雪希が持ってきた浮き輪に乗ってプカプカと浮かんでいて、何やら雪希と楽しそうに話をしていた。
「せっき精神年齢低いから、奈都ちゃんも気兼ねなく話せるみたい」
　私は奈都と雪希を見ていると、そこにカオルが合流する。
　奈都は兄の登場に驚き、浮き輪から落ちる。
　遠目でそんな光景を見ながら、食べ終わったかき氷の器をゴミ箱に捨てる。
「ねぇ、綺月ベロ出してよ」
　菜穂に言われ、私は舌を出す。
「うわっ！　真っ赤だ！　イチゴ味！」
「かき氷の欠点はこれだなぁ」

　冷たくて甘くて夏には最高だから、舌が着色されるくらいはやむを得ない。

「ねぇ、やっぱり海入ろうよ」

「だから水着持ってきてないって」

「今から買いに行こうよ、誰かに乗せてもらってさ！」

「えー面倒くさい」

「んもう！　なんでよ！」

　菜穂は足をバタバタさせながら、子供みたいに駄々を捏ねている。

　別に潜らなければなんの問題もないけれど、なぜか気が乗らなかった。

　今さら水着を買いに行くのも面倒くさいし、海を見れただけで十分だった。

「ほら、泳いできたら？」

　そろそろ海に入りたそうにウズウズしている菜穂を置いて、私はまた日陰になっているところに腰を下ろした。

「暇になったら呼んでよねー！」

　そんなに距離も離れていないのに大きい声でそう言い残すと、走って海に入っていった。

　1人になった私は、ボーッと海を眺めながら眠気がどっと来るのを感じ、それに抗わず目を静かに閉じた。

　海ではしゃぐ人たちの声が少しずつ遠のいていく。

　日陰にいることでほどよい暖かさと、涼しい風が髪を揺らして心地よかった。

　静かなあの家で眠れなくなっていたあの時とは違う。

すべてが180度変わってしまった、しかもいい方向に。

それもこれも全部カオルのおかげだった。

最初は絶対に関わりたくない人種だと、わかりやすいくらいに避けていたけど、今は避けられると悲しくなる。

こういう感情も含めて恋というのなら、恋はかなり面倒くさい。

みんなこんなことして学生生活を楽しんでいたんだなと思うと、勉強ばかりしてきた自分がいかに取り残されていたのかに今さら気づく。

私はこれからのことを考えていきたい。

これからどんな道を歩いて、どんな選択をして、どんな大人になるのか。

カオルが言ってくれたように、私の人生を私だけのものにしたい。

もう誰からも、生き方をコントロールされたくはない。

私は、少しずつ自由へと歩き始めていた。

私がこの先、この気持ちをカオルに伝える選択をしなくても、カオルの家を出て自分の家に戻っても、Againの溜まり場に顔を出さなくなっても、彼らと会わない選択をしたとしても、私はきっとずっと考えると思う。

カオルと会わなくなっても、私はこれから先もずっとカオルに恩を返したい気持ちはなくならない自信があった。

それくらいに私はカオルに感謝していた。

「ねぇねぇ」

　気づくと、誰かが私の肩を揺らしていた。

　いつの間にか寝ていたのか、ぼやける視界の中男2人が私の顔を覗き込むように見ていた。

「ここで寝るのは暑くない？」

「寝るなら近くにホテルあるから、そこで寝たらいいよ」

「涼しいからよく寝れるよ、ほら立って立って」

　私はまだ完全に目が覚めていなかったのか、言われるがままに立ち上がる。

　この人たち、Againのメンバーかな？

　私は掴まれた腕に抗う前に誰なのか考える。

　Againのメンバーだったら、ついていっても問題はないだろうと、私は男2人の後ろ姿をボーッと見ながら歩き始める。

　あっ、その前に菜穂に伝えといたほうがいいかな。

　足を止めると、彼らは少し焦ったように、腕を引っ張る強さが強引になる。

　日陰から出て日向へと足を踏み入れた瞬間、暑さが私の目を完全に覚ます。

　私はとっさに腕を振り払い、彼らから距離を取る。

「……誰？」

　Againのメンバーが何人いるのかも、顔なんてもちろん把握していないけど、彼らの顔を見ればAgainのメンバーではないことがわかる。

　何かを企んでいそうな、気持ち悪い顔をしていた。

「寝苦しそうにしてたから、涼しい場所を教えてあげよう

と思っただけだよ」

「友達に頼まれたんだ、キミが寝ているから連れていって
くれないかって」

　男は、海で遊んでいるAgainメンバーの大群を指さした。

　適当なのか、それとも本当なのか。

　私には判断がつかなかった。

「……友達って、誰から？」

　２階の部屋に出入りするのはごく一部の人間で、私はそ
の人たちをよく知っている。

　カオルたちに頼まれたのなら、誰からか名前は言えるは
ずだ。

「カオルからだよ」

　でも彼らは、たしかにカオルと口にした。

　本当にカオルが頼んだの？

　この男たちを信じていいの？

「ここにずっといるのは暑いでしょ？　ほら行こう」

　男の１人がまた私の腕を掴むとさっきよりも強い力で
引っ張られ、思わず「痛っ」と声が漏れる。

「あー、ごめん、痛かった？」

「俺らも暑くてさ、早く涼しい場所行きたかったんだよね、
急かしてるみたいで悪いね」

　彼らはそう言って謝るけど、全然悪いと思っていないの
が全面に顔に出ていた。

「離して」

　怪しすぎる彼らを信用してついていくのは、あまりにも

怖かった。

　そう言うと、彼らの表情が嘘くさい笑顔から面倒くさそうな気だるい表情に変わる。

「いいから早く来いよ」

「めんどくせぇな、どうせその気だったんだろ？」

　はあ？　んな訳ないでしょ！

　もちろん私の離してというお願いを素直に受け入れてくれるはずもなく、さらに強い力でグイグイ引っ張られる。

「ちょっと痛いから！　離してよ！」

「うるせぇな、静かにしろ！」

　男の力ってこんなにも強いのかと、どんなにジタバタしても離れない手に恐怖を感じた。

　どうしよう、ここから叫んだら菜穂たちに届くだろうか。

　私は赤くなる腕を見ながら、この状況に恐怖と戸惑いが頭を支配していた。

「おい、どこ行くんだよ、綺月」

　その時、後ろから声がして、彼らが動きを止める。

　振り返ると同時に、カオルの長い足が私の腕を握っている男に向けられる。

「え？」

　私が間抜けな声を漏らした瞬間、男はだらしなく倒れていた。

　さっきまで力では勝てなかった男が、咳き込みながら腹を押さえて痛がっている。

「おい、てめぇ何してくれてんだよ！」

もう1人の男が怒りを露わにし、勢いつけて振り上げた拳をカオルは軽々と手で受け止めると、その状態のまま腕を捻り上げる。

痛い痛いと声を上げる男に、カオルは舌打ちをする。

「お前ら誰だよ」

いつもより低い声と殺気に、私はカオルと初めて話した時、公園の前で怒らせた声のトーンに似ていることに気づいた。

これは完全に怒っている。

「初めて見る顔だな」

「……え?」

でも、この男たち、たしかにカオルの名前を知っていた。

カオルは知らないのに、彼らは知っていることに疑問が湧く。

「誰だか言えよ」

「いいから離せよ!」

「言わねぇと骨折るぞ」

えっ!

私は骨を折られたことを想像して、勝手に痛がり口を手で押さえる。

カオルは本気なのか、力を強めると男はまた大げさに痛がる。

「……おい、コイツAgainのカオルじゃね?」

「はぁ? まさかカオルってAgainのカオルだったのか?」

男たちはカオルを知っているのか、顔を認識すると急に

ワナワナと震え始める。

　そして無様な格好で、命乞いするように口を開き始める。

「……お、俺らはただいい女がいるって言われただけだ！この女が男に飢えてるから、そそのかしたらついていくから、あとは好きなように遊べるって！」

　……はぁ？

　誰がそんなこと……。

「ナンパした女たちが、カオルって奴に頼まれたからって言えばどこでもついていくからって教えてもらったから声かけたのに、この女、急に暴れ出すから！」

　腹を押さえ痛がっていた男が「あの女たちだ」と指を差す。

　その先を辿ると、さっき私にカオルの価値がどうとか散々言ってきた女の人たちが隠れるようにこの光景を見ていた。

　自分たちの存在がバレたと思った彼女たちは、逃げるように走っていった。

　カオルが彼女たちに気を取られ、力を一瞬緩めた隙に今度は男たちも逃げるように走ってその場から距離をとる。

　カオルはすぐに追いかけようとしたけど、その男たちとは正反対に逃げていった女たちのほうに向かって、私が歩き始めるので渋々足を止める。

「あの女たち、やっぱり殴る」

「おい待て待て、なに追いかけようとしてんだよ」

「殴りに行くのよ」

　完全に私に対する復讐だと理解すると、さっきまでの恐怖は一気に飛んで今度は怒りが湧く。

「なんでそんなに怒ってんだよ、何かあったのか？」

「だって、あの女たち……！」

　感情に任せてつい口が滑りそうになり、慌てて途中で抑え込む。

「だって、なんだよ？」

「いや、別に」

「は？　別にってなんだよ、何かあったんだろ」

　自分のことを価値があるだとかないだとか、自分がいないところで言われているのは誰だってよくは思わない。

　聞いても損しかない話をしたところで意味はない。

　私はどうやって話を逸らそうかと考えていると、カオルが突然私の頬に触れる。

「……なんか腫れてないか？」

　一喜さんが買ってくれた飲み物で十分冷やしたはずの頬は、夏の暑さによってまた赤みがぶり返していたことに私は気づいていなかった。

「あの男たちに何かされたのか？　それとも、あの女たちか？」

　カオルは自分が殴られたかのように、顔をしかめて痛がっていた。

「言えよ、誰にやられたんだよ」

　答えてくれるまで解放してくれそうにないカオルに、私はゆっくりと息を吐いた。

「ただぶつけただけだよ、誰にも何もされていない」

　私は嘘をついた。

　ただぶつけただけだ、自分でドジを踏んでしまっただけ
だ。

　そう言うと、カオルはあからさまにホッとして肩を落と
す。

「……なんで」

「ん？」

「なんでそんな顔するの？」

　なんで、そんな心底心配したように私を見るの？

　カオルにとって私は、ただのそこらへんにいるような女
でしょ？

　ただ強いて違うところがあるというのなら、それは
ちょっと訳ありで面倒な女ってだけだ。

　むしろ他の女の人よりかは明らかに劣(おと)っている。

　そう聞くと、カオルは私の手を握る。

「俺は……」

　カオルが何かを言い終わる前に、私はとっさに手を振り
払った。

　一緒にしてほしくなかった。

　他の女の人たちと一緒の接し方で、私に触ってほしくな
かった。

　私はカオルにとって何者でもない。

　彼女でもないし、菜穂みたいに前から仲よくもない。

　他の女の人に嫉妬して、自分だけを見てほしいなんてい

う独占欲を持ってもいい立場ではない。

「いらない、そういうの」

　勝手に自惚れてしまうから、もう優しくしないでほしい。

　１ミリたりとも期待なんてしたくない。

　これ以上私の心をかき混ぜてほしくない一心で、私はカオルを拒絶した。

　頭の中で考えていることは一度も口にせず、私は助けてもらったお礼を言うことも忘れ、カオルに背中を向ける。

　私がカオルに出会って変わっても、カオルは私と出会って変わったりはしない。

　そんなことは当たり前だ。

　カオルの人生も、カオルだけのものなんだ。

　嫉妬や独占欲が顔を出しても、決して私はカオルの彼女になりたいわけではない。

　それでも私は、カオルの人生の一部に入りたいと願う自分がいた。

　明らかに矛盾していた。

　彼女になる気はないのに、人生の一部に入りたいなんて、自分でも何を言っているのかわからないし、こんなグチャグチャな気持ちに振り回されて気持ち悪かった。

　こんな自分がいることにも、私は幻滅した。

　その日から、私たちの間にはたしかな亀裂が入った。

　私はカオルに話しかけなくなった。

　家の中にいても、２人っきりになっても。

　カオルが夜の仕事で甘い匂いをつけて帰るたび、私は余計なことを口走らないように息を止めた。

　カオルも海に行った日以来、私に指１本触れなくなった。

　私と２人っきりになると、必ずカオルから席を外した。

　避けられているような気がするから、完全に避けられているに変わった。

　"好き"という感情は私にとってはよくわからず、邪魔でしかなかった。

　今までなら何も考えずにしていたことが、好きと認めた瞬間から、下心がバレないだろうか、また嫉妬や独占欲が顔を出したりしないだろうかといったん考えるようになった。

　自分ってこんなにも面倒くさかったのかと、今さら気づく。

　そんな感情に振り回されていると、いつの間にか夏休みが終わり、２学期が始まっていた。

　菜穂はあっという間の夏休みに１週間ショックを受けて、やる気が削がれていた。

　またしても、遊びすぎて宿題を疎かにした菜穂は、夏休みが終わる３日前に案の定私に助けを求めてきた。

　宿題は計画的にやったほうがいいとあれだけ念を押したのに、やはり聞いてはいなかった。

　夏休み明けのテストも私は上々だったけど、菜穂は頬がヤスリで削られたようにコケていて、見ていてかわいそう

だった。

「すごすぎでしょ、塾に行ってなくても学年1位って天才じゃない?」

　菜穂は絶句しながら、廊下に貼り出された結果を見て言った。

　あの家を出てから塾にも通わなくなったけど、ちゃんと学年1位をキープしていた。

　塾に通わなくても、毎日食べて、ちゃんと寝て、奈都と一緒に勉強しているだけで自然と捗（はかど）っていた。

「勉強は裏切らない」

「名言じゃん」

　勉強がすべてだった昔の私にとって、今でも勉強は取り除けない人生の一部のようだった。

　勉強を捨てたほうが楽になるのではないかと思ったけど、やはり捨てるのは安易な考えだったんだなと改めて思う。

「奈都ちゃんはどう?　成績上がった?」

「この夏休みは受験生にとっては勉強一色だから、当然平均点も上がるわけだし、一概（いちがい）にも上がったとかは今はなんとも言えないかな」

「そっか、難しいねやっぱり」

「うん、でも本人はバチバチにやる気だから大丈夫」

「うわっ、負けず嫌いだね〜、そういうところはカオルにそっくり」

　カオルの名前が出るだけで、動揺して動きが一瞬止まる。

　それに気づいた菜穂がおかしそうに笑う。

「あー、カオルと言えばさ、最近アイツどうよ？」

「……何そのざっくりとした聞き方」

「いやさ、ここ最近変なんだよね」

　……変？

　カオルが？

「溜まり場にもあまり顔を出さないし、私たちの連絡も返信遅いし、忙しいとか言いながらも、繁華街付近でよく見かけるようになった……っていう噂がチラホラと耳に入っててさ……」

「繁華街？　バイト先なんじゃないの？」

「いや、カオルはあんまり騒がしい場所は好きじゃないから、バイトが終わったらすぐ家に帰るはずなの。でも、この時期になると、カオルいつもフラフラほっつき歩いてるんだよね。ケガも増えるし、頭に血が上りやすくなるし。Again内で、今カオルのイメージ悪くなってるのよね」

　『この時期』という言葉に引っかかったけど、私はそれよりも後半部分が気になった。

「ケガ？　なんかあったの？」

　海に行った日以来、私も溜まり場には行ってない。

　家でもカオルとすれ違いになって、最近は顔も見ていない。

　だから、カオルのケガなんて知らなかった。

「綺月さ、ちょっとカオルのこと見てて。なんかおかしいことあったら逐一教えてくれない？　次期総長があんな

だったら下に示しがつかないから」

　菜穂のお願いに、私は頷いた。

　カオルは昔から"そういう人"だったと、この日、菜穂から昔の話を聞いた。

　しばらく姿を消したかと思えば、フラッとまた現れて『長ぇクソしてた』なんて冗談を言って帰ってくるような奴だったと。

　正直何を考えているかわからないけど、カオルを縛りつけるような行為だけは聡さんが断じて禁じていた。

　『縛りつけたらカオルはAgainを抜ける』と、聡さんが以前口にしたことがあったらしい。

　でも、Againはカオルにとってもう1つの家みたいな場所で、その場所に縛りつけられるのは悪いことではない気がした。

　それだけ、Againのメンバーがカオルを信用しているということにもなるし、なおさらカオルが抜けるという意味が理解できなかった。

　カオルが何を考えているのか、私にはわからないことだらけだった。

　それ以前に、私はカオルのことについてちゃんと知ろうとしていたのだろうか。

　もしかしたらカオルの中にも、私のように"ナニカ"が存在しているのではないか。

　私はその日1日中、カオルのことを考えていた。

　9月が終わろうとしている頃、久しぶりにお姉ちゃんから連絡が入る。

「もしもし」

《もしもし、綺月？》

　私はいつものように奈都と一緒に勉強をしていたけど、お姉ちゃんの着信で席を外す。

　電話越しだけど、お姉ちゃんの声を聞くのが懐かしくて表情筋が緩む。

《明日さ、学校終わったら溜まり場寄れない？》

「いいけど、なんで？」

《ちょっとカオルのことで話しておきたいことがあって》

　カオルのこと？

　もしかして、菜穂が言ってたAgain内でのカオルのイメージがまたひどくなってるのかな？

　私は嫌な予感がしていた。

「カオルのことを話したところでなんか意味あるの？」

　現状避けられ続けている私が、カオルのことで首を突っ込んでも変わらない気がした。

　むしろ、悪くなると思った。

《意味はあるよ、とにかく明日来てね》

「……わかった」

《そっちに一喜を送るから、一喜の車に乗ってね》

「うん」

　そう言われ、私は電話を切った。

　思い返してみれば、9月に入ったあたりからカオルの様

子が変だった。

　奈都の前ではよく笑っていたカオルだったけど、最近は奈都の前でも笑わなくなった。

　笑わなくなったっていうよりかは、話さなくなったって言ったほうが正しいのかも。

　カオルの中で、何かが起きている。

「綺月ちゃん」

　その時、後ろから奈都の声がして、慌てて振り返る。

「ん？」

「お兄がまた迷惑かけてる？」

　……迷惑？

　奈都は、たしかにそう言った。

　『また』迷惑をかけている、それは何度も迷惑になるようなことをやっているということだ。

「最近のお兄の目は、手がつけられない時の目だから」

　一緒に暮らしている奈都は、カオルのことをよく知っている。

　それをカオルがもし必死に隠そうとしていたとしても、家族の奈都にはすぐにバレる。

　だけど奈都は、今までそのことをカオルに追及することはなかったのだろう。

　だって人は痛いところを突かれると、どういう反応をとるのか先が読めないからだ。

　私は奈都に大丈夫とだけ言って、他には何も言わなかった。

　次の日、お姉ちゃんに言われたとおり一喜さんの車に
乗って溜まり場に向かう。

「俺が言ったんだ」

　一喜さんは運転をしながら唐突に口を開いた。

　私はバックミラー越しに一喜さんと目が合う。

　何を？と言い返す前に、一喜さんが話の続きをする。

「綺月ちゃんなら心を開くんじゃないかって」

　私が、誰の心を開くの？

　そう考えたけど、すぐに誰かわかってしまった。

　きっと、カオルのことだと。

「あの……！」

「ついた、続きは中でしよう」

　一喜さんは乱暴に車を停めると、少し急ぐように車から
降りた。

　私は胸騒ぎを感じながら、一喜さんのあとを追って車を
降り、溜まり場に足を踏み入れる。

　いつものように不良が作った一本道を歩きながら階段を
上がると、一度振り返り2階から1階を見下ろす。

　すると、1階の隅のほうに隠れるように

　カオルの姿があった。

　なんだ……カオルいるじゃん……。

　でもなんであんなところに？

　総長代理のくせにカオルは初めて私を溜まり場に連れて
きた時から、2階に行くのを嫌がっていた。

「綺月ちゃん？」

　立ち止まっている私に気づき、一喜さんが声をかける。

「あの、カオルってなんで代理なんですか？」

　今までカオルのAgainでの立ち位置とかは気になっていたけど、不良のくせにと言ってた手前、意地になって聞けずにいたことを今初めて自分から聞く。

「……カオルは急に消えるから」

　──え？

　その時、１階から何かが割れる音がした。

　驚いて２階から１階の様子を見ると、窓ガラスが派手に割れていた。

「……カオル？」

　その近くでカオルが、男の胸ぐらを掴み威嚇(いかく)していた。

　窓ガラスが割れた音に、部屋にいた聡さんたちがゾロゾロと顔を出す。

　お姉ちゃんは私を見てから、騒がしい１階を見る。

　すると、聡さんを筆頭にみんなが慌てたように１階に下りていく。

　私もゆっくりと１階に下りる。

「カオル！」

　聡さんの声が溜まり場に響いて、騒がしかった場所が一瞬で静まり返る。

　カオルの胸ぐらを掴む手が赤く染まっていて、床にポタポタと何かが垂れる。

　それが血だとわかった時、窓ガラスを割ったのはカオルだと、今の状況を繋ぎ合わせて読み取る。

「何やってるんだ！　離せ！」

　聡さんが無理やりカオルを引き剥がす。

　カオルに胸ぐらを掴まれていた男は、恐怖で尻もちをつき、口が小刻みに震えていた。

　圧倒的な力を前にして、勝てないとわかった時、こんなふうに逃げる力も出ないのだと哀れに思えた。

　それと同時に、今血を流して立っているカオルのことを悪魔か、バケモノかそういう類の得体の知れないものに見えた。

「内輪揉めは許さないとあれほど言っただろ」

　カオルは聡さんの声が耳に入らないのか、長い前髪の隙間から見える目が明らかに据わっていた。

「カオル！　聞いてんのか!?」

　こんなにも聡さんが怒ったところを見るのは初めてで、恐怖で一歩後ずさる。

　それと同時に、カオルの目線が動いて私のほうを見た、気がした。

　──誰？

　素直にそう思った。

　カオルは我に返ったように天を仰ぐと、長い前髪を血で染まった手でかき上げた。

　そして、ひどく怯えたみんなの顔、割られた窓ガラス、血が出ている自分の手を見て、小さく息を吐いた。

「おい、どこ行く気だ」

「……頭冷やしてくる」

「待て、話は終わってねぇぞ！　カオル！」
「話すことなんて今さらなんもねぇだろ」
　カオルはそう吐き捨てると、血を床に垂らしながら溜まり場から消えていった。
　カオルが残していったのは、割れた窓ガラスの破片と、カオルの血と、最悪な空気だった。
　私はこの日、初めてカオルの痛みに触れた気がした。

「怖すぎるだろ、なんだよあれ。殺されるかと思ったぜ」
　窓ガラスの破片を片づけている男たちが、静かに本音を漏らした。
　その後、カオルに胸ぐらを掴まれていた男は、話を聞きたいと聡さんに連れられ２階の部屋に入っていった。
　一喜さんや、お姉ちゃん、幸人、海斗、菜穂も一緒に部屋に入ったけど、雪希と私だけは１階に残り、片づけを手伝っていた。
　本音を漏らした男を止めるかのように、その近くにいた男が肩を叩いて雪希のほうを見た。
　この場にカオルと仲のいい雪希がいるというのに、そんなことを漏らすのはまずいだろうという気づかいだった。
「別にいいよ、みんな考えてることは言わなくてもわかってるから」
　雪希はそんな視線に気づくと、いつもみたいに笑って言った。
　幸人や海斗、菜穂も事情を聞きに部屋に入ったのに、な

ぜか雪希だけは私と残った。

「雪希は気にならないの？　カオルがあんなことをした理由を」

　血を拭いている雪希に、私は恐る恐る話しかけた。

「カオルがあんなことをするのは一度や二度じゃないから」

「……え？」

「でも、ケンカ以外でメンバーに手を出したのは初めてかな」

　みんな雪希の話が気になるのか、聞いてないふりをして静かに聞き耳を立てていた。

「あんなふうになったカオルはもう誰も手をつけられないから、困ったよホント」

　こんなカオルを見るのは初めての私からすれば、もう何がなんだかわからなかった。

　ただ戸惑っていて、状況がまったく読めない。

　雪希でさえこんなに落ちついているのに、私の心臓はいまだに激しく音を立てていた。

「でも、あと少しで終わるはずだから」

「……どういうこと？」

「この時期は手に負えないけど、時がたてば、またいつものカオルに戻るから」

　時期って何？

　いったいカオルに何が起きているの？

　私は1人だけ取り残されている気分になった。

　その時、2階からお姉ちゃんが私を呼ぶ。

「ちょっと来て」

　お姉ちゃんに手招きされ、私はカオルに威嚇されていた男と入れ替わるように部屋に入った。

　部屋の空気は、今までにないくらい最悪だった。

　聡さんはイラついているのか眉間にシワを寄せていて、お喋り好きな一喜さんは項垂れるようにイスに座っていて、幸人は腕を組んで何かを考えていて、海斗は目を閉じて今の状況を整理していて、菜穂は心配そうに唇を噛んでいた。

　こんな状況で、なんで私が呼ばれたのかますますわからなかった。

　私は空いているイスに座ると、すぐに聡さんが口を開いた。

「悪いな、変なところ見せて」

「……いえ」

「それで急で悪いんだけど、綺月にもカオルのことを話しておきたい」

「ちょっと待ってください」

　すぐに話を続けようとした聡さんに、私は待ったをかける。

　私は正直、あまり聞きたくなかった。

　カオルの話を聞いても役に立てそうにはない気がしたし、それでカオルの見方が変わってしまうんじゃないかと怖かった。

「私は、その話を聞くのに相応しいですか？」

　そう聞くと、聡さんが怪訝な顔をする。

「カオルの中で何かが起きてるのは見てわかりました。でも今、私は戸惑ってるだけで、そんな私がカオルに何かをしてあげられるとは思えないんです」

　カオルのことが知りたい、カオルの力になりたい、カオルの味方でいたい。

　でもいざあんなカオルを目の前にすると、腰が引けてしまう。

　私なんかに何ができるのだろうかと、怖気づいている。

「綺月は、今日のカオルを見てどう思った？」

「……え？」

「怖かったか？」

　聡さんの言葉に私はゆっくりと頷いた。

　怖かった、あんなカオルは見たくないと思った。

「あんな怯えたような目、初めて見たので怖かったです」

「は？」

　正直に答えると、目をつぶっていた海斗が口を開いた。

「怯えたような目？　あの目がか？」

　海斗は私の言葉に引っかかり、前のめりになって問う。

　なんか、おかしなことを言っただろうか？

　私は失言したと思い、慌てて口をキュッと固く結ぶ。

「あの目は、殺意に満ちた目だろ？」

　……殺意。

　そういえば、片づけをしてた時も誰かが殺されるかと思ったと言っていた。

でも私にはそうは思えなかった。

「何も怒ったりしねぇから、綺月がどう思ったか聞かせろ」

　聡さんの優しい口調に、私はまた口を緩める。

「私は、何かに怯えているような目に見えた」

　あの目をどこかで見たような気がした。

　もっと身近にも、あの目を見ている気がする。

「あっ」

　自分の記憶の中から自ら出てきたように、タイミングよく思い出す。

「奈都だ」

「え？」

「奈都も、あんな目をしてた」

　約束をしようと小指を差し出した時、奈都も何かに怯えるような目で、約束はしないと声を荒らげたことがあった。

　あの目と似ていた。

　カオルと奈都はもしかしたら、同じことで何かに囚われているの？

　だとしたら、亡くなった両親のこと？

　私は頭の中で答えが出て、顔を上げると聡さんはなぜか笑っていた。

「やっぱり、綺月に任せよう」

「え？」

「聞くのに相応しくないとかは、この際どうでもいい」

「はい？」

「とりあえず話を聞け、それから考えろ」

　聡さんはそう言うと、半ば強引にカオルのことについて話し始めた。

　聡さんがカオルを見かけたのは、5年前のこんな時期だった。

　当時カオルは中学生で、なのに高校生5人を殴り倒し気絶した彼らの真ん中に立って笑っていた。

　最初見た時、ケンカで暇を持て余しているただの威張りたいだけの不良だと思った。

　でもその1年後、聡さんはまたカオルに出会った。

　1年前の孤独少年とは、また別人だった。

　どす黒いオーラを放ち、いろいろなものを背負って立っているカオルを見て、深い底に落ちるだけ落ちたのだとすぐにわかった。

　殴ったその拳は血で染まり、ケンカの末にできた痛々しい顔の傷や痣を本人は痛がる様子もなく、空を睨みつけながら立つカオルに、自ら声をかけた。

　無気力で無関心、当時のカオルはそんな感じだった。

　あの時まだ子供だからと声をかけなかった自分に少し責任を感じ、聡さんはAgainという居場所を与えた。

　気が合う仲間にも出会い、カオルは少しずつ生気を取り戻していった。

　だけど、カオルはなぜかこの9月に入ると、誰かに起爆スイッチを押されたかのように、いろいろなところで爆発するようにケンカを繰り返した。

　幸人たちが止めても、聡さんが止めてもカオルは止まらなかった。

　初めて会った時の、あの無気力で無関心のカオルに逆戻りする。

　だけど10月15日になると、決まってカオルはピタリとケンカをやめた。

　何かを思い出したかのように過去に戻り、それが過ぎ去ると今に帰ってきた。

　カオルを慕う仲間も、カオルのこの行動ばかりは恐怖でしかなかった。

　なんでこんなふうになってしまうのか、聡さんたちにもわからなかった。

　だけど月日が流れる中で、カオルの家庭が少しずつ浮き彫りになっていった。

　10月15日は妹、奈都の誕生日だということ。

　そして、その日は両親が亡くなった日だった。

　1年に一度の特別な日だったけど、2人にとっては両親を失った最低最悪な日でもあったのだ。

　その命日が引き金となって、9月から少しずつカオルは昔の出来事を思い出す。

　両親が亡くなった日のことを思い出し、どうしようもないやるせなさで奇行に走っていた。

　時がたてばいつかは、なんてことを言っている間に5年がたっていた。

　カオルが総長代理なのは、こういう自我を忘れ暴れ回る

時期があるからいまだ代理なんだと気づく。

　Againの中では、次期総長はカオルしかいないと思っている、だからみんなはカオルが正気に戻るまで待っているんだ。

　だけど、カオルはいつまで待っても何１つ変わらない。

　誰もカオルを救えない、誰もカオルに寄り添えない。

「諦めていた時に、俺たちの前に綺月が現れた」

　……私？

「カオルが誰かにこんなに執着しているのを見るのは初めてだったんだ」

　以前お姉ちゃんにも同じことを言われたけど、現状カオルに避けられている私から見れば、執着されている気はしない。

　まだ不安げな私に、今まで黙って聡さんの話を聞いていた一喜さんが口を開いた。

「あの時、海で言った綺月ちゃんの言葉を聞いて、これは最後のチャンスだってなぜか思ったんだよね」

　一喜さんが車の中で言ってた意味がようやくわかった。

「圧力をかけたいわけじゃない、でももう他にアイツを救える術が見当たらないんだ」

　一喜さんは藁にもすがる思いで私に言った。

　長い長い呪縛から、カオルを解放してあげてほしい。

　みんながそう思っていた。

　私は向けられた期待に、ゆっくりと目を逸らした。

　できないとは言えない状況に、声が詰まった。

　私だって救えるならカオルを全力で救いたい。

　だけど、私ができるの？

　カオルと会って1年もたっていない私が、彼の力になれると、みんなは本気で思っているの？

　できない、できない、できない。

　あまりにもこの期待が重すぎる。

　──チリン。

　その時、風鈴の軽やかな音が私の耳に入る。

　奈都に貰って、私が溜まり場に持ってきてぶら下げた風鈴だった。

　もう秋にさしかかろうとしているのに、まだ放置されていた。

　今は窓は締めきっていて、風なんて通っていない。

　なのに、なぜか風鈴は揺れて音を立てた。

「……綺月？」

　動きが止まる私を見て、お姉ちゃんが大丈夫？と肩を叩く。

　みんなは話に集中していて、風鈴の音なんて聞こえていないようだった。

　重たい空気の中で軽快で涼しい風鈴の音は結構響いていたのに、みんなは気にも留めなかった。

　私が勉強だけをしていた時もそうだった。

　外の音も、誰かの声も、自分の呼吸すら聞こえないくらい、母の1つ1つの言葉が耳から離れなかった。

カオルも、そうなのではないかと思った。

たぶんカオルは、私が風鈴をぶら下げたことすら知らないだろう。

何度部屋に出入りしても、風鈴の音は耳に入らないくらい、カオルのまわりは雑音だらけで、みんなの声が聞こえないくらい、カオルにはたくさんの嫌な音や声がまとわりついているのかもしれない。

今日のことも、カオルは自分が窓ガラスを割ったことすら気づいていないようだった。

我に返って、まわりを見て、自分を見た時……そこで初めて自分がやったのだと頭が理解する。

それはとても怖いことだと私は思った。

「カオルは、どうして怒ってたんですか?」

そういえば、私は今日の事の発端をまだ聞いていなかった。

聡さんは、カオルを怒らせた張本人に聞いた話を私にもしてくれた。

彼は他の暴走族の不良から、自分のケンカの強さを買ってくれてメンバーに入らないかと誘われたのだそうだ。

そして、自慢するようにあることをつい口走ってしまった。

『Againから抜けて、そっちに行こうかと一瞬思ったわ!』

と、もちろん冗談で。

その言葉を近くで聞いてしまったカオルは、『一瞬でも思ったならさっさと消えろ』と毒を吐いた。

その後、彼はカオルの殺気に驚いて、言い訳を並べて弁解したけど、それは彼にとっては逆効果で、余計なことまで口にしてさらにカオルを怒らせてしまった。

傍から見れば、窓ガラスを割るほどのことではなかったけど、カオルにとってはその冗談さえも許せないことだったのだろう。

だけど、その話を聞いて私は違和感を覚えた。

以前、菜穂が縛りつけるとカオルはAgainから離れてしまうと、聡さんが口にしていたという話を聞いた。

でもこれではまるで、カオルのほうがAgainに執着してるように見えた。

考えれば考えるほど、カオルのことがわからなくなった。

わかりたい、知りたい。でも、そこまで踏み込んでいいのか、とためらう。

私が、カオルが必死で隠して平然を装っている部分に触れて、強く拒絶されたらどうしよう。

もしかしたら、ますますカオルが自分の思いを内に秘めてしまって最悪な状況になる可能性も考えられる。

「……私に、できることなんてない気がする」

気づくと、そう口にしていた。

自信がない。

助けてあげたい、味方でいたい、恩返しがしたい、ずっと感謝している、そんなものは口だけだ。

結局、私は母から逃げて、カオルから逃げて、みんなから逃げている。

それが、ものすごくいたたまれなかった。

その後、話が一通り終わると、一喜さんの車に乗って私はカオルの家へ帰ってきた。

車で2人っきりになった時、一喜さんは「気にしなくていい、本来なら俺らがどうにかしないといけないんだ」と優しい言葉をかけてくれたけど、私はそれに返事すらできなかった。

勉強をしてる時も、ご飯を食べている時も、皿を洗っている時も、お風呂に入っている時も、眠る前でも私はどこかうわの空で、どこにいるのかわからないカオルのことを考えて静かに眠りについた。

きっと、明日には帰ってくる。

そう信じて眠ったけど、一晩寝て起きてもカオルは帰ってはいなかった。

翌朝。

「お兄の夜ご飯、弁当のおかずにしちゃお」

奈都はカオルがたった1日くらい帰ってこないことに慣れてしまったのか、いつもどおり飄々（ひょうひょう）として弁当の準備をしていた。

その慣れが悲しく感じた。

きっと今日は帰ってくる、この家にまたズカズカと歩きながら『ただいま』と言ってくれる。

そう願いながら、その日を何度も繰り返した。

だけど、カオルは帰ってこず、1週間がたった。

　カオルの行き場に心当たりはないか、誰かが見たという情報はないか、奈穂に聞いてみても『わからない』しか返ってこなかった。

　あの状態で1週間も帰らないことが、不安で堪らなかった。

　まだ10月15日にはなってない。

　きっと、その日が終わるとカオルは帰ってくる。

　でも、それではダメな気がした。

　カオルが帰ってくるのを待つということは、またうやむやにして同じことを繰り返すということだった。

　元のカオルに戻ることを、"時間がたてば"で終わらせてしまうのは、あまりにも酷い話だ。

　学校の帰り道、溜まり場に顔を出すと、いつも賑やかな場所が静まり返っていた。

　必ず誰かしらいるのに、今は誰1人いなかった。

「……カオル」

　誰もいない溜まり場はやけに広く感じて、不安で押し潰されそうだった。

　その時、カバンにしまっているスマホが音を立てて鳴る。

　私は着信が誰なのかも見ずに、電話に出た。

「……もしもし」

「中央大 病院ですが、えー、一條綺月さんですか？」

　か細い声で出ると、聞いたことのない声が電話越しに話しかけてくる。

　病院？

　戸惑った私は耳からスマホを離して発信源を確認するけど、登録されていない番号だった。

　でも、たしかに私のフルネームを言っていた。

　私は再びスマホを耳に当てて頷いた。

「一條ゆかりさんの娘さんですか?」

　一條ゆかりとは、母のことだった。

　私は戸惑いながらも、また頷く。

　電話越しからはいろいろな音が声と一緒に耳に届き、やけに騒がしかった。

　その時、救急車のサイレンが薄らと聞こえてきて、たしかに病院からなのだと確信する。

　確信すると同時に、母の名前を知っていることに嫌な予感を抱いてしまう。

「先ほど、一條ゆかりさんが緊急搬送され、こちらの病院で治療を受けており、ご家族にも連絡を——」

　私は内容を聞いた瞬間、溜まり場から飛び出すように外に出た。

　行き先は、家から一番近い大きい病院だった。

　病院に向かって走りながら、私は後悔した。

　これは、母と向き合うことに逃げてきた罰だと思った。

　母から逃げることで私は自分を守った、カオルから逃げることで私は傷つくことを避けた。

　お姉ちゃんの時みたいに、私は向き合わなければいけない。

　それができるはずなのに、やらないのはただの甘えだ。

　私が病院につくと、治療はすでに終わっていて病棟に母は移っていた。

　教えられた部屋に向かうと、母の名札が貼られていた。

　ここに母がいる。

　私は意を決してドアを開けた。

　病室に一歩一歩ゆっくりと足を踏み入れる。

　私はベッドで静かに眠っている母の顔を見て、声が漏れそうになったのを急いで手で口を押さえた。

　久しぶりに見た母の顔は、驚くほどやつれていて、あの鋭い目つきでいつも堂々として立っていた母の姿は今はどこにもなかった。

　私はその場から動けず、氷漬けにされたように固まっていると、誰かがドアを開けた。

「一條」

　声がして、ゆっくりと振り返ると担任が目の前にいた。

「……え？」

　どうして、先生が？

　どうしてここにいるの？

　私は開いた口が塞がらず、間抜けな声を出した。

「一條、お前今どこに住んでるんだ」

　混乱している私を置いて、担任は顔をひそめて口を開いた。

　母親を置いて今お前はどこにいる、と担任の顔がそう言っているように聞こえた。

「家に、しばらく帰っていないのか？」

　何も答えない私に、担任は深く息を吸ってからゆっくり
と長く吐いた。

「少し話をしよう」

　これは、罰だ。

　私は担任の言葉に、ゆっくりと頷いた。

　病室を出て、待合室の並べられたイスに座る。

　お互い聞きたいことはあったけど、最初に質問したのは
私だった。

「どうして先生が母の病室にいたんですか？　もしかして
学校のほうにも連絡が……？」

「いや、さっき電話をした時に病院のほうから倒れたって
聞いたから急いで来たんだ」

　さっき電話をした？

　先生がどうして母に電話を？

「本人には話さないでほしいと言われていたんだが、じつ
は、お前が学校でどう過ごしているのかよく電話で聞かれ
ていたんだ」

　それは、なんとなくだけど気づいていた。

　私が奈穂と仲いいことも母は知っていたし、テストの結
果も私より先に知っていた。

　きっと母が先生に聞いているのだろうと。

　私は、その言葉にショックを受ける。

　私のことを、そこまでして監視したかったのかと。

「違うんだ、一條が思っているようなことではないんだ」

　私の表情に気づき、担任は慌てて否定した。

「テストの結果が悪い時だけ先に伝えていたのは、一條に期待している学年主任だ。武田と仲いいから成績が落ちないか心配だって告げ口したのも学年主任だ」

「じゃあ先生は何を？」

「……俺は、一條の学校での様子を伝えていた」

　私の様子……？

「一條が学校で楽しそうにしているのか、ただそれだけをいつも聞いてきた」

　それを聞いた時、嘘だと素直に受け止められなかった。

　あの母が、娘が学校で楽しそうにしているのかなんて気にするはずがない。

　勉強に支障が出るものはなんでも切り離されてきたし、実際私に話しかけてくれる時は勉強のことだけだった。

「一條が勉強を頑張っているのもちゃんとわかっていた。テスト前はクマもひどいし、きっと親御さんが厳しい人なのだと薄々感じていた」

　クマがひどいのバレてたのか……。

　先生って他の先生よりも適当な感じだけど、意外と生徒のことを見ているんだなと少し見直す。

「でも、電話で一條の話をしたあと、必ず『そうですか、安心しました』ってとても柔らかい優しい声で言うんだよ。だから愛ある厳しさなのかと思っていたんだ」

　母の柔らかい優しい声って、どんな声なんだろう。

　私はそんな母の声を思い浮かべて、信じられずに今度は鼻で笑った。

「そういう話はいいです、それで？　どうして先生から母に電話を？」

「一條が体調不良で２週間休んだ時があっただろ？」

　成績が落ちて学校で倒れたあと、そこから２週間引きこもって奈都の受験に役立つ資料とか探しまくってた時だ。

「あの時、電話をしたんだが、いつもの雰囲気とは少し違っていたんだ。なんていうか、少し怒っているような口調で」

　そうだ、私はあの日、母に怒られたんだ。

　体調管理もろくにできないから。

「それからしばらく休むって次の日に連絡が来て、そこからパタリと連絡が来なくなってな」

　でも、私は２週間後いつもどおり学校に来たし、一教師が人様の家庭に踏み込んでいいわけもないから、しばらく様子を見ていたと担任は言った。

「だけど、６月の終わり頃に電話がかかってきて、一條が学校に来ているかと聞かれたんだ」

　ちょうど私が家を出て、カオルの家に居候させてもらうようになった時期だ。

「そんなことを聞いてくる親なんてまずいないから何かあったんだろうと思ったんだ。だから、来ていますが何かあったんですか？って尋ねたけど何もない。『大丈夫です』って言われて切られた」

　様子がおかしいのも、何かがあったのも担任は気づいていた。

　それでも深く踏み込まなかったのは、ただの一教師だか

らだ。

「だけど、最近になってよく聞くようになってな」

「……なんですか？」

「一條が校門前でガラの悪い男の車やバイクに乗っていく姿を見かけたって、ちらほら生徒から聞いていたんだ」

　あー、カオルや一喜さんのことだ……。

　意外と見られてるんだなと、私は今後迎えに来てもらうのは控えようと心の中で呟いた。

「それで心配になって、また電話をかけたところ……病院のほうから倒れたって聞いたんだ」

　母が倒れるまで無理をしていたことも気づかない私に、ここで担任は私がしばらく家に帰っていないのだと気づいたのだろう。

　そして、病室の私の表情を見て確信に変わった。

「今、どこにいる」

　担任はやっと本題に入った。

　だけど、私は答えない。

「お母さんを1人にして、一條はどこに住んでいるんだ」

　今までただの一教師だからと理由で踏み込まなかったのだから、この先も踏み込まないでほしかった。

　でも、先生にも生徒の力になるという教師としてのプライドがあるのだろう。

「まさか、ガラの悪い男の家に転がり込んでいるのか？」

　たしかに見た目はガラの悪い不良だけど、私だってカオルの家に住む正当な理由は持っている。

　ただそれを話しても、きっと先生は大人としての意見を述べるだけだろう。

「一條」

　担任が私の目を真っ直ぐに見る。

「一條と親御さんの間に何があったのかは先生にはわからない。それを教えてくれとも言わない。でもな、一條はまだ高校生で未成年なんだ。何かあってからでは遅いんだ」

「家にいたら何もないって言えるんですか？　家にいれば、安心だって先生はそう思ってるんですか？」

　家を出たことも、母を1人にしたことも、ずっと気がかりだった。

　でも、あの時はこれ以上は無理だと思った。

　家にいても気が休まらないし、母の期待がずっと重くて堪らなかった。

　家を出たことが正しいとは思っていない。

　だけど、家にいたほうが安全なの？　家にいれば私は幸せでいられるの？

「一條に何かあった時、責任をとらされるのは相手のほうだ」

「私がそうはさせません」

「それは無理だ」

「なんでですか？」

「一條がそうじゃないと言っても、親は相手を許さない。未成年の子供がガラの悪い不良と一緒にいる、それを親は許すわけがない」

　母は私に興味はない。

　娘に『お母さんなんて呼ばないで』と、母親でいることを放棄したんだ。

　許す許さないも何も、母は私を取り戻したいとは思わない。

「もちろん、俺も許さない」

　いつも気だるそうにしている担任が、今までに見たことのない鋭い目を向けてきた。

「学校も、世間も、相手のほうを批難するだろう。だって一條は、守られる側の人間だから」

「……守られる側？」

「一度正しい道から外れた人に対して、正しく歩いてきた人たちの目は厳しい。一條は今までも正しく歩いてきたんだ。だから、守られる側なんだ」

　私は有名進学校に通って、そこで学年１位になって優等生として真面目に正しい道を歩いてきた。

　それに比べ、カオルは高校を中退し、夜にブラついている不良。

　私がカオルのいいところをたくさん知っていても、まわりの人は知らない。

　だから人は容姿や学歴で判断する。

　どちらが守るべき側なのかを。

「相手のことを想っているのなら、一條は家に戻るべきだ」

　担任の言葉が体にのしかかって重かった。

　私がもし何かに巻き込まれても、それがAgainのみんな

のせいじゃないとしても、指を差されて批難されるのは彼らのほうだ。

「一條はちゃんとお母さんに愛されているはずだ。じゃないと何度も電話なんてしてこない」

　愛されているはずがない、勝手なことばかり言わないで。

　担任の言葉に私は耳を塞ぎたくなった。

　これ以上、正論とまやかしを聞いていたくなかった。

「もし戻りづらいのなら先生が言って──」

　私の耳には、もう担任の声は聞こえていなかった。

　いつか母が、私たち姉妹を本当に取り戻したいと思う時が来たら、母はAgainのみんなをどうするのだろう。

　私は彼らの邪魔になるのではないか。

　"正しい"が私の首をグイッと絞めつけた。

　よほど疲れていたせいか、母は夜になっても目を覚まさず、今日はとりあえず家に帰るようにと担任に言われ、担任の車で家まで帰ってきた。

　降ろされた場所は、当然私の家だった。

「明日学校を休む場合は連絡を入れるんだぞ、もしお母さんに何かあったらすぐに電話してくれ」

　そう言い残すと、担任はすぐに消えてしまった。

　久しぶりに帰ってきた自分の家は、驚くほど何も変わってはいなかった。

　玄関のドアを開けると、真っ暗な中、手探りで電気のスイッチを探して灯りをつける。

　一度カバンを取りに家に帰った時は汚かったリビング
は、いつもどおりきれいに整理整頓されていた。

　不必要な物は買わない母だから、リビングには必要最低
限なものしか置いておらず殺風景だった。

　それが、温かみのある家とは縁遠くて嫌いだった。

　何か食べるものはないかと冷蔵庫を開けると、とっくに
賞味期限が切れた弁当が3つ入っていた。

　そういえば、母はどんなに忙しくても、買ってきた弁当
やお金を渡すことはなかった。

　何かしら作ってくれていて、でも必ずと言っていいほど
冷たかった。

　冷たいご飯に嫌気がさしていたけど、作ってくれるだけ
でも愛はあったのかもしれない。

　家に帰らなくなっても学費は払ってくれているし、スマ
ホもずっと使えている。

　普通なら怒って娘との縁を切ることも考えるはずなの
に、母は私から何も取り上げてはいないことに今さら気づ
いた。

　自分の部屋の扉を開けるときれいにされていて、ゴミ1
つ床には落ちていなかった。

　もう何ヶ月も家に帰っていないから、私の荷物などなく
なっているかもしれないと思っていたのに……。

　そういえば、いつだって私の部屋はきれいだった。

　グチャグチャにして出ていったお姉ちゃんの部屋も、気
づくときれいに片づけられていて、私の部屋と同様、床に

はゴミも落ちていなかった。

　約2年間帰ってきてないお姉ちゃんの部屋を、ずっときれいに保っているのは間違いなく母だった。

　着た服がいつの間にかきれいになって棚にしまってあったのも、ゴミ箱に溜まったゴミがいつの間にか空になっていたのも、布団が気づいたらフカフカのいい匂いになっているのも、すべては母だった。

　そういえば、母の部屋は普段どんな感じなんだろうと、滅多に入らない母の部屋が急に気になった。

　そして、この日、初めて私は母の部屋に入った。

「……え」

　あんなに几帳面な人なんだ、きれいに整理整頓されているのだろうと思っていた部屋は、まったくの真逆でたくさんの物が散乱していた。

　いくつもの資料や分厚い本が机の上だけではなく、ベッドの上や床にも散らばっていた。

　着た服が1ヶ所に山のように置かれていて、きれいにハンガーにかけられているのは、どれも母が仕事に行く時に着ていた正装の服だった。

「汚すぎでしょ……」

　私は大量の服を3回に分けて持っていき、洗濯機にぶち込んだ。

　本は本棚にしまい、大事そうな資料は1ヶ所にまとめて置く。

　とりあえず床に散らばったゴミをゴミ袋に入れ、床全部

が見えるような状態に片づけていく。

デスクの上を整理しながら、写真立てに目がいく。

きれいな写真立てには、私とお姉ちゃんが笑っている小さい頃の写真が入っていた。

後生大事に置かれていて、埃1つ被ってはいなかった。

私は気づくと、他にも何かあるのではないかと引き出しの中を探していた。

一番下の、一番奥に、大きめの黒い箱が置いてあった。

なぜか気になり、私はそれを手にすると勝手に蓋を開ける。

その箱には、私とお姉ちゃんの母子手帳とお腹の中にいた時のエコーの写真が入っていた。

たったそれだけだった。

パラパラと自分の母子手帳を覗くと、産まれる前から産まれたあとまでの、日記のようなものが綴られていた。

日記と言うほど詳しくは書かれてはおらず、たった一言だけ毎日残しているようだった。

母の字は、思っていたとおりきれいで丁寧だった。

1文字1文字、丁寧に書いていたのだと見ればわかった。

母のメモのような日記の内容を見て、心が痛くなった。

【陣痛が辛い】【体が重たい】

そんなことが書いてある時もあれば、

【早く会いたい】【授かったことが幸せ】

というようなことも書いてあった。

母が普段絶対に言わないことが、ここにはすべて書いて

あった。

　気づけば、私の頬は濡れていた。

　自分がどうしようもないくらい泣いていることに、散々泣いたあとに気づいたのだ。

　母はたしかに昔から厳しい人で、優しくしてもらったことなんて思い出せないくらいだった。

　でも、振り返ってみれば、そこら中に愛されている証拠が散らばっていた。

　逃げるよりも、もっとちゃんと向き合うべきだったのではないか。

　大事にしまってある母子手帳を抱きしめながら、母とちゃんと話がしたいと思った。

　次の日、私は学校を休んで母の病室に向かった。

　しばらく入院が必要だと医者から言われていたので、着替えを何着か持っていく。

　ドアの前で十分すぎるくらい深呼吸をして、意を決して2回ほどドアをノックした。

　母からの返事はなかったけど、私はドアをゆっくりと開けた。

　窓の外を眺めていた母が、人の存在に気づきゆっくりと視線を向けた。

　母は私が目の前にいると理解した瞬間、目を見開いて驚いた。

「……どうして」

　口から漏れた言葉は弱々しく震えていた。

「倒れたって連絡来たから、着替え持ってきた」

　私は手に持っていたカバンを見せると、小さな備えつけの机の上に置いた。

　母は何も言わず、ずっと目を見開かせたまま私を見ていた。

「道端で倒れたんだよ、覚えてる？」

　昨日、看護師が道端で倒れていたと教えてくれた。

　過労と栄養失調で３日間の入院が必要だという説明も受けた。

「私が家にいたら、お母さんの異変に気づけてたかな？ たぶん……気づかなかったと思う」

　母が学校で私が倒れるまで体調が悪いことに気づかなかったように、私もたぶん気づかない。

「お母さん、私ちゃんとお母さんのこと見てなかった」

　だから、すれ違った。

　お互い何も見えてなかったから、何一つ気づけなかった。

「お母さん、私と話をしよう」

　母の瞳から、たしかに涙が１粒こぼれた。

　重力に逆らうことなく、すごい勢いで落ちていった涙が、母の手の甲を濡らした。

「私は、ずっとお母さんと話がしたかったんだよ」

「……今さら、話すことなんてないわ」

「嘘だよ」

「……どうして嘘つく必要があるの？　あなたは私を捨て

たでしょ？」

　冷淡な言葉とは裏腹に、母の目からは涙が止まることなくこぼれている。

「捨ててないよ」

　まだ捨てていない。

「逃げただけ。お母さんと向き合うことから逃げただけ」

　お母さんもそうでしょ？

　私とお姉ちゃんと向き合うことから逃げている。

「もう、逃げない」

「……綺月」

　私は、ちゃんと愛されていたと気づいたから。

「でも、もう少しだけ待ってほしい」

　母と向き合う前に、他に向き合いたい人がいるの。

「必ず戻るから」

　戻ってくるなと拒絶されても、私は何度だってまた会いに来るから。

　私はそう言い残すと、勢いよく病室から飛び出した。

　『お母さんなんて呼ばないで』と言われた母に１人で会いに来られたのも、私が普通の幸せを感じることができたのも、全部カオルのおかげなんだ。

　私なんかが、カオルに何をしてあげられる？

　そんなことを考える前に、私がカオルを必要としているか考えれば、おのずと答えは出てくるんだ。

　私にはカオルが必要。

　助けられないかもとかじゃない、私が生きていくのにカ

オルが必要なんだ。

　カオルのためじゃない、これは私のためだ。

　もしこの先、担任の先生が言ったようにカオルや他のみんなが責められたとしても、悪者扱いされたとしても、私の人生なのだから、欲しいものも好きなものも大事にしたいものも私が決める。

　病院を出ると、走ってカオルの家へと向かう。

　もしかしたら帰ってきているかもしれないという期待を込めて、カオルの家の扉を勢いよく開けた。

　だけど、玄関にはカオルの靴はなかった。

　やっぱり探すしかないのか……。

　垂れる汗を服の袖で拭いていると、奈都が学校に履いていっている靴があった。

　今日は普通に平日で学校の日で、今は昼過ぎだ。

　なのに、奈都の靴があるのはおかしかった。

　もしかしたら学校に行って、ないの？

　でも、家の中は静かで人がいる気配はなかった。

「奈都？」

　私は家の中に入り、奈都の姿を探す。

　リビングにも部屋にもいなかった。

　最後に一応風呂場を確認すると、奈都は小さな浴槽の中に入り、うずくまって座っていた。

「奈都！」

　私は奈都の肩を揺らすと、ゆっくりと顔を上げた。

　ずっと泣いていたのか、瞼と鼻は真っ赤で腫れていて、

涙が乾いて跡が残っていた。

「どうしたの？　なんでこんなところにいるの？」

　奈都は私を見ると、また泣き始めた。

「だって、お兄も帰ってこないし、綺月ちゃんも帰ってこないから！」

　母が倒れたことに気を取られ、昨日、奈都に連絡をするのを忘れていた。

　居候の身だし、たった1日帰らなかったくらい問題ないだろうと思っていた。

　私は小さい子供のように泣きじゃくる奈都を抱きしめると、優しく背中をさする。

「ごめん、ごめんね」

　奈都は1人でいることに慣れていると思っていた。

　でも違った。

　寂しくないわけがないんだ。

　たぶん唯一の肉親である兄がずっと家には帰ってこないことに、心配と寂しさと不安でキャパオーバーになったのだろう。

　1人にしてしまったことに申し訳なくなり、私は泣きやむまでずっと背中をさすった。

　しばらくして泣きやんだと思ったら、泣き疲れて私の腕の中で眠ってしまった。

　一晩中泣いていたのだろうと申し訳なくなったのと同時に、カオルに腹が立った。

　いつまで奈都を1人にするつもりだ、あのバカ。

　私は眠ってしまった奈都を背中に背負って部屋まで移動させると、起こさないようにそっと布団の上に寝かせた。

　寝ている奈都の寝顔を見ながら、私は菜穂に電話をかける。

　授業を受けている時間のはずなのに、すぐに菜穂は電話に出た。

《もしもし、綺月？　どうかした？》

　電話越しから騒がしい声や物音が聞こえ、菜穂が学校にいないことがすぐにわかった。

「もしかして、カオルのこと探してる？」

《……あー、うん、まぁ、全然見つからないんだけどね》

「私も探す」

《え？　はい!?　いやいや、危ないから、カオルの行くところって、ほとんどやばい場所だし！》

「行く、場所教えて」

《綺月、マジで言ってる？　いやいや、あっ！　ちょっとせっき！》

《──あーもしもし、綺月ちゃん？》

　菜穂と話している途中で、菜穂のスマホを奪い雪希が電話に出る。

「えっ？　雪希？」

《今から場所送るから》

　雪希はそう言った瞬間、電話中にもかかわらず位置情報をすぐに送ってくれた。

　電話越しでは菜穂の《ちょっと！》という怒った声が聞

こえる。

《綺月ちゃん》

「ん？」

　雪希に呼ばれ、返事をする。

《綺月ちゃんは、カオルを見つけたら名前を呼ぶだけでいいから》

「え？」

《それくらい影響力あるから、じゃあ》

　そう言うと、雪希は菜穂に電話を返すことなく勝手に切って通話を終わらせた。

　名前を呼ぶだけでいいって雪希はそう言ったけど、そんな簡単にカオルを連れ戻せるとは思えない。

　でも必ず見つける。奈都のためにも。

「絶対連れ戻してくるから、待ってて」

　眠っている奈都の頭を撫でると、カオルを探してくると置き手紙を残し、位置情報を頼りにすぐに家を出た。

　場所は、夜になると看板のライトや店の灯りで昼よりも明るくなる繁華街だった。

　繁華街の路地を通って先に進めば、騒がしくて栄えた場所に客層を持っていかれ、廃れてしまった商店街があった。

　そこには多くの不良が集まっていると、菜穂から聞いたことがあった。

　私は汗だくの状態で位置情報を頼りに走る。

　昼間の繁華街でも、飲んだくれの若い人や定年を迎えた

年配のおじさんが騒いでいた。

　私はその横を器用に通り抜けながら、みんなのところに向かう。

　その時、視界に不良らしき人たちが路地を通って消えていくのが見えた。

　その不良たちに吸い寄せられるように、位置情報までの最短ルートから逸れる。

　彼らについていけば、カオルに会えるような気がした。

　ただの直感で、もし変なことに巻き込まれたら１人では対応できないくせに、考える前に足はもうその先を向いていた。

　どんどん騒がしい繁華街から離れていき、目に映る景色が古びて静かな場所へと変わっていく。

　たぶん今私がいる場所は、不良が多くいると言われている、廃れてしまった怖い場所なのかもしれない。

　そう考えるとまた怖くなったけど、私はそれでも負けることなくゆっくりと少しずつ彼らに近寄る。

　手を伸ばせば届く距離まで来ると、突然後ろから誰かに手を引っ張られる。

　驚いて振り返ると、雪希が人差し指を唇に当て「静かに！」と小声で言う。

「こっちだ」

　私が近寄った彼らはカオルとはなんの関係もないのか、雪希はまったく逆の道へと引っ張る。

「カオル見つかったの？」

　雪希は答えず、どんどん先に進む。

「ねぇ！　雪希！」

　割と大きい声を出した瞬間、雪希は足を止めた。

　私は顔を上げ、雪希が見つめる先を目を凝らして見る。

「カオルの名前を呼んでくれ」

「……え？」

「呼ぶだけでいいんだ」

　電話でも言ってたけど、カオルの名前を呼ぶだけでいいってなんなの？

　私は雪希の言葉が引っかかったけど、早くカオルに会いたくてとりあえず頷いた。

「この角を曲がったらカオルがいる」

「雪希は行かないの？」

「みんながいるから大丈夫だ」

「雪希は？」

　みんながいるのに雪希は行かないの？

　カオルのことが心配じゃないの？

　カオルが窓ガラスを割って血を流した日も、雪希だけは事情を聞きにくることはなかった。

「私はもう逃げない、雪希も向き合うべきだよ」

　もしかしたら、雪希も私と一緒で壊れていくカオルを見るのが怖いのかもしれない。

　それでも、カオルとずっといて仲よくしているなら、雪希の声もカオルに届くはずだ。

「行こう、雪希」

　今度は私が雪希の手を握って強く引っ張った。

　この角を曲がればカオルがいる。

　どんな顔をして、なんて伝えよう。

　頭の中では何も整理できてはいなかったけど、体がカオルのことを欲していた。

　角を曲がると、悲惨な状況が私の目に飛び込んでくる。

　菜穂が立ち尽くしたように立っていて、幸人と海斗はカオルを止めようとして、それができなかったのか地べたに尻もちをついてカオルを見上げていた。

　そしてカオルのまわりには10人ほど人が痛がりながら倒れていて、その真ん中でカオルは立っていた。

　そして、ほぼ気絶している男の胸ぐらを掴んで、色のない死んだ目でカオルは拳を振り上げていた。

　時がたてば、カオルはいつか解放されるはずだ。

　きっと来年にはとそれを繰り返し、放置した結果が今のカオルだった。

　時がたつにつれ、カオルはもっと深く深く真っ暗な海底へと落ちていった。

　怖かった。

　こんなの私が知っているカオルではない。

　私は、あの時みたいにまた一歩後ずさる。

　ダメだ、逃げちゃダメなんだ。

　でもなんて声をかけたらいいの？　こんな状態のカオルに私の言葉は届くの？

　その時、雪希が言った言葉を思い出して、私は今出せる

声量で叫んだ。

「カオル——!!」

『カオルの名前を呼んでくれ』

　カオルの名前を呼ぶだけでいいと言っていたけど、私はむしろ今この状況でカオルの名前を呼ぶことしか思いつかなかった。

　お願い、届いて。

　こっちを見て。

　私の願いが届いたのか、カオルは動きを止める。

「……止まった？」

　幸人がそう言葉を漏らす。

　その瞬間、ゆっくりとカオルが私のほうを見る。

　その目があの時みたいにひどく怯えていて、助けてほしいと言われているような気がした。

　カオルが窓ガラスを割った日にも、こうして私を見ていた。

　あの時は見ている気がするからカオルに声をかけなかったけど、あの時に助けてほしいと願っていたのだと今になって気づく。

　ごめんね、カオル。

　すぐに気づいてあげられなくてごめん。

　私はカオルに向かって手を伸ばす。

「こっちに来て」

　目を逸らさず、私は一歩一歩確実にカオルに近寄る。

　菜穂たちが、その光景を息をのんで見ている。

「カオルにそっちは似合わないよ、こっちに来て」

　カオルの瞳が揺れたような気がした。

　その瞬間、カオルは力をなくしたように胸ぐらを掴んでいた手を離し、気絶しかけていた男を地面に落とした。

「カオル、私はカオルから離れたりしない」

　だからお願い。この手を握って。

　カオルは私の手に吸い込まれるように、足を私のほうに向け、一歩前に進めた。

　それと同時に、カオルは誰かから起爆スイッチの電源を落とされたようにスッとカオルの目から色が消え、それと同時に膝から崩れ落ちるように地面に倒れた。

「カオル！」

　私は急いで駆けつけ、菜穂たちも慌ててカオルを囲むようにそばに駆け寄る。

「どうしよう、救急車呼んだほうがいい？」

　私はポケットから急いでスマホを取り出し番号を入力していると、幸人が待ったと私の手を掴んだ。

「大丈夫だ」

「……え？」

「コイツ寝てるよ」

　そう言われてカオルの顔に耳を傾けると、微かに寝息を立てていた。

　あまりにも人騒がせな奴に、私は寝ているのにもかかわらず思いっきり肩を叩いた。

「ホントムカつく！」

「起きたら10往復ビンタしよう」

「10どころじゃないよ！　100だよ100！」

「いやイケメンの原型がなくなるまで殴る」

「それいいアイデア」

　恐ろしい会話をしている真下で、カオルはまた一段と大きな寝息を立てて眠っていた。

　その後、遅れて聡さんたちが駆けつけ、寝ているカオルを見て呆れて長いため息をこぼしていた。

　10月15日を迎える３日前に、カオルはAgainに戻ってきた。

　そして、カオルは眠ったまま高熱を引き起こし、夢にうなされながら丸２日、目を覚まさなかった。

最終章

全部あげる

　カオルが高熱を出して寝込んでいる間、奈都は勉強も手につかない様子で集中力を欠いていた。

　受験生の奈都に熱を移すわけもいかないので、カオルはひとまず病院に連れていったあと、聡さんの家で面倒を見ることになった。

　でもそれは建前で、今までにないくらいの痛々しい傷や痣だらけのカオルを奈都に会わせるのは酷だと考え、もう少し傷が治るまで奈都と距離を置かせることにした。

「大丈夫だよ、すぐ元気になって戻ってくるから」

「うん」

　奈都は心配と寂しさで、いつものような元気はなかった。

　その代わり、今までにないくらい明るく振る舞った。

　まだ目を覚まさないカオルの状況はAgainのメンバー全員に知れ渡り、心配の声が日をまたぐごとに大きくなった。

　カオルが目を覚まないまま3日がたとうとしている頃、私はお姉ちゃんに会いに聡さんの家へと訪れる。

「カオルの様子を見に来たの？」

　お姉ちゃんは可愛らしいマグカップに紅茶を注いでくれた。

　私はほのかに香る桃の匂いに、緊張していた心が少しだけ落ちついた気がした。

「それもあるけど、お姉ちゃんに話しておきたいことがあっ

て」

「ん？　何？」

「じつは、お母さんに会ったの」

　お母さんと口にした瞬間、お姉ちゃんの動きが一瞬止まり、またなんでもないように紅茶を口に含んだ。

「道端で倒れて、今病院で入院してる」

「え？」

　お姉ちゃんの耳には入っていなかったのか、目を見開いて驚いていた。

　自分を限界に追い込んだ母のことを、お姉ちゃんはまだ許せてはいなかった。

　だから母の話は避けていたけど、倒れたことは伝えるべきだと思った。

「私、お母さんとちゃんと話そうと思うの」

　今まで普段のことを話すことなんて、母とは一度もなかった。

　でも、もう逃げたくない。

　カオルが目を覚ます前に、私は母親との関係を少しだけでもいいから修復したいと思っていた。

「ちゃんと本音で今までのことも、この先のことも話したいと思う。だから……」

「綺月がそうしたいのなら私は止めない」

　私の言葉を遮り、お姉ちゃんは口を開いた。

　まるで、その先の言葉を耳にしないようにわざと被せたみたいに。

「ごめんね、綺月」

「……え?」

「私はまだ、あの人に会うのは怖い」

　お姉ちゃんは、母のことを『あの人』と呼ぶ。

　お母さんと口にすることすら嫌なくらい、お姉ちゃんは
ずっと苦しんできたんだろう。

　それもそうだ。

　私は約2年の間我慢してきたけど、お姉ちゃんは産まれ
てきてから家を出ていくまで、ずっと我慢をしてきたのだ
から。

「今やりたいことも見つけて、それに向けて頑張ってるの。
あの人に会って、辛かった記憶を思い出してまた立ち止ま
りたくないの」

　お姉ちゃんはやりたいことのために、自分の将来のため
に、今一生懸命学んで頑張ってる最中だ。

　私はそれを素直に応援しているし、お姉ちゃんの意思を
尊重したいと思っていた。

「わかった」

　私は頷いた。

「綺月は、怖くないの?」

「いつまでも逃げてはいられないから。私はここで弱かっ
た自分に終止符を打つの」

　私は誇らしげに笑って言った。

「かっこつけてるな〜」

「これからはかっこいい女で生きるの」

「何それ」

　まだ高校生のくせに生意気よ、お姉ちゃんは小さい時みたいに乱暴に私の頭を撫でた。

　それからしばらく姉妹で楽しく話したあと、私はAgainの溜まり場に少しだけ顔を出すことにした。

　今日は土曜日で学校も休みだからか、みんな揃っていた。

「私、やっぱりお母さんに会って話をしてくる」

　幸人と海斗には、家に帰ろうかと相談していた。

　その時2人には会う必要はないとハッキリ言われていたので、私は一応自分で決めて会うことにした旨を伝えに来た。

「本当に1人で大丈夫なの？　私もついていこうか？」

　初めて聞いた菜穂は、心配そうに私の手を握った。

「大丈夫、自分で決めたから」

　私の揺るがない強い目に菜穂は渋々手を離し、私は菜穂にお礼を言う。

　いつも心配してくれる菜穂には、いくら感謝してもしきれなかった。

「ここに来る前に聡さんの家に行ってきたんでしょ？　カオルどうだった？」

「まだ少し熱があったけど、前よりは安らかに眠ってたよ」

「死んだみたいに言うやん」

　私の冗談に、菜穂がすかさずツッコミを入れる。

「でも、3日も目覚まさないって心配だよね」

「叩き起こせば起きるだろ」

「病人を叩き起こそうとするんじゃないよ！」

「おーおーツッコミがキレキレだな！　菜穂！」

　カオルがひとまず戻ってきたことで、ピリついた空気が嘘のように軽くなった。

　みんなが笑い合っている光景を見て、自然と私も笑みがこぼれる。

「あのさ、雪希」

　私は空いている席に座りながら、雪希に声をかける。

「何？」

「カオルの名前を呼ぶだけでいいって言ったのは、どうして？」

　雪希の言葉がずっと気になっていた。

　正直、あの時はカオルの名前を呼ぶことしか自分にはできなかったし、私のほうを見てくれたのは奇跡的だったと思う。

　カオルをとりあえず抑えられたからよかったけど、それだけでいいという雪希の謎の自信が、ずっと引っかかっていた。

「あんなふうに自我を失ったカオルには、誰の声も聞こえないんだよ」

「……そんなことはないと思うけど」

「実際、幸人と海斗がカオルを止めようとしていたし、菜穂だってカオルの名前を何度も呼んだけど、一度だって俺たちのほうは見なかった」

　あまりにも悲しそうに雪希が言うので、私も悲しくなる。

　そんなことはないはずだ、きっと聞こえていた。

　だけど、それはカオルにとっては雑音と一緒に紛れ込んでしまっただけだ。

「でも、綺月ちゃんは違った」

　私がみんなとは違う？

「カオルにとって、綺月ちゃんは特別だ」

　特別って、他の人とは違う別枠（べつわく）みたいなことだよね？

　それはいい意味で？

　悪い意味で？

　そもそも特別って、いい意味で使ってた言葉だっけ？

　私は特別という言葉を今すぐ辞書で調べたくなった。

　そんな私を置いて、雪希が続ける。

「気づかない？　綺月ちゃんがカオルって呼ぶ時、アイツすごいホワホワなオーラ出すんだよ」

「……ホ、ホワホワ？」

「気持ち悪いくらいわかりやすいよ。気づいてないのは綺月ちゃんだけだよ」

　そう言われ、私は菜穂、幸人、海斗の順で顔を見る。

　３人とも気づいていたのか、菜穂は困ったように笑って、幸人はコクリと頷き、海斗は顔を引きつらせながらそっぽを向く。

「綺月ちゃんがカオルの名前を呼ぶだけで、きっとカオルは我に返ると思ったんだ。まぁ、実際どうなるかわからなかったけど、驚くほど上手くいったからちょっと綺月ちゃ

んに嫉妬した」

「長い付き合いの私たちの声が聞こえないのに、なんで綺月の声は聞こえるのよ！　本当ムカつくよね！」

「カオルは意外と単純だから」

「意外じゃねぇよ、バカはもれなく単純なんだよ」

　カオルにとって私は特別ってどういう意味なんだろう。

　他の女の人たちとは違う、でも菜穂たちとも違う。

　また違った別枠。

　それは、自惚れてもいい別枠なのだろうか。

「あー気抜いたら好きって言いそうになる」

　私はイスに全力でもたれただらしない状態で、恥ずかしげもなく口にすると、幸人が紅茶を噴き出しそうになる。

「えっ、綺月ちゃんってカオルのこと好きなの？」

「うん」

　雪希にそう聞かれ、私は間をあけずに頷いた。

　海に行った時、雪希は奈都と遊んでくれていたので私がカオルを好きだということを今ここで知る。

「えっ、それって両想い……っ！　んー！」

　即答で頷く私を見て、雪希は何かを口に出そうとして菜穂に全力で押さえつけられる。

「えっ、何？」

「意外だなーだって、ね？　そうだよね？」

　菜穂は雪希の口を押さえながら、わざと明るい声で言う。

　菜穂の圧に雪希は混乱しながらコクコクと頷いた。

「そうかな？　やっぱ意外か」

　人っていつ誰を好きになるかなんてわからないものだ
し、意外と言われても仕方ないか。
　私は1人で納得しながらイスから立ち上がる。
「じゃあ私そろそろ行くね」
「えっ、もう？」
「うん、お母さんに会いに行くから」
「頑張ってね」
「うん、ありがとう」
　私は笑顔を向けると溜まり場をあとにした。
　雪希、本当はなんて言おうとしたんだろう……。
「まぁ、いっか」

　私は深く気にも留めずに急ぎ足で病院へと向かう。
　今日が母の退院日なので、家に向かうよりも病院に向
かったほうが会えると踏んでいた。
　案の定、病院から出てきた母と、今まさに病院に入ろう
としていた私が偶然にも鉢合わせする。
「すぐに退院すると思った」
　退院時間よりも早く病院を出ると見越していた私は、自
信満々にそう言った。
　そんな私を見て、母は少し困ったように笑った気がした。
「会いに来るって言ったでしょ？」
　こんなに早く会いに来るとは思っていなかったのか、少
し気まずそうに黒目をキョロキョロと動かした。
　今は、母よりも私のほうが堂々としていた。

　もう逃げないと決めた私は、もうなんの迷いも持ち合わせていなかった。

　真っ直ぐに見つめる私の目を見て、母は諦めて息を吐いた。

「場所を移動しましょう」

　そう言うと、病院近くのファミレスに入った。

　ファミレスに行くまでの道のりで、母は一切口を開かなかった。

　会話をせず一歩離れた状態のまま歩く私たちは、傍から見ても明らかに親子には見えなかった。

　席に座り、私はドリンクバーを頼んだけど、母は長居するつもりはないのか何も頼まなかった。

　仮にすぐに帰るとしても、ファミレスなのだから何か頼まないと……という配慮を持ち合わせてないのが母らしかった。

「体調は？　もういいの？」

「……仕事が溜まってるの、用件があるなら早く済ませて」

　母は、そうぶっきらぼうに答えた。

　そんな言葉を吐かれるたびに、1枚1枚母に大きな壁を作ってきた。

　それをぶち壊す時が来たのだと、私は膝の上に置いた手をギュッと握る。

「私、お母さんのこと、嫌いだった」

　今まで育ててもらった娘が言うセリフではないと思う。

　でも今から話すことはすべて嘘偽りのない、私の内に秘

めていた想いだ。

　母は顔色１つ変えず、窓から見える外を眺めている。
「私たちのことをちゃんと見てくれないお母さんが憎くて、大嫌いだった」

　私の心を映すように、外はポツポツと雨が降り始める。
「それでも、私にとってお母さんは、私のたった１人のお母さんだから、苦しくても泣き叫びたくても我慢した」

　お母さんの期待に応えたい、お母さんがいつか私を見てくれるまで頑張りたい。

　その前向きな自分の考え方が、自分の首を絞めていた。
「お姉ちゃんが家を出ていった時、小さく震えるお母さんの背中がずっと忘れられなかった。今、お母さんを守れるのは私だけだと思った。だから、どんなに辛くても我慢してきた」

　私が家を出ていったら、お母さんは１人ぼっちになってしまう。

　私がお母さんのそばにいないと、あまりにもかわいそうだ。

　そう心に決めても、体は一緒に頑張ってはくれない。

　体からダメになって、今度は心がダメになって、何もかもすべて嫌になった。
「だけど、ずっと感じてた。お母さんの言うとおり、私には何もないって。お姉ちゃんみたいにいつも輪の中心にいるわけでもないし、生徒会長をやるほど責任感もない。頑張ったらその分、結果が出るほど私の頭はそんな単純で

はなかった」

　母の眉がピクリと動いた。

　視界が、だんだんとぼやけてくる。

　目を閉じれば今にもこぼれそうな何かを必死に堪える。

「私は何一つお姉ちゃんのように上手くできなくて、お母さんの言うとおり、私は産まれてくるべきではなかったと思った」

　堪えきれない涙が、頬を一直線に伝う。

　その時、母がゆっくりと私を見る。

「何もないから、私には価値がないから、生きる存在理由が見つからないから」

　死ぬべきではないのか、そう何度も何度も頭の中をループして支配した。

　1人でいると、ふと死にたくなって、心が押し潰されそうだった。

「でも、助けてくれたの」

　たしかに私の目の前に微かな光が差した。

「私を助けてくれた人がいたの。その人が、私とお姉ちゃんを繋いでくれた」

「……美月？」

「お姉ちゃん、元気にしてるよ。毎日楽しそうに笑ってる。私も会いたい人に会って、食べたいものを食べて、好きなように生きたい」

　私も、ずっと笑っていたい。

　みんなを見てるとそう思う。

「だから、ごめんね、お母さん。私の人生は、もうお母さんに決めてほしくない。私のたった１つの人生は、これから私が決める。もう誰にも奪われたくない」

　お母さんの望む娘になれなくてごめんなさい。

　お母さんの理想を叶えることができなくてごめんなさい。

　親不孝な娘でごめんなさい。

　でも、許してほしい。

　私が自由に選択することを。

「私は今、頑張ってることがあるの」

　奈都を高校に合格させることを目標に、初めて人に勉強を教えている。

　不安や重圧でたまに逃げ出したくなるけど、勉強してる本人が逃げずに自分の可能性を信じて勉強しているのだから、私もさらにその何倍も頑張ろうと思えるんだ。

　私は、奈都が高校に合格するまで、あの家にいたい。

「だから、まだ家には帰りたくないの」

　ここからはすべて私のわがままだ。

　受け入れてくれるかはわからないし、断られたあとのこともまだ考えてもいない。

　それでも、私は口にした。

「だけど、学校には卒業するまで通いたい。だからお願いします、学費を立て替えてください」

　私はまわりの目も気にせず、目の前に座っている母に頭を下げる。

　勝手で、わがままな話をしているのはわかっている。

　家に帰りたくないという娘のために、金を落とさなければいけないのだから。

　母の理想を叶える娘はもういないし、そんな私のことを母はすでに切り捨ててるかもしれない。

　それでもまだ母に愛があるのなら、期待して、信じてみたかった。

　頭を下げた状態で数秒ほどたったあと、母がやっと口を開いた。

「顔を上げなさい」

　私はその言葉に、ゆっくりと顔を上げ母を見た。

　母がどんな表情をして私を見ているのかわからなかった。

　だけど、顔を上げて母を見た瞬間、内側からグッと何かが込み上げてきた。

「あなたは、小さい頃から優しい子だった」

　母の声が、迷うことなく耳に入ってくる。

　……優しい？　私が？

　私は今まで、優しいのはお姉ちゃんみたいな人だって思ってた。

　一度だって自分が優しいなんて思ったことはなかった。

　でも、母にはそう見えていた。

「殺すのはかわいそうだからって、家に入った虫を生かしたまま外に出してあげたり、枯れそうな花に毎日水やりして育てたり、傘がない子に自分の傘を貸してあげたりして

たでしょ？」

　私でも覚えていない小学校の頃の出来事を、母はスラスラと口にした。

　覚えてくれていたことが、純粋にうれしかった。

「傘を貸したことで、あなたがずぶ濡れで帰ってきた時、私はあなたを怒ってしまった」

　そうだったっけ？

　怒られすぎてあまり覚えていない。

「自分を犠牲にして他の人に優しくするあなたを見た時、怖くなったの。歳を重ねるたび、あなたのその優しさにつけ入る大人たちがきっと現れる。そんな人たちを目の当たりにした時、跳ねのけられるような強くて賢い子になってほしかった。だから、あなたの優しさをずっと否定し続けてきた」

　母の内に秘めていた思いを聞くのは、生まれて初めてだった。

　店員の声も、他の客の話し声も、外の音も耳に入らないくらい、2人だけの世界に入っていた。

「だけど、あなたの優しさに一番初めにつけ入った大人は私だった」

　母は私と目を合わせてはくれない。

　自分の心の内を話していくたびに、どんどん顔が下がっていく。

「美月が家を出た日、自分は母親として間違った育て方をしたのだと痛感した。床に散らばった参考書やノートが、

美月をどれだけ縛っていたのか、こんなふうになるまで気
づかなかった」

　こうして母と、お姉ちゃんが出ていった話をするのは初
めてだった。

　なんとなく気が引けて今まで聞くことすらしてこなかっ
た。

「美月の代わりになると言った綺月に、もう一度母親とし
てやり直せるチャンスを貰ったのだと思った」

「……」

　母は間違いに気づいていて、その間違いを正そうとして
いた。

「でも、二度も間違えた。もう母親失格よ。自分は子育て
なんて向いていないと思った」

「……」

　私が母の前でいい子を演じている中、母もまたいい母親
を演じ続けていた。

　でもお互い本当の自分を見せなさすぎて、気づいたらここ
まで傷ついてしまった。

「『もうお母さんなんて呼ばないで』と言ってしまった時、
すぐに後悔した。誠実でいなさいと教えた私が一番誠実で
はなかった」

　私の中に"ナニカ"がいたように、母にも恐ろしい"ナ
ニカ"がいたのだ。

「綺月」

　母は確かめるように、たった3文字を強く口にした。

「こんな母親は、切り捨てなさい」

　懇願するように言う母に、私は胸が痛くなった。

　母も、私と同じで苦しんでいた。

　それを知れただけでも、生きていてよかったと、またカオルやみんなに感謝した。

「今まで何不自由なく育ててくれたこと、すごく感謝してる」

「……やめて」

「お母さん」

「もう切り捨てなさい！」

「やだ!!」

　母の声よりもさらに大きい声量で、子供みたいに駄々を捏ねた。

「私にとって、お母さんはたった１人のお母さんなんだよ！私のこと愛してくれてるなら、ずっとお母さんでいてよ！」

　母はずっと強い人だと思っていた。

　そんな強い母を見て、幼い時の私は少しだけ憧れていた時期があった。

　こんな強い女性に自分もなりたいと。

　だから、いつもみたいに堂々と立って強く生きてほしかった。

　私がまた憧れるような存在になって、お母さん。

　母の堪えていた涙が、一筋きれいに頬を伝って落ちた。

　遠回りをしすぎたけれど、今からでもやり直せるはずなんだ。

　いつかまた、お姉ちゃんと３人で家に住みたい。

　私はこの瞬間、お姉ちゃんが幸せでいられますように、という夢から、新しい夢に変わった。

　私の強い目に母が折れ、その後、母は学費を払うことと、毎月生活費としてお金を渡すことを約束してくれた。

　もしもの時のために、私が今住んでいるカオルの家の住所も母に教えた。

　中３の女の子の家庭教師をやっていることを伝えると、最後までしっかりやりなさいと背中を押してくれた。

　それがとてもうれしかった。

「綺月」

　帰り際に母が呼び止める。

「あの時、本当は……行かないでって言いたかったの」

　『あの時』とは、私がカバンを一度取りに帰った時のことを言っているのだろう。

　母の口にした言葉は消えるわけではないけど、その言葉を聞けただけで今日会いに来てよかったと思えた。

「……いつでも帰ってきなさい」

　母はそう言って、私に背を向けて帰っていった。

　徐々に小さくなる母の後ろ姿を眺めながら、前よりも息がしやすくなっていることに気づいた。

　まだ、普通の親子の関係と呼べるほどではなく、長年の溝はまだ深いままだけど、これから少しずつ修復していけたらと前向きに考えていた。

「帰りますか」

　緊張で強ばっていた肩から力を抜いて、私はまた一歩一歩歩き始める。

　私は軽やかな足取りで、カオルの家の扉を開けた。
「綺月ちゃん！」
　家に帰るなり、奈都がすがりつくように私の腕を掴んだ。
「どうかした？」
　奈都の焦った顔に、恐る恐る聞く。
「お兄が、また消えたの」
「……え？」
　カオルが消えた？
　え？　いつ目が覚めたの？
「私にはそんな連絡来てないけど」
「綺月ちゃん、美月ちゃんの家にスマホ忘れていってたって、さっき美月ちゃんが届けるついでに教えてくれたの」
　そう言って、奈都が私のスマホを渡す。
　……今の今まで気づかなかった。
　まさかスマホを、お姉ちゃんの家に置き忘れていたなんて……。
「私、探してくる」
　家をすぐに出ようとした時、奈都がまた私の腕を掴む。
「何？」
「お兄の行き場所に心当たりある」
「どこ？」
「……お母さんと、お父さんのところ」

　奈都は、今にも泣き出してしまいそうな表情で言った。

　今日は、10月15日。

　奈都とカオルを産んでくれた両親の命日だった。

　でも、同時に奈都の誕生日でもあった。

「今日は、奈都の誕生日じゃないの？」

「……知ってたの？」

「あのシスコンバカが、奈都の誕生日に家を空けるわけな
いじゃん」

「綺月ちゃん、ずっと言えなかったんだけど」

　奈都は手にグッと力を込めて、絞り出すように話した。

「私とお兄は、血が繋がってないの」

　奈都の声は震えていて、今までその真実がずっと心に
引っかかっていたのだろう。

　でも、私にとっては血が繋がっていようがいまいが、そ
んなのどうでもよかった。

　だって、ずっと兄妹として2人を見てきたのだから。

「お兄は、血の繋がってない妹のことを本当はすぐにでも
手放したいと思ってるはず。たぶん、申し訳なさで私とい
ると思っ──」

「そんなこと言ったらダメ！」

　下を向いたまま話す奈都の頬を、私は両手で挟んでク
イッと上げる。

「カオルはちゃんと奈都のこと妹として大好きだよ、私が
保証する。だから、そんな悲しいこと言わないで」

「……綺月ちゃん」

「私が必ずカオルのこと連れ戻してくるから、帰ったらちゃんと話そう」

私の強い目に、奈都は何度も頷いた。

さっそく私は、奈都とカオルの両親の墓の場所を教えてもらってすぐに家を出た。

何回探しに行けば気が済むのだろうかと、内心腹を立てながら、ちょうどバス停に停まったバスに滑り込みで乗車する。

8つ目の停車場所で降りて、歩いて15分の墓地にカオルの両親の墓があった。

奈都が言うには、両親の命日は1日ずっとそこを離れないらしい。

どんなに電話をかけても、呼びかけても、そこを離れないのだと奈都が困ったように言っていた。

降りたバス停から歩いていると、雲行きが怪しかった空がとうとう泣き出す。

私は午後は天気が崩れるらしいと奈都に渡された折り畳み傘を広げて、なんとか雨を凌ぐ。

雨が降ってきても、カオルはその場を離れないのだろうか。

もしかしたら、雨宿りをしにどこか違う場所に向かっているかもしれない。

そうなったら、会える可能性も低くなる。

私は少し急ぎ足で向かう。

　奈都が教えてくれた墓地につくと、誰かが定期的に手入れしているのか雑草がきれいに刈られていた。

　一歩一歩カオルを探しながら歩いていくと、長身の人影が目に入る。

「いた」

　たしかに、カオルはそこにいた。

　傘もささず、目の前の墓をうつろな目でずっと見つめていた。

　何をする訳でもなく、ただじっとその場で立ち尽くしていた。

　私はカオルにゆっくりと近寄ると、小さな傘に自分が濡れることも気にせずカオルを入れる。

　長身のカオルが、なんとか濡れないように腕を精一杯上げる。

　雨が当たらないことに気づいたカオルは、上を向いて傘を確認し、そしてゆっくりと私を見る。

「……なんでここにいるんだよ」

　関係のないお前が、なぜこの場所にいるんだ。

　そう言われている気がした。

　私はギュッと傘の持ち手を握り直す。

「風邪引くから帰ろう」

「1人で帰れ」

「でも、どんどん雨も強くなってるし」

「いいから、放っておいてくれ」

　カオルは私がさしてあげた傘を手で払いのける。

　その衝動で、手から傘が離れて地面に落ちる。

「放っておいたら、カオルは楽になれる？」

　カオルが楽になれるなら、私はすぐにでもここから立ち去る。

　でも、そうじゃないでしょ？

　カオルは、光のない目で小さく呟いた。

「死んだら、楽になれる」

　この痛みも苦しみも、死ねばもう一生味わうことはなくなる。

　その気持ち、私には痛いほどわかる。

「じゃあ、死ぬ？」

「……は？」

　私はそう言うと、カオルの手を掴んで歩き始める。

　拒む力さえないのか、カオルは黙ってついていく。

　たぶん何も考えてはいない。今日1日ずっと誰のこともカオルは考えていない。

　ただ、カオルが縛られ続ける過去の出来事が頭の中で繰り返し流れているだけだろう。

　そして、ずっと後悔し続けている。

　私はカオルを連れて墓地から離れ、車が通る公道まで歩いてくる。

　奥から徐々にトラックが走行してくる。

　私は横目でそれを確認すると、歩道から車道へとカオルを連れて歩き始める。

　雨の日で視界が悪くなっていて、雨で濡れた道路は滑りやすく、急には車が止まれないこともももちろん知っていた。

　これは完全なる私の賭けだった。

　トラックのライトが、道路に飛び出してきた私とカオルを照らす。

　そこで、トラックのクラクション音が響き渡る。

　こんなにも近くで聞いたのは初めてで、思わず肩がビクつき、とっさに逃げようと足が動こうとする。

　でもカオルの手を握る自分の手が、カオルを離そうとはしてくれなかった。

　さらに強くカオルの手を握った瞬間、すごい力で歩道側に引っ張られる。

　その瞬間、自分の目の前をトラックが横切って間一髪で轢かれずに済んだ。

「……死んだかと思った」

　自分から飛び出しておいて、私のほうが安堵していた。

　私は息を深く吐き出し、その場で力なく座り込む。

「なに考えてんだよ!」

　私を引っ張って助けてくれたカオルが、隣で激怒している。

「もう少しでトラックに轢かれるとこだったんだぞ!　バカなのかよ!」

『バカ』と言われた瞬間、カチンときた。

「バカなのはどっちよ!　カオルが死んだら楽になれるって言うからでしょ!」

「誰が一緒に死んでくれって頼んだよ！」

「何よ！　一緒に死んであげようとした私にまず感謝するべきでしょ！」

「なんでだよ！　意味わかんねぇよ！」

　めちゃくちゃなケンカをしていると、私自身わかっている。

　でも、ムカついたのだからしょうがない。

「カオルは私と一緒に死ぬか、私と一緒に生きるか、２つの選択肢しかないから」

「は？」

「カオルが死ぬんだったら私も死ぬ」

「だから！　なんでそうなんだよ」

「カオルに死んでほしくないから」

　話が飛躍しすぎているかもしれない。

　こんなバカげたことを言ってでもカオルを繋ぎ止めておきたいなんて、間違っているのかもしれない。

　それでも、元々勉強しかしてこなかった私に、誰かを助けてあげるやり方なんてわからない。

「カオルは私を殺したりしないって信じてるから」

　だから、私が今できることはカオルを信じることしかない。

「そもそも奈都の誕生日を祝わずに、しかも、そんな死んだような目で会いに来たって、お母さんもお父さんも喜ばないよ！」

　私はカオルの腹をバカスカと殴る。

「私が今から説教するから、とりあえずそこで正座しなさい！」

「……おい」

「今は私が喋ってるから！　カオルの意見はあと！」

　家に帰らなくなったと思ったらケンカ三昧で、やっとの思いで連れ戻したのに、かと思えば3日間死んだように眠って……。

　しかも、目が覚めたら消えるなんて、どれだけ迷惑をかければ気が済むのよ。

　私は、カオルに言いたいことが山ほどあった。

　今のうちにすべて言い尽くしてしまおうと思ったけど、だんだんと強くなる雨にそろそろ耐えられなくなってくる。

「とりあえず、屋根のあるところ行こう」

　私は、またカオルの手を取ると、屋根のある店の入り口で少しだけ雨宿りさせてもらう。

　店内に入れば床もイスもビショビショになって汚してしまうので、外で雨が弱まるのを待つ。

「さっきの続きだけど、早く帰って奈都の誕生日を祝おう」

「俺に、祝う権利とかあんのかな」

「めでたいことを祝うのに、いちいち権利なんていらないから」

　さっきからずっとマイナスな言葉を吐き続けるカオルに、私は正直うんざりしていた。

「俺、奈都の誕生日祝ったことないんだよ」

「……今まで？」

「あぁ」

　奈都は、カオルとは血が繋がっていないと言っていた。

　いつから２人は兄妹になったのだろう。

　私は聞こうにもどこまで踏み込んでいいのかわからず、結局黙ってカオルの話の続きを待つ。

「俺が中学生の頃に母親が再婚して、新しい父親の連れ子が奈都だったんだ。だから、俺と奈都は血が繋がってねぇんだよ」

「うん」

「……驚かねぇのか？」

　初めて伝える真実に、顔色１つ変えずに頷いたことにカオルは驚いていた。

「あー、奈都に聞いた。血が繋がってないってこと」

「そっか」

　カオルは私からまた雨へと視線を戻す。

「俺は新しい父親のことを受け入れられなくて、もちろん奈都のことも、一度だって家族の前で妹として接してこなかった」

　新しい家族、新しい兄妹、そんな簡単に受け入れられるわけない。

　もちろんそれは、奈都にも言えることだった。

「家に帰りたくなくて、毎日不良とつるんでバカばっかやってた」

　カオルがゆっくりと言葉を選ぶように、自分のことを話

してくれている。

　私は、その話を黙って聞いていた。

「そんなある日、奈都の誕生日に家族で水族館に行こうって話が出たんだ。でも、俺は当然行くつもりなんてなかった。受け入れられない妹の誕生日に、母はもっと仲よくなりたいがために提案したんだと思う。奈都はそれを楽しみにしていた」

　カオルがポツポツと弱まってきた雨のように、間を空けて話す。

「だけど、父親の仕事の都合で行けなくなって、奈都が母に駄々を捏ね始めたんだ。あんまり行きたいと泣き叫ぶもんだから、急遽（きゅうきょ）父親が仕事を切り上げて帰るってことになったらしく、母は雨だからって駅まで父親を迎えに行ったんだ」

　その間、カオルは家にはいなかったんだろう。

「家に帰ると奈都はいなくて、子供スマホの位置情報で確認したら、1人で水族館に向かっていたんだ。雨の中バスを乗り継いで、迷ったのかよく俺が遊んでいる場所で下りて、ウロウロしているのが位置情報で確認できた」

　小学生の奈都がバスを乗り継いで、無事に水族館に辿りつけるわけがない。

　降りるバス停を間違ったのかな？

　私はそう考えた。たぶんカオルも。

「何も知らない俺は、母からの電話を無視した」

　弱まったのにまだやまない雨が、カオルの心を表してい

るようだった。

　私は、カオルの言葉と言葉の間の呼吸が少し震えている
のに気づいた。

「留守電が残ってて、俺は家に帰ってから気づいた。俺が
よく遊び回っている場所だったから、奈都を探してほし
いっていう内容だった」

　真っ暗で誰もいない家の中で、留守電に残した母親の声
を聞いた時のカオルの気持ちは、私なんかじゃ計り知れな
いと思った。

　私はカオルの今にも泣きそうな横顔を見る。

「その後、家の固定電話に警察から連絡があった」

　その後の話は、聞かなくてもだいたい予想がついた。

　雨で視界も悪く、ましてや急いでいたのか、カオルの両
親はかなりの速度を出して車を運転していた。

　そんな時、傘をさしていない歩行者が、ろくに左右の確
認もせずに道路に飛び出したことで、慌てて急ブレーキを
かけ、案の定車がスリップし、運悪く対向車のトラックと
強く衝突してしまい事故が起きた。

　すぐに救急車を呼んだけど、雨の日の渋滞に捕まり到着
がいつもよりも遅れてしまった。

　救急車が来た時にはすでに母親は息をしておらず、父親
ものちに病院で息を引き取った。

　カオルが駆けつけた時は、すべてが遅かった。

　警察によって迷子になっていた奈都はすぐに見つかり、
両親の前で泣きじゃくっていた。

「警察からすべての事情を聞いたあと、俺は最初に奈都を責めた。どうして家にいなかったのか、どうして1人で水族館に行こうとしたんだって。自分のことを棚に上げて奈都のせいにした」

　そうすることで、少しは罪悪感がなくなる気がしたから。

「でも、奈都が言ったんだ。お兄も一緒に水族館に行きたかったからだって」

　カオルがよく遊んでいる場所を、奈都はなんとなく知っていたのだろう。

　奈都は迷っていたのではなく、初めからカオルに会いに行くために違うバス停で降りていた。

　カオルは目元を手で押さえ、唇を噛んだ。

「全部、俺のせいだ」

　カオルのその言葉が、カオルの心を握り潰そうとしていた。

「俺は一生、自分を許せない」

　両親の死を招いたのは自分で、奈都を傷つけたのも自分で、それなのに自分は生きている。

　誰のせいでもない、誰かにそう言われるたびに、カオルの首を絞めつけていた。

「死んでしまえば、この罪悪感からも楽になれる。だけど奈都を残して死ねなかった。自分の生きる存在価値は、一生分を傷つけた奈都を両親に代わって育て上げる、それだけだった」

　奈都が以前、私に言ったことを思い出した。

　カオルにとって自分はお荷物だ、と。

「奈都のためならと、学校も中退して、金を稼ぐためにプライドも捨てて、夢も自由も全部捨てた」

　子供だから、とナメてくる汚い大人もいただろう。それでもカオルは我慢して耐えてきた。

　だからカオルは今生きている。

「家に帰っても、奈都の笑顔がたまに直視できなかった。血の繋がりがない奈都にとって、ただただ汚れていく兄を見てどう思ってるのか。そう考えるたびに、また死にたくなった」

　大丈夫、大丈夫だよカオル。

　奈都は、どんなカオルでもいつもみたいに『お兄』って呼ぶよ。

「奈都のためならいつでも捨てられるように、ずっと距離を置いて生きてきた」

　その言葉を聞いて、カオルの優しさに涙が込み上げてくる。

　奈都は、お荷物なんかじゃない。

　奈都の存在が今までカオルを生かしたんだよと、今すぐに私は奈都に教えてあげたかった。

　カオルの隠している目元から、隠しきれない涙が頬を伝い雨と紛れる。

　そしてカオルは震える声で言った。

「でも、Againは捨てられない。捨てられなくて、しんどい」

　カオルがあまり溜まり場に現れないのは、忙しいからと

かではなかった。

　カオルが総長を嫌がるのは、離れたいと思った時に離れられなくなるからだった。

　それでもAgainが好きだから、総長代理を引き受けたのだろう。

　代理だったら、まだ逃げられる。

　だからカオルは、いつも一定の距離を空けて、深く干渉せず、フラッと顔を出して"なんだ来てたのか"くらいの距離感を保っていた。

　いつしか居心地のよい場所に変わってしまったAgainは、同時に怖い場所にもなった。

　奈都とAgainどっちかを選べと天秤にかけられた時、奈都をちゃんと選べるのか不安だったのだろう。

　私は、カオルの苦難や葛藤に気づいた時、カオルのことを助けてあげられるのかと散々悩んでいた自分が恥ずかしくなった。

「カオル……どっちかを選ぶ必要なんてないよ。どっちも大事にできる」

「……」

　私は、私の大事にしたいもの全部大事にする。

　お姉ちゃんも、お母さんも、菜穂も、勉強も、全部。

「中途半端なカオルよりも、大事なもので溢れてるカオルのほうが、カオルのお母さんもお父さんも絶対に好きだよ」

　何を根拠に……と思うかもしれないけど、親は子供を簡単に嫌いになったりしない。

　お母さんが私とお姉ちゃんをちゃんと愛していたように、きっとカオルの両親もカオルのことを愛している。
「お願いだから、辛いことだけを思い出すんじゃなくて、幸せだったことも思い出して。奈都のことだけじゃなくて自分のことも考えて」
　カオルにとっては、どれだけ年月を重ねようとも自分を許すことはできないのかもしれない。
　でも、それでももうあの日から数年たったんだよ。
　奈都は自分の夢に向かって頑張ってる。
　カオルも前を向いて。
「カオルの人生は、カオルだけのものでしょ？」
　私は、いつしか言ってくれたカオルの言葉をそのまま伝えた。
　私にこの言葉を伝えた時、カオルはどんなことを思ったのか思い出してほしかった。
　カオルが思っていたことが、今私が思っていることだから。
「カオルがいらないって言っても、私はカオルのそばにいる」
　高校生で止まっているカオルを、私は優しく抱きしめる。
　子供をあやすように、背中をポンポンとゆっくり叩く。
「カオルは私を助けてくれた。だから、私にできることがあれば全部やる」
　それでカオルが生きてくれるなら、全部してあげる。
　その時、カオルの手がゆっくりと私の背中に触れる。

　割れ物を触るように優しく触れると、ゆっくりと同じ力で抱きしめ返す。

「綺月が欲しい」

　私の耳元で、小さくて掠(かす)れた声でカオルが言った。

　私は、その意味も深く考えずに答える。

「全部あげる」

　たぶん、考えなくても、答えは決まっていたからだと思う。

　カオルにとって深い意味はなくても、私のことを異性として好きでなくても、カオルが心から拒絶するまでは私がそばにいる。

　いつしか雨はやんでいて、薄黒い雲の隙間から薄らと晴れ間が差し込んでいた。

特別な存在

【カオルside】

　小さい頃の俺は、ずっと１人だった。

　産まれてきてまもない俺と母親を置いて、父親は離婚届を机に置いて姿を消した。

　母は、仕事と子育てと家事の両立で毎日疲れ果てていた。

　学校から帰ってきても、夜遅くに帰ってくる母はいない。

　母が帰ってくるまで、俺はずっと１人だった。

　面白くもないテレビを見て時間を潰す、そして眠る。その繰り返しの毎日。

　家族と旅行に行った、誕生日パーティーをしたと楽しそうに話す友達が羨ましかった。

　母を困らせたくなかった俺は『寂しい』なんて一度も口にはしなかった。

　友達の家に転がり込んで遊んでも、夜ご飯になったら必ず帰された。

『そろそろ帰らないと親御さん心配するよ』

　そう言われるたびに、虚しくなった。

　中学３年生になった時、母が会ってほしい人がいると知らない男を家に連れてきた。

　その男が、のちに母と再婚することになる俺の新しい父親だった。

　男は、小学生の娘を連れてきた。

　　名前は奈都。

『奈都です』

　　真っ赤なランドセルを背負い、ニコニコと笑う奈都はこの作られた家族の中で唯一の光だった。

　　父親ができたことで、母は毎日朝から晩まで働くことはなくなった。

　　俺が帰宅したら、もうすでに夜ご飯の準備をしているような、ただただ普通のお母さんになった。

　　奈都は人懐っこい性格なのか、すぐに母を「お母さん」と呼んだ。

　　それに加えて賢さも持ち合わせていた。

　　最初の頃は父親を『パパ』と呼んでいた奈都は、気づいたら『お父さん』と呼び名を変えていた。

　　統一したほうが家族感が増すのだと考えたのだろう。

　　家に馴染めず、大人になれない高校生の俺だけが異質の存在になった。

　　中学生の頃から不良の類に入っていた俺は、ますます社会の常識から外れるようになった。

　　毎日夜な夜ないろいろなところで遊んで、大人にバカな子供だと呆れられるほどヤンチャなことをした。

　　一度、母に本気で怒られたことがあった。

『どうして家に帰ってこないの!?　お母さんに不満があるんでしょ!　ちゃんと口で言ってくれないとわからないよ!』

　　親は子供のことならなんでもわかってると、小さい頃、

見ていたドラマで言っていた。

　母親なら息子の気持ちをわかるはずだ。

　でも、母はわからない。

　だって、俺を育てたのは母ではなく俺自身だからだ。

　学校の行事に母は来たことはなかった。

　授業参観も、体育大会も、2分の1成人式だって母は毎回仕事で顔を出さなかった。

　いろいろな大人からかわいそうと囁かれ、同情の目を向けられるたびに悔しくて涙が出そうになった。

　だから、俺をこんなふうにしたのは母だ。

『あんたの顔を見てると、ムカつくから』

　すべて、俺を1人にしてきた母のせいだ。

　何もかも人のせいにして、家族のことを1ミリも大事にしてなかった俺は、当然の罰を受けた。

　両親が死んで、残ったのは不良に成り下がった俺と、血の繋がりがない小学生の奈都だけだった。

　親戚の助けも、あてにはならなかった。

　自分よりも小さくて細い手を握りながら、奈都を育てることが両親へのせめてもの償いだと思った。

　だけど、実際にはどうしたらいいのかわからず、ただどうしようもない喪失感と罪悪感で押し潰されそうだった。

　当然学費が払えず、学校を中退してバイトを始めた。

　居酒屋のバイトに、コンビニのバイト、たまにイベントスタッフのバイトもやって、手元に入る給料は1ヶ月もすればすぐに消えた。

　１ヶ月暮らせる額を、１ヶ月かけて稼ぐことがどんなに辛いことなのか、自分が稼ぐ身になって初めて母の辛さに気づいた。

　割のいいバイトがあると高校の友達に紹介されたのは、のちに怪しいブツを仲介する危険な仕事だったのだと警察に追い回されたことでやっと気づいた。

　なんとか逃げきった先で、取引主と遭遇しブツを置いてきたと話すと、殴りかかってきた。

　運よく、このタイミングが来たと思った。

　殴りかかってきたから、俺は殴り返した。

　日頃の鬱憤も込めて、全力で殺すつもりでやった。

　だからお前も俺を殺すつもりで殴れ。

　そして、俺を殺してくれ。

　だけど、俺は死ななかった。

　どうやらケンカは、それなりに強いことを今さら知った。

　死にたい、でも生きなければ、だけど死にたい。

　それなら、いっそのこと誰か殺してくれ——。

『お前、強いな』

　そんな俺に声をかけてきたのは、聡だった。

　聡は名もそれなりに知られているAgainの暴走族に入っていた。

『お前、俺たちの仲間になれよ』

『……暴走族なんて、かっこ悪い奴らの仲間になんて誰が入るかよ』

　バイク乗り回して、ケンカしてるだけの程度の低い奴らと相成れるほど、自分は暇ではなかった。

『じゃあ、俺と勝負しろよ』

『……今の俺にそんな時間も気力もない』

『お前が勝ったら、ちゃんとした店の割のいいバイト紹介してやるよ。まぁ、向き不向きがあるから、お前に向いてたらの話だがな』

『……負けたら？』

『仲間になれよ』

　ちゃんとしているのか確信はないし、信用できるほどの関係性でもなかったけど、その男の目は嘘をつくような目ではなかった。

『やってやるよ、その約束絶対守れよ』

　勝つ自信はあった。

　でも、決着は開始10分で決まった。

『俺の勝ちだな、仲間になれよ』

　地面に叩き落とされ、ピクリとも動かない俺を見下ろしながら、聡は楽しそうに笑った。

　聡は気持ち悪いぐらいに、強くて恐ろしかった。

『ほら立て、今から行くぞ』

『あ？　どこにだよ』

『バイトの面接だろうが』

『俺、負けたじゃねぇか』

『別に勝とうが負けようが、はなから教えるつもりだったしな』

『はぁ？　じゃあなんでケンカさせたんだよ！』

『ケンカすればだいたいわかるだろ、人となりが』

　聡は初対面から変わってる奴だった。

　紹介されて入ったAgainは、驚くほど居心地がよかった。

　訳ありの不良も何人かいて、自分の家庭環境にあまり干渉してこないことから自由で伸び伸びとできた。

　信用できる仲間もできて、気づいたら離れ難い存在になりつつあった。

　そんな時、Againが一度デカい抗争を起こした。

　そのせいで警察の取り締まりが一層厳しくなり、Againは一度解散することを余儀なくされた。

　やっとAgainから、聡たちから、幸人たちから離れられると思った。

　だが俺は、なぜかその関係を断ち切ることができなかった。

　両親を失った悲しみを味わった俺は、もう誰のことも失いたくはないと思っていたはずだった。

　そんな気持ちを味わうなら、いっそのこと大事な人も大切にしたいものも、何も作らないしいらないと。

　誰のことも深くは干渉しない、浅くて軽い関係でいるつもりだった。

　Againもすぐに離れられるように、依存（いぞん）してはダメだと自分に言い聞かせ一定の距離をあけていたのに、どこで間違えたのか俺はAgainの次期総長になろうとしていた。

　離れたい、でも離れられない。

　そんな中途半端な状態でも、毎年"あれ"が俺を襲う。

　両親の命日が来ると、どうしようもない罪悪感で気持ちが追いつかなくなるのだ。

　１人でいるのが怖くて、ふと訪れる死にたいという欲求に抗うように不良とケンカをした。

　そのたびに、聡たちが俺を連れ戻した。

　迷惑をかけているのだとわかっている、それでもこの手を離せないのは失いたくないと思っているからだ。

　そんな時、俺の前に綺月が現れた――。

『あんたらみたいな普通の道から外れた奴らは、気づかないんだ。誰かの大事なものを簡単に奪っていることに』

　綺月は初対面の俺に、早口で捲し立てるように啖呵をきった。

　だけど、それはすべて正しかった。

　普通の道から外れた自分は、両親の命も奈都の大事なものも簡単に奪った。

　この女には正直もう会いたくないと思った。

　会ってしまえば、この女に惹かれてしまう自分がいるような気がした。

　会いたくないと思えば思うほど、神様にいたずらでもされているかのように、また繋ぎ合わせてくる。

　芯があって、堂々と立っていた綺月は、じつは俺と同じで生きていいと思える自分の存在価値を探していた。

　だけど元を辿れば、まったく違う。

　綺月は家族のために自分を犠牲にしていたけど、俺は自分のことしか見えてなくて両親を傷つけた。

　家族のことを第一に考えている綺月が死にたいと口にした時、ふざけんなと思った。

　気づくと口に出していた。

　お前は生きるべきだ、生きて幸せになれ。

　俺なんかと綺月を、決して一緒にしてはいけなかった。

　綺月と俺では見ている世界も、生きる場所も違う。

　それでも顔を見るたびに、話すたびに、触れるたびに綺月が欲しくなった。

　これ以上惹かれたくないと思えば思うほど、抱きしめて、キスして、めちゃくちゃにしてやりたかった。

　綺月と話してる時は、なぜか幸福感があった。

　綺月の代わりはいない。

　アイツは俺にとって、唯一無二の存在。

　そう気づいた時、泣きたくなった。

　欲しくて手を伸ばしても、その手にわずかでも触れた時すぐに離してしまう。

　だけど、手離したくない。

　大事なものができることが死ぬよりも怖かった俺は、心と体が徐々に結びつかなくなっているのに気づいた。

　綺月が自分に触れたら、もう止められない気がした。

　綺月に死なないでと言われたら、死にたくなくなる気がした。

　違う、気がしたとかじゃない。

　俺はずっと、綺月にそう言ってほしかったんだ。

　そして、まだ"あれ"がやってきた時、綺月は──。

『カオルがいらないって言っても、私はカオルのそばにいる』

　いらないなんて、言うわけない。

「カオルは私を助けてくれた。だから、私にできることがあれば全部やる」

　助けてほしい。

　このなくならない罪悪感から救い出してほしい。

「綺月が欲しい」

　口からこぼれるように出た言葉は、俺の本心だった。

「全部あげる」

　即答して答えた綺月に驚いた。

　驚くと同時にタガが外れた。

「え」

　俺は綺月から体を引き離すと、耳元に触れながら綺月の唇にキスをする。

　雨に濡れて冷たくなった唇が、何度も交わすと徐々に熱を帯びてくる。

「ちょっと待っ……ん」

　歯止めが利かなくて、さらに快感を求めようと綺月の口に舌を入れようとした時、手を思いっきりつねられる。

「痛ぇ！」

　思わず唇から離れると、綺月はその隙にすぐに俺と距離を取る。

「カオルが、変なことするからでしょ！」

　顔を赤らめながら、綺月はなぜか戦闘態勢で構えていた。

「全部あげるって言ったじゃねぇかよ」

「すぐにあげるっては言ってないじゃん、そもそも何も言わずに、キ、キスする!?　普通!?　もっと順序ってものがあるじゃん！」

　動揺しているのか声が大きくなる綺月に一歩また一歩と近づく。

　早く触れたくて、1秒も離れたくはなかった。

「待て、止まれ」

「順序守ればいいのか？」

「……え？」

　あっという間に綺月との距離を詰めると、今度は自分から抱きしめる。さっきよりもずっと強く深く。

「……カオル？」

「綺月がそばにいてくれるなら、生きたい」

　自分がやってきたことも、両親への罪悪感も、奈都に対する申し訳なさも消えない。

　この先、また死にたいと思うかもしれない。

　それでも、綺月がそばにいてくれる今なら生きたいと思える。

「綺月が、どうしようもないくらい欲しい」

　たとえこの先、綺月が離れたとしても、全部あげると言った意味が異性の好きでなくても、そばにいてくれるなら俺の全部をお前にやる。

「それってさ、好……」

　綺月が口にした時、タイミング悪く綺月のスマホが鳴る。

　話は一時中断し、綺月は俺から離れると美月からの着信に出る。

　焦ってスピーカーボタンを押してしまったようで、会話は丸聞こえだ。

《あっ、綺月？　カオル見つかった？》

「あー見つけた」

《本当!?　どこ!?》

「今から言うところまで迎えに来てくれない？　雨で濡れて服ビショビショなんだよね」

《わかった》

　綺月は電話を終え、また俺のほうを真剣な顔で見る。

「みんなに迷惑かけたんだからちゃんと謝るんだからね」

「……わかってる」

「それと奈都にもね！」

「それもわかってるって」

　さっきまでいい雰囲気だったのに、美月の電話によって現実に引き戻された綺月は、母親みたいなことを言ってくる。

「あと」

　綺月は下を向いて、あからさまに俺を視界に入れないように言葉を続ける。

「もう1回、ギュッてしてくれない？」

　細い髪の隙間から見える耳が驚くほど真っ赤で、自我を

保つためにゆっくりと息を吐き落ちつかせる。

　そして、綺月がそうであったらいいと何度も思ったことを本人に聞く。

「お前、俺のこと好きなの？」

　誰かをこんなにも欲しいなんて思ったことはなかった。

　欲が出るたびに、俺と綺月は違うと一線を引いてきた。

　でもやっぱり、欲しい。

　綺月はその質問の意図が理解できなかったのか、首をかしげる。

「好きじゃなきゃ、命を賭けたりしないでしょ」

　何を今さら？

　といったニュアンスを含めながら即答した。

　こういう時は赤くならないのか、と頭を抱える。

　勉強ばっかりして男に免疫もないくせに、なんで俺がお前に落とされるんだよ。

　俺は今度は優しく綺月を抱きしめる。

「マジで、あおるな」

　このまま押し倒してやろうかと欲求が顔を出すが、なんとか耐えていると、綺月が力一杯両手を広げ俺の背中に手を回してくる。

　抱きしめただけで満足している綺月に、自分の性欲が暴走しないかこれから不安しかなかった。

　少ししてから、身に覚えのあるバイクが遠目から見える。

　あれは、聡だ。

「バイクで迎えに来んのかよ」

　お互いてっきり車で迎えに来てくれるのかと思っていたけど、予想は外れた。

　かなりのスピードを出してきたのか、キーッというブレーキ音を出しながら止まる。

　風で聡の髪が乱れて、普段隠している額の傷がはっきりと目に入る。

　聡はバイクから降りると、ズカズカと俺のほうまで歩いてくる。

　あ、ダメだ、これは怒ってる時の顔だ。

　そのままスピードを緩めずに近くまでくると、聡は俺を一発思いっきり殴った。

　構えてすらいなかった俺は聡の力に負け、地面に叩きつけられたように崩れ落ちる。

「どれだけお前のこと、みんなが探したと思ってんだよ」

　荒ぶった感情を抑えようとしているのか、聡の声が若干怒りに震えていた。

「いい加減、気づけよ」

　口の中が切れ、血が垂れる。

　聡はしゃがみ込み俺に目線を合わせると、乱暴に髪を引っ張った。

「お前が消えたら、心配する奴がこれだけいるってことに」

　その時、けたたましいバイクの音が遠くから聞こえてくる。

　それは、たしかに俺のほうに近づいてきていた。

　みんなが来てくれたのだと、すぐにわかった。

　耳を塞ぎたくなるようなうっせぇ音が徐々に消え、聡の
バイクに並ぶようにしてみんながバイクを停める。

「カオル！」

「カオルさん！」

「カオル！」

　みんなが俺の名前を呼びながら、囲むように集まる。

「いい加減にしろよ！　お前本当に！」

　涙目の雪希が俺の頭を叩く。

「カオルのせいで授業パスしたんだからな、これで単位逃
したらお前のせいだからな」

　大学の授業をすっぽかして探していた幸人が、嫌味っぽ
く、それでも優しい口調で言う。

「お前、本当めんどくせぇよ」

　海斗は気だるそうにしながらも、一生懸命探していたの
か汗だくで前髪が濡れていた。

「……悪かった、マジで」

「本当に思ってんのかよ」

「思ってる、迷惑かけて本当にごめん」

　感極まって、目を真っ赤にさせながら、普段誰にも見せ
ることのない顔でみんなに謝る。

「……泣いてんのか？」

「違ぇ」

「嘘だ！　泣いてるぞコイツ！」

「違ぇし！　うぜぇ！」

　海斗がそんな俺の顔を見て、バカにするようにケラケラ
笑う。

　やっぱ、コイツ本当腹立つ……。

　俺は大きい舌打ちをする。

「綺月」

　その光景を笑って見ている綺月の名前を呼ぶ。

　名前を呼ばれ綺月は首をかしげた。

「ありがとう」

　そう伝えると、綺月は満足げに笑った。

本当の始まり

「綺月」

　名前を呼ばれて振り返ると、お姉ちゃんと菜穂が立っていた。

「ありがとう、カオルを見つけてくれて」

「綺月がいてよかった」

　2人は私にそう言う。

　それに私は首を振った。

　違う、ありがとうとお礼を言うのは私のほうだ。

「今、やっとわかった気がする」

　お姉ちゃんがここにいる理由も、菜穂が彼らとずっと仲間でいる理由も、全部わかった。

　彼らは、仲間を心から大事にしてる。

　ケンカや暴力が許される世の中ではないけど、子供みたいに海ではしゃいで、毎日お祭りのように飲んで騒いで、仲間がいなくなったらみんなが全力で探すような、そんな場所は今、彼らにとってはここしかないのだ。

　つい口走ってしまったとはいえ、私が最初にAgainの溜まり場に来て、吐いた言葉は最低だった。

『ケンカしか能のないクズ』

　でも今は、そんなことは一度だって思わない。

「お姉ちゃんを助けてくれたのが彼らでよかった。菜穂がAgainのメンバーでよかった」

　私は泣きながら笑って言った。

「みんなに出会ってよかった」

　みんなに出会えなかったら、カオルに出会わなかったら、私はまだあの冷たい家の中でずっと孤独だった。

　お姉ちゃんと向き合うことも、母に本音を伝えることもなかった。

　私がスッキリした顔で伝えると、お姉ちゃんは驚いて目を丸くした。

「私こそありがとう、またお姉ちゃんって呼んでくれて」

　お姉ちゃんは私の手を取りギュッと握る。

「ねぇ、提案があるんだけど」

「ん？」

　私は涙を乱暴に服の袖で拭うと、楽しそうに笑う。

　私の笑顔を見て、釣られるように２人も首をかしげながら笑った。

「お兄！」

　奈都はカオルの姿を見つけると、すぐに飛び込むようにカオルに抱きつく。

　あのあと、みんなは溜まり場に戻ったけど、私だけは一度カオルの家に戻り、今度は奈都を連れて溜まり場に姿を出す。

「奈都、ごめんな」

「もういいよ、帰ってきてくれたから許す」

　ずっと心配していた奈都は、やっとカオルに会うことが

できて心底ホッとしていた。

「じゃあ、仲直りしたってことで！　やりますか！」

　雪希の声に、今度は爆発音のような大きい音が部屋中に響いた。

　奈都が驚いてカオルにしがみつくけど、なんの音かわかった瞬間、いつもみたいにうれしそうに笑った。

「せーの！」

『奈都ちゃん誕生日おめでとうー！　』

　雪希のかけ声に、Againメンバー全員が声を揃えて言う。

　奈都は花が咲いたように笑うと、わ〜！と手を挙げて喜んだ。

「さすがに全員でクラッカー鳴らしたら、爆発音だな」

「鳴らしといて自分が驚いたわ」

「でもサプライズ大成功じゃん！」

　私が提案したのは、奈都の誕生日をみんなでお祝いすることだった。

　みんなすぐに承諾してくれて、奈都が溜まり場に来るからと急いで片づけもした。

「作る時間なくて全部デリバリーなんだけど、ごめんね」

「全然！　うれしいです！」

　机には、みんなの行きつけの店の料理をデリバリーして、端から端までいろいろな料理が並べられていた。

「ほら、カオルも祝いなさいよ」

　お姉ちゃんに頭をはたかれ、カオルは少し気まずそうに口を開く。

「奈都、誕生日おめでとう。今までずっと祝えなくてごめんな」

「お兄、謝ってばっかりだね」

「そりゃそうだろ、奈都には悪いこといっぱいしたし」

「それでも、いいこともいっぱいあったよ」

　申し訳なさそうに謝りながら誕生日を祝う複雑なカオルに、奈都は今までにないくらい満面の笑みで返した。

「今日で一生分祝ってもらったから満足だよ！　だからもう謝らないでね」

　へへっと無邪気に笑う奈都にカオルも釣られて笑う。

　奈都の笑顔は、やっぱり人を幸せにする笑顔だと改めて思った。

「マジでいい妹じゃん」

「本当クソ生意気な兄とは似ても似つかねぇ」

　聡さんと一喜さんの嫌味な言い方に、カオルは2人に聞こえるように舌打ちをする。

「こういうところが生意気なんだよ！　反省してねぇな！」

「やめろ、暑苦しい」

「もう夏は終わった！」

「勢いが暑苦しいんだよ、離せ！　一喜！」

　私は笑っているカオルを見ていると、海に行った日にカオルの大事な人たちに会えてうれしそうにはしゃいでた奈都を思い出した

　カオルが本気で心を許しているAgainがどんな場所にあって、どんな人たちがいるのか、奈都はずっと気になっ

ていたのだ。

だから、こうして楽しそうに笑っているカオルと奈都を見て、私は自分のことのようにうれしく思った。

その後、私はみんながバカ騒ぎしているところを、部屋の隅のほうでイスに座って見ていた。

「混ざらねぇのか？」

隅で大人しくしている私に一喜さんが声をかける。

「幸せに浸ってるんです」

あの輪の中に入って一緒にバカ騒ぎできるタイプではないと、自分が一番わかっている。

みんなが楽しそうにしている姿を見ているほうが、よっぽど楽しい。

「綺月ちゃん」

「なんですか？」

「どうやってカオルを連れ戻したんだ？」

一喜さんにそう問われ、私は騒いでいる彼らから視線を移さず答えた。

「命を賭けました」

「は？」

「死にたいって言うから、道路に飛び出してトラックの運転手さんに殺してもらおうと思ったんです。トラックの運転手さんには、はた迷惑な話ですけど」

あまりにも飛躍しすぎている私の話に、当然一喜さんは耳を疑っているようだった。

「……」

「間一髪でカオルが正気に戻ってくれたので、死なずに済みました」

　ケロッとして答える私に、一喜さんは引きつった笑顔を見せる。

　それもそうだ。

　死にたいと言う人に、生きることを説得するのではなく、一緒に死ぬ選択をする人なんてそうそういない。

「私の人生はカオルに救われたようなものだから、私がカオルにしてあげられることはなんでもしてあげたいと思ったんです。でも何もなくて、命を賭けることぐらいしか思いつかなくて」

　命を賭ける愛って重いだろうなぁ……。

「でもちょっと、後先考えずだったなと反省してます」

　それでも私は何も間違ってはいないといった顔で、一応反省の色を見せる。

「すげぇな、綺月ちゃん」

　褒められるような行動ではないのに、一喜さんはなぜか尊敬するような目で私を見ていた。

「……え？」

「少しカオルには、もったいねぇ気もするけどな」

「それは逆ですよ。私にカオルはもったいない」

　即答で私が否定するけど、やっぱり一喜さんは首を横に振ってまたそれを否定した。

　グイッと残りのウーロン茶を飲み干すと、

　新しい飲み物を取りに、また騒がしい輪の中に入って

いった。

「綺月ちゃん！」

　一喜さんと入れ替わりで、今度は奈都が走って私のところまで来る。

「どうしたの？」

「このサプライズ、綺月ちゃんがみんなに提案してくれたんでしょ？」

「……誰から聞いたの？」

「菜穂ちゃん！」

　私はみんなで祝いたいとお願いしただけで、そんなサプライズなんて大それたことは提案してはいない。

　奈都は隣に座ると、自分の手を私の腕に絡めてくる。

「どうしたの？」

「こんな楽しい誕生日初めて！　ありがとう！　綺月ちゃん！」

　心の底から喜んでいて、私もうれしくて頬が緩む。

「綺月ちゃん」

「ん？」

「私、絶対に高校合格するから。だから、ずっと私たちと一緒に暮らそうよ。一緒に同じ学校行きたい」

　奈都がギュッと強く私の手を握る。

　そう言ってくれてうれしいし、私もできるならずっとあの家にいたい。

　でも、わがままを聞いてもらった手前、これ以上母を1人にはできない。

「奈都」

　私は奈都を優しく抱きしめる。

　奈都も私の服をギュッと握る。

「私は来年も再来年もその先もずっと、奈都の誕生日を祝うつもりでいる。私があの家に戻っても、私はずっと奈都の味方でいるよ」

　距離なんて関係ない。

　そもそもそんなに遠くもないし、会いたいと思えば会える距離だ。

　私はいつだって奈都を思ってる。

「あー、お兄が綺月ちゃんと結婚でもすれば家族になれるのになぁ」

「うん、そうだね……えっ!?」

　私は驚いて奈都から離れると、奈都は何も間違ったことは言ってないと顔が真面目だった。

「綺月ちゃん的に、お兄はどう思う?」

「……ど、どうって?」

「好きか嫌いかで言うとどっち?　ねぇ、どっち?」

　奈都は前のめりで私の肩を掴むと、グイグイと質問してくる。

　答えるまで離してくれそうにない強い力に、渋々小さな声で答える。

「……まぁ、好き、かな?」

「じゃあ、脈はあるってこと!?」

「脈は……」

あるっていうか、なんていうか……。

私はさっきカオルにキスされたことを思い出して、徐々に顔が赤くなる。

奈都はそんな私を見て、クリクリとした大きい目がもっと大きく見開かれる。

「……もしかして、お兄のこと、本当に好き？」

「あー、私……飲み物取ってくる」

もう話を逸らすにはこの場から逃げるしかないとイスから立ち上がるけど、興味津々な奈都からは逃げられず腕をガッシリと掴まれた。

「好きなの!?」

今まで、私はこういう話とは無縁だった。

自分が誰を好きとか、友達が誰を好きだとか、そういう恋愛の話は自分には一生関わりのない話だと。

まさか、こんなふうに質問攻めされる日が来るなんて思いもしなかった。

私は戸惑いながらも、ゆっくりと口を開く。

「……好き」

奈都の目が、これ以上にないくらい大きくなる。

いつかはバレてしまうなら、ここでもう白状したほうがいい気がした。

「付き合うの？」

「え？」

「好き同士は付き合うんでしょ？」

付き合う？

そういう話はしなかった。

奈都の問いに考え込み、微妙（びみょう）な空気が流れる。

「あー!!」

その時、沈黙を破るように菜穂の大きい声が溜まり場の中に響く。

驚いて振り返ると、誰かが豪快（ごうかい）に飲み物を床にこぼしていた。

シュワシュワと音を立てながら床が濡れていく。

「もう、何やってんの！　拭いて拭いて！」

「俺じゃねぇよ！　お前の手が当たったんだよ！」

「違えよ！　お前のケツが当たったんだろ！」

何やら飲み物をこぼしたのか、その犯人を近くにいた人たちで擦（なす）りつけ合っていた。

そんな騒がしい光景をボーッと見ていると、さっきまであの輪の中にいたカオルがいつの間にか私の目の前に立っていた。

「綺月のこと借りるぞ」

「えっ」

カオルは私の腕を掴むと、どこかへ連れていこうとする。

「お兄！」

奈都がカオルを呼ぶ。

「飲み物倒したのお兄でしょ？」

「……バレてたか」

「ちゃんと拭いとくから、お兄もちゃんとしてよ」

「日に日に母親感が増すなぁ……」

　カオルは笑うと、今度は腕じゃなく手を握ってくる。

　そしてまた少し急ぎ足で階段を駆け上り、私は握られた手を見ながら黙ってついていく。

　カオルが屋上の扉を開けると、外はすっかり日が暮れていた。

　人が誰もいないところで話したいことがあるのだろう、だから誰もいない屋上に来たのだろう。

　カオルは屋上に入ると私の手を離した。

「あっ」

「え？」

　突然、離されて思わず声が漏れる。

　自分よりも遥かに大きい手に安心感があって、ずっと繋いでいたいと思ってしまった。

「……繋ぐか？」

　私の心の内に気づいたのか、カオルが手を差し出す。

「……うん」

　差し出された手を素直に握ると、カオルは盛大な息を吐いてしゃがみ込んだ。

「えっ？　何？」

「……手繋いだだけでそんな顔されると身がもたねぇんだけど」

　カオルは私の顔を覗き込むように見つめてくる。

　私、今どんな顔してる？

　急に恥ずかしくなって手を離そうとすると、カオルがそ

うはさせないとさらに強く握る。

　手を繋いだままカオルは立ち上がると、私の肩に頭を乗っけてくる。

「⋯⋯どうしたの？　疲れた？」

　横を向いたらすぐにカオルの顔があると思うと、緊張して前しか見れない。

　私は何も言わないカオルに、この状況はどうするべきなのかと恋愛に疎いなりに一生懸命考える。

「あのさ」

「な、何？」

「⋯⋯付き合う？」

　⋯⋯ん？

「俺は付き合いたいんだけど」

　付き合うって、どこに？

　⋯⋯いや、違う。

　今、絶対そっちの付き合うじゃない。

　これは、男女の交際というやつだ。

「全部、ちゃんとするから」

　私は息をするのも忘れるくらい、頭が真っ白になって思考が停止する。

　だけど、カオルの声ははっきりと私の耳に届いている。

「奈都ともちゃんと話をするし、仕事は生活があるからすぐには辞められねぇけど、いずれはちゃんとした仕事を見つけるから」

　私の肩に頭を預けたまま、絞り出すような声で私にすが

ろうとするカオル。

　この体勢では、カオルの表情がわからない。

　もしかしたら、自分の都合のいい耳になっているのかも
しれない。

　自分の耳すらも疑い始めて、もう内心頭はパニックだ。

　だけど、カオルはたしかに言う。

「だから、俺の女にならねぇか？」

　カオルに聞こえてるんじゃないかと思うくらい、心臓が
今までで一番速く大きく脈打っている。

　だって、ずっとカオルは私を選ばないと思っていたから。

　いつもカオルのまわりにいる女性は、きれいに自分を着
飾っていて、自分に余裕があって、カオルを横に置いて堂々
としているような人たちばかりだった。

　でも私は、家出少女で、勉強しかできなくて、男の人と
付き合ったこともないし、色気も皆無。

　カオルには釣り合っていない。

　だから、この気持ちもカオルに伝えるつもりはなかった
し、この先、離れることになっても私だけはカオルと奈都
の味方でいる決心もついていた。

　だから、心底驚いていて、言葉がすっと出てこない。

　告白したのに、一向に返事がないことに不安になり、カ
オルがゆっくりと顔を上げる。

「……綺月？」

　そう呼びかけられて、私はカオルを見る。

「それって私はカオルの特別ってこと？」

「は？」

　雪希が、カオルにとって私は特別だと言っていた。

　特別でいたいと自分がカオルを特別扱いしているのはわかるけど、逆にカオルの私に対する扱いに特別だなって感じたことはなかった。

　私はカオルとはなんの関係もない、ただの居候だったからだ。

　急な付き合う展開に、私はいっぱいいっぱいで1回カオルから離れる。

「ちょっと、考えさせて」

「……は？　なんでだよ。俺のこと好きなんだろ？」

「ただの好きでいると付き合うは違うから！

　とにかく1回考えさせて！」

　私は早口で一方的に話を終わらせると、納得いってないカオルを置いて屋上をあとにした。

　私が付き合うことをいったん保留にした日から、早くも2週間がたった。

　カオルはその後、前よりももっとAgainの溜まり場に顔を出すようになったと、菜穂から聞いた。

　それと一緒に、また新たな抗争が起きようとしていることも聞いた。

　聞いた話では、どうやらカオルがまいた種が、いつもなら芽を出す前に踏みつけにされているのに、今回は大きく悪い形で成長してしまったらしい。

　だが当の本人は、あまり気にしていないのかバイトを終えたら、繁華街をふらついたりすることもなく真っ直ぐ家に帰ってきては、たまに皿洗いやお風呂を掃除するようになった。

　至っていつもどおりだ。

　すぐに帰ってくるようになったカオルは、たまに奈都の勉強を見て『うわー、キモい数字』と邪魔をしてくることも増えた。

　カオルは奈都とゆっくり２人っきりで話をしたようで、カオルのシスコンレベルも前よりも増した気がする。

　着々といい方向に変わるカオルを見て、私は少し戸惑う。

　人はそうそう変われないと聞くけど、２週間足らずでこうも変わることが驚きを超えて恐ろしいと思ってしまった。

　何より今一番私が戸惑っているのは、カオルの私に対する言動だ。

「なぁ、いつ付き合ってくれんの？」

　これだ。

　毎日毎日毎日、飽きもせずに聞いてくる。

「そろそろよくね？　もう十分考えただろ」

　保留の期間が延びるたびに、カオルは子供のように駄々をこねて不貞腐れる。

「そうやって引き延ばしてる間に、俺が誰かに取られるとか思わねぇの？」

「そうなったらそうなったで、私のこと別に本気で好きじゃ

なかったんだなって解釈するだけだから」

「うわっ、モテなそうな屁理屈」

「うっさいわ」

　私は皿を洗いながら、カオルの言葉を受け流す。

「それより、抗争が起きるんでしょ？　また傷だらけになって帰ってくるの？」

　やっぱりケンカは好きじゃない。

　せっかくカオルの傷も治ってきたのに、また新たに傷を作ってほしくはなかった。

「心配してくれんの？」

　それなのにカオルは飄々としていて、どこかうれしそうな顔をしていた。

「そもそも、カオルが殴った不良が他の暴走族の下っ端で、それにキレた総長がAgainとの抗争を勃発させようとしてるんだから、カオルのせいだよ！」

　カオルが暴れ回っていた時に、ボコボコにやられて倒れていた不良が他の総長に告げ口したのだ。

「相手もどうせAgainを潰すことも眼中に入れてただろうし、ゆくゆくは殺ることになんだから、別に俺のせいじゃねぇよ」

　申し訳ながるどころかやる気満々のカオルに、私はため息をこぼす。

「これだから不良は……」

　ブツブツと文句を言いながら、最後の1枚を洗い終えた時、フワリと石けんの匂いがして、気づくとカオルに後ろ

から抱きしめられていた。

「ちょっと……！」

　奈都がお風呂に入っていることをいいことに、この男は！

「綺月」

「……っ！」

　耳元で話すカオルの息がくすぐったくて、私は変な声が出そうになり息を止める。

「いつまでも待てるほど、俺は寛大じゃねぇからな」

　そう言って、充電するかのようにまた強く抱きしめると、しばらくしてから名残惜しそうに離れる。

「あーマジでしんど」

　カオルはブツブツと不満を垂れながら、自分の部屋に入っていった。

　私はやっと息を吸って吐く。

　私がこうやって引き延ばすのは、まだ決心がつかないからだ。

　カオルの彼女になる決心が。

「いやいや、一生決心なんてつかないよ」

　昨日のことを、学校の昼休憩中に菜穂に相談すると、即答した。

「カオル相手に、恋愛初心者の綺月が決心つく日なんてないと思ったほうがいいよ」

「……無理、あのレベルについていける気がしない」

「そこはカオルが上手い具合に慣らしてくれるよ」

「その発言さえ、恥ずかしすぎて無理」

　私は大げさに頭を抱えて、左右に揺れる。

「悶えてる悶えてる」

　今の状況を完全に楽しんでいる菜穂は、最近私とカオルの進捗状況を聞くのが日課だ。

「抱きしめられただけで息を止める私に、その先はハードル高すぎ。無理、付き合える気がしない。無理、一生決心湧く気がしない」

「でもキスしたんでしょ？」

「し、してない！　あれは流れでやられちゃっただけで！正直、他のことでいっぱいいっぱいであんまり覚えてないし！」

「じゃあ、もう１回してみれば？」

「で、できるわけないじゃん！　バカなの!?」

「カオルにお願いしたら快くしてくれると思うよ」

「お願いなんてできるわけないじゃ～～ん！」

「お願いなんてしないからじゃなくて、お願いできないからやらないって、キス云々はしてもいいってこと？」

「ち、違う！　言葉のアヤ!!」

　菜穂は大笑いしながら、興奮して顔が真っ赤になっている私を宥める。

　人が真剣に相談しているのに、面白がってムカつく！

　むくれた顔で睨むと、菜穂はまたケラケラと笑った。

「あー面白っ。綺月、本当にいろんな表情するようになっ

たよね」

「……いろんな表情ってどんな？」

「見てて飽きない表情」

「何それ」

「前の綺月もかっこよくて好きだったけど、今の人間臭い綺月も大好きだよー！」

「なになに！ 暑苦しいー！ 離れてよー！」

　抱きついてくる菜穂を、私は力づくで引き剥がした。

　そしてこの日から２日間、カオルは家には帰ってこなかった。

　この日の夜に菜穂から電話がかかってきて、抗争が始まったと告げられた。

　こんなに急に始まるのかと、私は自分が思っていたよりもずっと動揺していた。

　抗争なんて一度解散する前は月１程度で起きていたらしく、奈都は心配するだけ無駄と言って、いつもどおり鼻歌を歌いながら家事をこなしていた。

　カオルが前みたいにケガをしないことを祈って、その日は奈都の手を握って眠った。

　そして２日後。

　学校が終わり家につくと、駐車場の真っ黒なバイクが目に入った。

　私は慌てて階段を駆け上がり思いっきりドアを開けると、すぐの廊下でカオルがうつ伏せになって倒れていた。

　一瞬でサーっと血の気が引くのがわかった。

　私はすぐにカオルに駆け寄ると、体を揺さぶりながら名前を呼ぶ。

「カオル！　ねぇカオル!!」

　起きないカオルに今にも泣き出しそうになりながら、私はカオルの顔を覗き込んだ。

「えっ？」

　大層傷だらけなのだろうと身構えていたのに、カオルの顔は口がちょっとだけ切れて血が出ているだけで、他はどこもケガはしておらず、憎たらしいくらいきれいな顔のままだった。

　もしかしてと思い、私はカオルの口元に耳を傾けると、微かに寝息を立てていた。

「……コイツ」

　寝てるだけじゃん!!

　私は、気持ちよさそうに寝ているカオルを睨みつけた。

　こんなにも心配していたのに、この男は安らかに眠っていた。

　本当の意味で安らかに眠らせてやろうかと殺意が湧くけど、とりあえず無事に帰ってきたので寛大な心で許すことにした。

　奈都はまだ帰ってきていなのかと靴を確認するけど、奈都の靴も奈都の気配もなかった。

　仕方なくカオルの足を持って引っ張り、部屋まで持っていく。

「重っ！」

　私は愚痴をこぼしながらも、カオルの部屋にあるブランケットを被せてあげる。

　人がいる気配を感じ取って起きることのないカオルは、羨ましいくらいに睡眠が深いのだろう。

　きれいな寝顔を見ながら、伸ばしっぱなしの髪の毛をいじったり鼻をつまんだりして、寝ていることをいいことに人の顔で遊んでみる。

「全然起きないし」

　スヤスヤと眠るカオルは、なんだか子供っぽくておかしかった。

　今なら何しても気づかなそう。

　この時、私は何を思ったのか、吸い寄せられるようにカオルの唇にキスをする。

　抱きしめられたくらいで息を止めるような恋愛初心者の私が、今ここで寝ているカオルにキスできたらちょっとは耐性がつくだろうかと、意味不明なことを考えてしまったのだ。

　寝込みを襲う女なんて、気持ち悪い。

　そうカオルに吐き捨てられてもいいレベルで気持ち悪いと、我ながら鳥肌が立つ。

　カオルの唇から離れると、バレないかという不安と、自分からキスしてしまったという高揚感に心臓が速く乱れていた。

「もういいのか？」

　自分の行動に自分が一番驚いてドキドキしている中、眠っていたはずのカオルがゆっくりと目を開ける。

　思わず「ヒィッ」と悲鳴に似た声が漏れそうになり、慌てて両手で口を押さえる。

　された側ではなく、した側のほうが驚いている状況にカオルは笑いをこぼしながら体を起こす。

「もう引き延ばし期間は終わったのか？」

　私はその問いに首を左右に勢いよく振る。

「キスしておいてよく言うわ」

　カオルはジリジリと距離を詰めてくる。

　私は口を押えたまま、距離を詰められた分だけ距離をとっていくけど、背中に壁が当たった瞬間、逃げ場がなくなる。

「手、邪魔なんだけど」

　私はまた首を振る。

「人が我慢してんのに、煽ってきたのはお前のほうだろ？」

「煽ってなんか……！」

　私がやっと声を出した瞬間、カオルは口を押さえている手にキスをする。

　唇にキスをされたかのような錯覚に陥って、心臓が大きく跳ねる。

「あーマジでしんどい。俺、女にここまで生殺しにされんの初めてなんだけど」

　カオルはそう言うと、私の頭をワシャワシャと撫でくりまわす。

　そして、立ち上がりカオルは冷蔵庫から水を取り出して飲む。

　たぶん、私はカオルよりもカオルのことが好きだと思う。

　カオルの行動に一喜一憂して、ドギマギしている私は深く恋しているのかもしれない。

　菜穂の言うとおり、私はカオルにキスされても悪い気はしない。

　むしろ、好きが増す気がする。

「あーそういえば、綺月に伝えておきたいことが……」

　カオルが水を冷蔵庫に戻したあと、何かを伝えるために私のほうを振り向いた時、いつの間にかカオルの真後ろに来ていた私は、今度は起きているカオルにキスする。

　少し驚いて目を見開いているカオルを見て、キスしたあとって何するのかと視線をキョロキョロと動かす。

　少しの沈黙のあと、カオルは私の耳元あたりに触れると、リミッターが外れたように私の唇を奪う。

　水を飲んだからか少し濡れているカオルの唇を通して、私の唇も濡れてくる。

「んっ……」

　何度も何度も角度を変えてキスを落とすカオルに、私は呼吸すらままならなく、ついていくのがやっとだった。

　長いキスが深いキスに変わろうとした時、私は限界で膝から崩れ落ちそうになる。

　それをカオルが片手で軽々と抱き寄せる。

「あっ、ぶね……」

　私はカオルのキスに若干息が上がり、しかも、力がスルスルと抜けていく自分に驚きながらカオルの服を握ってなんとか立つ。

「悪い、やりすぎた」

　カオルは私が落ちつくまで、赤ちゃんをあやすように背中をポンポンと叩いてくれる。

　それが妙に心地よくて、カオルの胸に顔を埋め、ギューッと抱きしめる。

「……付き合う」

「え？」

「付き合うから、その……そういうのは……お手柔らかにお願いします」

　緊張で声が少し上ずりながら言う。

　その言葉を聞いたカオルが、うれしそうに声を出して笑う。

「善処します」

　緊張してなぜか丁寧語になった私の真似をするようにカオルも丁寧語で返すと、肺が潰されそうになるくらいの強い力で抱きしめ返される。

「抗争、どうだったの？　勝ったの？」

　私は抱きしめたままの状態で聞く。

「余裕で勝った。悪かったな心配かけて」

「別に心配なんかしてないし」

「よく言うわ、泣きそうな声で名前を呼んでたくせに」

　そう言われた私はカオルから少し離れ、驚きながらカオ

ルの顔を見上げる。

「いつから起きてたのよ！　起きてたんだったら自分で部屋まで移動してよ！　カオルすごい重……んっ」

　早口でまくしたてる私の口を、カオルはキスで塞ぐ。

「……ずるい」

「何が？」

「キスしたら、私が黙るってわかってるところ」

「可愛いからキスしただけだ。別にうるせぇから塞いだんじゃねぇよ、いじけんなよ」

　そう言って、またカオルはキスを落とした。

　カオルのキスは思った以上に甘くて、身が持つ気がしなかった。

　だけどやっぱり悪い気はしなかった。

　むしろ、好きが増し増しになった。

　そして、この抗争を終えてからすぐ聡さんと一喜さんはAgainを脱退し、正式にカオルが総長、幸人が副総長に代替わりした。

いってきますと、ただいま

　月日は流れ、きれいな暖色系の色を彩っていた紅葉はすっかりと枯れ落ちていた。

　季節は秋から冬へと変わり、寒さが一層厳しくなる中、奈都は必死にしがみつくように机にかじりついていた。

　公立高校の入試まで、あと１ヶ月と迫ってきている。

　この時期は、受験生にとってはデリケートな部分で、気持ちが下がったりしないかが重要だ。

　公立高校の入試を控えている受験生は、私立高校の入試を終えて開放的になる生徒をよそに勉強をしなければならない。

　すでに合格を貰った生徒が、帰ってきてゲームや買い物して遊んでいる間も、勉強に時間を費やさなければならないのだ。

　私と奈都はここ最近、カオルに構う時間さえ惜しくずっと２人で勉強をしている。

　そう、まったくもってカオルに構う暇はないのだ。

「カオル」

「……何」

「ほんとにどいて」

　私が洗濯物をさっさと畳んでいる最中にも関わらず、木にぶら下がるナマケモノのように、カオルは寝転がった状態で私の腰に腕を回ししがみついていた。

　おおいに邪魔で、畳みにくい。

　カオルの手を必死に払うけど、またすぐにガッチリと固定される。

「だって、奈都が風呂入ってる時しか構ってもらえねぇじゃん」

「当たり前でしょ、私の今の優先順位は受験生の奈都なんだから！」

「その次は？」

「私の勉強」

「……その次は？」

「菜穂の留年がかかったテスト」

「綺月の俺に対する優先順位、何番目だよ。キレそうだわ」

　カオルは不貞腐れた口調で言うと、私の背中に自分の頭をグリグリと押しつける。

　子供か、と私はため息をついた。

「ねぇ、キャバクラのボーイだっけ？　そのバイト辞めて本当によかったの？」

　カオルは私と付き合う前に、夜のバイトを辞めた。

　全部ちゃんとすると言ったことを、カオルは口だけにしたくないと言って行動で示してくれた。

　夜のバイトの給料が生活費のほぼ半分を占めていたため、最初の頃はかなりカツカツだったようだ。

　最近はまた新しい工事現場のバイトを始めながら、正社員で雇ってくれる職場をひたすら探しているみたいだ。

「何回聞くんだよ」

「だって、前よりも肉体労働が増えたし、私が渡したお金使ってる?」

　私は月に一度母から貰っている生活費を、すべてカオルに渡している。

　でも、カオルがそのお金に手をつけている様子はまったくない。

「そんなに心配ならもっと俺に構えよ」

　カオルは起き上がると、今度は首に腕を回して後ろから抱き寄せる。

　自分から香る同じ匂いがカオルの髪からも香ってきて、無性にムズ痒くなる。

　カオルのいじけた声に、少し申し訳なさを感じて抵抗していた力を弱めると、すぐに首元に唇の感触が伝わってくる。

　カオルがわざとらしくリップ音を大きめに鳴らしながら数ヶ所私の首元に口づけていく。

　くすぐったくて肩が跳ね、無様に声も漏れる。

「綺月」

　カオルに名前を呼ばれて振り返ると、今度は唇にキスをされる。

　カオルに何度キスをされても、まったく慣れない。

　いつも私はしがみつくようにカオルの服をギュッと握り、必死についていく。

　付き合い始めて知ったけど、カオルはものすごくキスが長い。

　一度スイッチが入ると、私がギブだと体を叩くまでやめない。

「綺月、口開けろ」

　まだ唇に若干触れた状態でカオルは言うけど、私は左右に首を振る。

　もうこれ以上は持たない。

　だけど、スイッチが完全に入ったカオルが止まるはずもなく、私の顎を親指で引くと、力が完全に抜けきっている私の口が簡単に開いた。

　慌てて閉じようとするけど、カオルの舌が先に入る。

「……待っ……んっ」

　長いキスが、深いキスに変わり、カオルから逃げるように私はどんどん後ろへと倒れていく。

　私は床に手をついてなんとか倒れないように支えるけど、ついに肘がガクンと折れ、そのままカオルが私に覆い被さるように床に倒れる。

「……カオル、頭おかしくなる」

　真っ赤になった顔を両手で隠しながら切実に訴える。

　そこでやっとカオルが我に返り、私の頭を撫でる。

「悪い、最近歯止め利かねぇわ」

「お手柔らかにって言ったじゃん」

「すまん、悪かった、だいぶ調子に乗った」

「せっかく畳んだ洗濯物も、ぐちゃぐちゃになっちゃったじゃん」

「悪かったって、俺が畳み直すから」

「何回教えてもカオル下手じゃん、畳むの」

「おい、できてるだろ、綺月が厳しすぎなんだよ」

　カオルは申し訳ないと思ったのか、ぐちゃぐちゃになった洗濯物を私の熱血指導のもとまた畳み直した。

　畳み終えたところで、奈都が「いい湯加減じゃった」とオッサンみたいなことを言いながらお風呂から上がってきた。

　この日はカオルのキスの感触がまだ残ったまま私は眠った。

　その頃、カオルは1人で冷たい夜風に当たりながら、高ぶった欲求を必死で押し殺していた。

「そろそろ我慢がしんどいな」

　カオルがぼやいたひとり言が、もちろん眠っている私には聞こえるはずがなかった。

「無理！　もう無理！　頭に何も入らない!!」

　久しぶりに私が溜まり場に顔を出すと、菜穂が髪の毛を自分でグシャグシャにしながらわめいていた。

　菜穂の机に散らばっていたノートや教科書に、私は瞬時に悟る。

　菜穂は次のテストで赤点を2つ以上取ったら確実に留年するぞと担任にハッキリと言われ、今まさに死ぬ気で勉強に励んでいる。

　ここ最近、毎日勉強している本人はまさに力尽きて死ぬ一歩手前だった。

　そんな菜穂を見て、幸人が苦笑いしながら菜穂が自ら乱した髪の毛を手櫛で直してあげる。

「もう、留年していい……」

　わめいていたかと思えば、今度は屍のように生気を失いボソボソと、ひとり言を呟く。

「留年したら、私と一緒に学校卒業できないよ？」

　菜穂の横に座り、私は教科書を眺める。

　つまずいている問題がどこなのかひと目でわかるくらいには、菜穂の弱い箇所は理解していた。

「それは嫌。頑張る、頑張るから綺月も手伝って〜！」

　菜穂は私に、すがりつくように抱きついてくる。

　私は呆れながら幸人を見ると、幸人はペンをクルクルと回しながら必死で菜穂の教科書と睨めっこしていた。

「そんなに集中して、なんの問題考えてるの？」

　テストを受ける張本人の菜穂よりも、幸人のほうがよっぽど集中していた。

「いや、もっと簡単な求め方ないかなって考えてた」

「この問題は応用だから、法則を理解しないと解けない問題だよね」

「菜穂が一番苦手とする、法則だね。同じ公式を使う問題でも、問題文が遠回しに書かれていると頭がパニくるみたい」

「これとこれは同じ公式で解けるよね？」

「うん、でも、ここがちょっと違って、また別の公式で当てはめて求めてから、この公式を使わないと先に進めなく

てね」

「じゃあ、こういう式はどう？」

　そっちのけで問題の議論をする私と幸人の横で、菜穂が今まさに眠ろうとしていた。

　完全に落ちる寸前で私は菜穂の頬をつねる。

「寝るな！　やれ！」

「は、はい！」

　勉強のことになると熱が入る私と、理解するまで何回でも、むしろうざいくらいに教えてくる幸人の指導のもと、日が落ちて夜空に星が輝き出すまで続いた。

「綺月」

　そろそろ菜穂の勉強会をお開きにしようと各々立ち上がると同時に、扉を開けてカオルが顔を出す。

「あれ？　どうしたの？」

「迎えに来た」

「えっ、わざわざ？　いいのに」

「近くまで来たから、早く帰るぞ」

　奈都が待ってるからとカオルが私を急かす。

「カオルが、まさか女を迎えに来る日が来るとは驚きだなー！」

　雪希がニヤニヤと笑いながら冷やかす。

「それくらい本気だってことでしょ？」

「お前が女を作ったって広まってから、俺に近寄ってくる女が増えた」

　眠っていると思っていた海斗が、寝転がり目を閉じた状態で口だけを動かす。
「別にいいじゃん、カイは女の家を転々としながら暮らしてるんだし」
「言い寄られるとうざい」
「うわっ、どんな身分よ」
　海斗の発言に、菜穂があからさまに嫌な顔をして引く。
　そんな会話をしているうちに、私は帰る支度を済ませてカオルのそばに寄る。
「海斗」
「あ？」
「お前は一生そうしてろ」
　カオルは鼻で笑いながら捨てセリフを吐くと、私の手を取って部屋から出る。
　バタンと扉が閉まる前に、滑り込むように海斗が「うっせぇ！　死ね！」と怒鳴った。
「相変わらず口悪いな」
　カオルは久しぶりにいつものメンバーに会ったことがうれしかったのか、子供みたいな笑顔で笑っていた。
　それが私にとっては見ていて微笑ましかった。
　カオルを大事だと思ってくれる人に囲まれて、カオル自身も楽しそうに笑っているのが、自分のことのようにうれしかった。
「今日の夕飯なんだろうな」
「おでんって言ってたよ」

「マジか！ 冬には最高だな」

　カオルは私にヘルメットを渡すと、バイクに乗ってエンジンをかける。

　ほんの少し前までは、カオルのバイクの後ろに乗ることを拒否していたのに、今ではバイクにまたがることもお手の物だ。

　この広い背中にしがみつくことも、今では慣れた。

　私はときどき考える。

　もし、この先カオルに会うことがない人生だったら、私はいつまで持ったのだろうか。

　欲しいものも、大事にしたいものもなかった少し前までの私だったら、簡単に自分の人生に幕を下ろしただろう。

　そう考えると、カオルにはやっぱり頭が上がらない。

　私はカオルの腰に腕を回す力を強めた。

　この先、私がどんな選択をしてもカオルは受け入れてくれて背中を押してくれるだろうか。

　カオルの体温は太陽に当たっている時みたいに、冷たい夜風で冷えた私の体をポカポカと温めてくれる。

　まるで、カオルの存在そのものが太陽のようだと感じていた。

　──奈都の高校受験当日。

「じゃーん！ 今日は私がお弁当を作りました！」

　朝早くから目覚ましをセットして、初めて1人で作ったお弁当を奈都に見せる。

「うれしい！　ありがとう！」

「お昼は、これ食べて頑張るんだよ！」

「うん！」

　いよいよ奈都の受験が始まる。

　1年間一緒に勉強してきて、くじけずにずっと頑張ってきた奈都を見てきたからか、受ける奈都よりも私のほうが緊張していた。

「受験票持った？」

「持ったよ」

「寒いからカイロもいるよね、あとは……」

　奈都が優雅に朝ご飯を食べているまわりで、私はバタバタと歩き回る。

「おい、もう座ってろよ」

　顔を洗ってきたカオルが歯ブラシを口にくわえながら、忙しなく動いている私の腕を掴む。

「緊張して動いてないと気が紛れないの」

「綺月が緊張してどうすんだよ、奈都の受験だぞ？」

「そうだけど！」

　兄のカオルは、至っていつもどおりの朝を過ごしていた。

　2人の落ちつきように、なんだか場違いすぎて私はイスに座って大人しくすることにする。

「じゃあ、そろそろ行くね」

　朝ご飯を食べ終え、ついに家を出る時間になる。

「奈都、これやるよ」

　カオルはポケットから取り出したものを奈都に渡す。

「……御守り？」

　合格祈願と書かれた御守りを見て、奈都が目を見開いて驚く。

「まぁ、神様なんか信じてねぇし、奈都なら絶対合格すると思ってるけど、念のためな」

「お兄が買ってきてくれたの？」

「他に誰が買うんだよ」

　奈都は本当にうれしそうな顔で御守りを握りしめる。

「俺にできることと言ったら、それくらいしかないしな」

「そんなことないよ！」

　奈都は間髪いれずにカオルの言葉に否定する。

　それにカオルは優しそうに笑って、奈都の頭を撫でる。

「頑張ってこい」

「うん！　行ってきます！」

　初めて会った時の自信のなさげな昔の奈都と比べると、今は清々しいくらい自信に満ち溢れていた。

　まだ試験も始まっていないのに、なぜか大丈夫だと確信した。

「綺月、今日学校休みなんだろ？」

「うん、試験で学校使うからね。カオルは夜から工事現場のバイトだっけ？　お昼は寝るよね。私は溜まり場にでも行こうかな」

　奈都が家を出て使った皿を洗おうと袖を捲っていると、カオルが近寄ってくる。

「ん？」

　何も言わず、私のことを見つめるカオルに首をかしげる。

　カオルは少し口角を上げ笑うと、大きい体で包み込むように私を抱きしめる。

「な、何？」

「一緒に寝る？」

　耳元でカオルが囁く。

　言葉の意味を理解した瞬間、一気に体温が上がっていく気がした。

「……悪い、冗談」

　私はなんて答えたらいいかわからず黙り込むと、カオルは冗談だと流して私から離れる。

「皿洗うんだよな？　邪魔して悪い」

「カオル」

　背中を向けるカオルを呼び止める。

　カオルが振り返って、首をかしげる。

「キスして」

　キスをするのはいつだってカオルからで、付き合ってからは私からカオルにキスをしたことはない。

　ましてや、私から求めることもない。

　それなのに、たしかに今私はカオルにそう求めた。

「……どうかしたか？」

　カオルが不審に思うのも無理はない。

「俺が変なこと言ったから気づかったのか？」

「……違う」

「じゃあなんでだよ、普段そんなこと言わないだろ」

　普段は自分から求めない人が、求めてしまったらいけないのだろうか。

　私はカオルの言い方に少し腹が立った。

「カオルが思っているよりも私はカオルのこと好きだよ」

　私はまだ未成年だし恋愛初心者だけど、恋人同士がキス以上にすることも頭では理解している。

「私はずっといっぱいいっぱいだけど、抱きしめられるのもキスをするのもカオルだから好き」

　幸せすぎて頭が変になるくらい、私はカオルに溺れている。

　きっとその先も何が起こっているのかわからないくらいいっぱいいっぱいになると思うけど、カオルがいるだけで、考えられないくらいに幸せに満ちている気がするんだ。

「言ったでしょ？　カオルに全部あげるって」

　奈都の誕生日であり、２人の両親の命日であり、私がカオルに初めて好きだと言った日、私はたしかにそう言った。

　そのことをカオルも思い出したのか、フッと笑みをこぼした。

　そして、カオルは心を落ちつかせようと深く息を吸って吐いた。

「綺月のことを大事にしたいって頭ではそう思ってるんだ。でもお前、奈都の受験が終わったらこの家出るだろ？」

　カオルの言葉に、私はハッと息をのんだ。

　言わなくてもカオルは気づいていた。

　奈都の受験を終えたら、私の役目は終わる。

　そうしたら、私は母が１人でいるあの家へと帰るつもりでいた。

「綺月が離れていくような気がして、ちょっと焦ったんだ。だから『寝る？』なんてこと言った」

「家に帰るだけだよ？　会おうと思えばいつでも会えるし」

「わかってる。わかってんのに、やっぱ欲が出るんだよ、ずっとこの家にいてほしいって」

　カオルから"らしくない"言葉が漏れて、それが新鮮で私は強く抱きしめる。

「こんなこと言ってる時点で、絶対に俺のほうがお前のこと好きだろ」

「ふふっ」

「笑うなよ、ガキのくせに」

「ガキ扱いするな」

　カオルは抱きしめたまま私をからかう。

「まだガキだから、ちゃんと親と一緒にいたほうがいい」

「さっきは帰るなって言ったのに？」

「今は格好つけるタイムだから黙っとけ」

「何それ」

　カオルの言葉に私は笑みがこぼれる。

「何もしねぇから、やっぱ抱きしめて寝たい」

「じゃあ子守唄を歌ってあげる」

「それはマジでいらない」

「なんでよ！」

「起きたら一緒にスーパー行こう、奈都になんか作ってやろう」

「いいね！　何がいいかな」

「アイツはなんでも喜ぶだろうな」

「ケーキも買って帰ろ」

「ケーキは合格してからだろ」

「合格した時も食べればいいじゃん！」

　私たちは些細な痴話ゲンカをしながら、この日の昼はカオルに抱きしめられながら眠った。

　夜眠れなくなるから昼寝は普段しないようにしているけど、カオルの体温が心地よくて気づいたら目を閉じていた。

　私は２時間程度で起きたけど、カオルはまだすやすやと眠っていた。

　起こさないように腕から出ると、掃除や洗濯を終わらせて、カオルが起きるまで勉強して時間を潰す。

　私が起きて３時間たったくらいで、カオルがすごい寝癖で起きてきた。

「何時に起きたんだよ」

「３時間前」

「起きた時に腕の中にいてほしかったわ」

「……寝ぼけてる？」

「今、声に出てた？」

「うん」

「だるっ、聞かなかったことにしろ」

　カオルは顔を洗いに洗面所に向かう。

　やばい、好きすぎて顔がニヤける。

　私はユルユルな表情筋に、自分で頬を叩いて活を入れる。

　しばらくすると、寝癖もしっかり直された普段のカオル
が戻ってくる。

「スーパー行くか」

「うん」

　その後、私はカオルと一緒にスーパーで買い出しして、
家に帰る途中に試験を終えた奈都とバッタリ鉢合わせる。

「試験どうだった？」

「難しかったし、できてるか不安だけど、やれるだけのこ
とはやったかな」

「お疲れ様、奈都」

「お疲れ」

「うん！」

　奈都はやっと受験から解放され、家までルンルンでス
キップしながら帰る。

　そんな後ろ姿をカオルと私は笑いながら見ていると、突
然足を止めて奈都が振り返る。

「２人で買い物とか行くの見てると、やっぱり恋人同士な
んだね」

　決して冷やかし目的で言ったわけではない純粋で素直な
言葉が、冷やかされるよりも恥ずかしい気持ちになる。

「私がいるから２人とも遠慮してるんだね」

「別に奈都がいても遠慮なんかしてねぇわ」

　カオルが奈都の額にデコピンをすると、奈都もムキになって答えづらい質問をする。

「じゃあ、私の前でチューとかできる？」

「できるけどやらねぇ、見せもんじゃねぇし」

「綺月ちゃん、こんな格好つけてる奴とは早く別れたほうがいいよ」

「余計なこと言うな」

　カオルは奈都の頭をグリグリと撫でて、髪の毛を滅茶苦茶にする。

　私は、そんなふざけている２人を見るのが好きだった。

　楽しそうに兄妹ゲンカして、たまに巻き込まれて、最後は何事もなかったかのように一緒に夜ご飯を食べるこの時間が好き。

「奈都」

「ん？」

「合格発表の日は一緒に見に行こう」

「来てくれるの!?　心強いね！」

　奈都はうれしそうに笑って私の手を取る。

「それと、合格発表の次の日になったら私は自分の家に戻る」

　そう伝えると、さっきまでうれしそうに笑っていた奈都の顔から笑みが消える。

　そして、私の手を強く握る。

「今度は家庭教師じゃなくて、姉妹みたいにいろんなところに行って遊ぼう」

「すぐに会える？」

「いつでも会えるよ、遠くに行くわけじゃないんだから。私も、奈都も、カオルも昔の生活に戻るだけ、ただそれだけだよ」

　カオルと同じくらいに、奈都の笑顔にも何回も助けられた。

　私は握りしめられた手を、同じ力で握り返すことしかできなかった。

　それでも、奈都は笑顔を作って頷いてくれた。

　その日の夜ご飯は奈都の大好物のハンバーグを一緒に作って３人で一緒に食べた。

　そして、カオルが選んだケーキワンホールを、切らずにフォークで互いに突いて食べた。

　そして３月になり、いよいよ合格発表の日になった。

　私は奈都と一緒に合格発表を見に行くため、学校を訪れる。

　すでに人だかりができていて、いろいろな制服の子が親や兄妹、友達と一緒にソワソワしながら結果が出るのを待っていた。

　奈都はカオルに貰った御守りを握りしめながら、結果が貼り出されるのを待つ。

「心臓が口から出る気がする」

「え？」

「ここまで来ている気がする」

　私は首元を押さえながら、緊張から来るバクバクで心臓が出てこないか不安になる。

　自分よりもドキドキしている私を見て、奈都は笑みをこぼす。

「綺月ちゃん、自分の合格発表の時もそんなドキドキしてたの？」

「いや、自分の時は全然！　なんなら寝坊して遅刻した」

「それ本当におかしいから」

　奈都はツボに入ったのか腹を抱えて笑う。

　そんなバカげた話をしていると、何度か廊下ですれ違ったことのある教師が、一面の窓ガラスの内側から、受験番号が書かれた紙を貼り出していく。

　その瞬間、散らばっていた受験生たちが一斉にその紙に向かって集まる。

「緊張するね」

「うん、でも大丈夫、絶対に」

　力いっぱい奈都の手を握ると、奈都は意を決したように一歩を踏み出す。

　中学3年生の私は、お姉ちゃんの代わりになれるように、興味なんてなかった高校を、母のために死に物狂いで勉強して受験した。

　それでも、奈都にとっては諦めかけた、でも行きたかった高校だった。

　私にとっては苦痛であっても、誰かにとってはそれが目指したい場所になることだってある。

　私を縛りつけた塾も、奈都にとっては羨ましい場所だ。

　私は、もっと広く物事を見るべきだった。

　自分は何不自由ない幸せな場所にいるのだと、もっと早く気づくべきだった。

　勉強の楽しさも、やりがいも、教える面白さも全部教えてくれたのは奈都で、家庭教師になってほしいとお願いしてきた時、断らなくてよかったと今心から思う。

「……あった、あった！　あったよ！　あった!!」

　奈都は受験票に書かれた受験番号と、貼り出された合格者の受験番号を何度も見直す。

「綺月ちゃん、やった！　あった！」

　奈都は今にも泣き出しそうな真っ赤な目で、私の目の前で喜ぶ。

　私の選択してきたことは、間違ってはいない。

　お姉ちゃんをあの日追いかけなかったことも、お姉ちゃんの代わりになると母と約束したことも、家を出ていったことも、どこかで少し間違えていたのだと思っていた。

　こうなってしまったのは、私の選択ミスだと。

　それでも今、奈都が喜んでいるところを見て、何も間違っていなかったのだと思った。

　間違っていたとしても、正解だった思えるほどの幸せな出来事に出会えたのだから。

「おめでとう、奈都」

　そして、ありがとう、奈都。

　私はこの瞬間を絶対に一生忘れないと思った。

　合格発表を終えた次の日、私は自分の家に帰るため荷物
をまとめる。

「準備はできたか？」

「うん」

　カオルが家まで送っていくと聞かないので、お言葉に甘
えることにした。

　私は少ない荷物を持つと、座ってずっと浮かない顔をし
ている奈都に近寄る。

「入学式は一緒に行こう」

「絶対だよ」

「うん、約束する」

　私は力いっぱい奈都を抱きしめると、今生の別れのよう
な寂しい顔で手を離す。

「じゃあ、お世話になりました」

　私は奈都に頭を下げる。

「こちらこそ、ありがとうございました」

　奈都も私の真似をするように頭を下げ合った。

　そして、私はカオルと一緒に家を出る。

「大げさだな、いつでも会える距離なのに」

「それでも寂しいからね」

　カオルは笑いながら、手に持っていた荷物を何も言わず
に持ってくれる。

「バイクに乗ったほうが速いけどどうする？」

「えっと」

「俺的には、歩きたいんだけど」

「私も歩きたい」

　カオルがバイクの鍵を置いてきたことは、玄関の鍵置き場を見て気づいていた。

　元々歩いて帰るつもりだったくせにと私は笑う。

「なんだよ」

「なんでもない」

「んだよそれ……じゃあ、はい」

　カオルが手を差し出す。

「寒いのにポケットに入れなくていいの？」

「いいんだよ、早くしろ」

　いつも頑なにポケットに手を入れているカオルだけど、今日はよほど私と手を繋ぎたかったみたいだ。

　そんな些細なこともうれしくて幸せな気持ちになる。

　私はカオルと手を繋ぐと、本当に他愛のない話をしながらゆっくりと歩く。

　雪希が幸人に怒られたとか、菜穂が海斗の好物のスイーツを勝手に食べたとか、そんな話ばかりをしながら、気づいたら私の家が見えるところまで来ていた。

「家、あのオレンジの屋根」

「すげぇ立派な家だな」

「お母さんが、一軒家のほうが隣人の物音が聞こえずに済むから集中して勉強できるでしょって」

「やっぱ、すげぇ母親だな」

　お金の面では一切心配させなかった母は、本当にすごい

人なのだと改めて思う。

　そんなことも、家を出なければ気づけなかった。

「お母さんが言った言葉は今もまだ許してないけど、でも
いつかは許せるようになりたい。私のお母さんは、お母さ
んだけだから」

「お前らしいな」

　そんなカオルの言葉に、私は胸を張る。

「綺月？」

　その時、母の声が聞こえ、私とカオルは同時に振り返る。

　母はいつものようにキリッとした服装を身にまとい、
堂々と立っていた。

　そんな母は私がカオルが手を繋いでいるところを見て、
口を閉じる。

「あなたが、佐倉カオルくん？」

　カオルの苗字を母は覚えていた。

　まさか名前を覚えられているとは思っておらず、カオル
は私の手を離すと背筋を伸ばした。

「綺月は泣く泣く返すんで、今度は傷つけないでやってく
れ……じゃない、ください」

　一応ギリギリだけどカオルは敬語を使う。

　慣れない敬語に、私は思わず笑いそうになるのを必死で
耐える。

「うちの娘が世話をかけたわね、綺月行くわよ」

「あ、うん」

　母はカオルを下から上までゆっくり見ると、今度は顔を

じーっと見て、そしてカツカツとヒールの音を鳴らしながらカオルの横を通りすぎる。

「じゃあ、またね、カオル。送ってくれてありがとう」

　私はカオルに笑顔を向けると、散々苦しめた母親の元に行く。

　母と2人っきりで話したことは、私はカオルにも当然話していた。

　話を黙って聞いているカオルは、ずっと腑に落ちない顔をしていた。

　その顔を、またしている。

「……カオル？」

「たぶん愛してたじゃダメなんだ。今まで以上に、愛してあげてください」

　カオルの言葉に、母が振り向く。

「本当は行かないでくれって言いたいんだよ。それでも綺月は帰るだろうから、俺も仕方なく受け入れるんだよ。一瞬でも傷つけたらすぐに返してもらうから」

　一応使っていたぎこちない敬語は、すぐにタメ口へと戻っていた。

　カオルの容赦ない言葉に、私は涙が出そうになるくらいうれしかった。

「そうなったら、法に則って全力で返してもらうからそのつもりで」

　母は負けじと、そう言い返した。

　——カオルに取られても必ず奪い返す。

　いいように解釈しているのかもしれないけど、そう言われている気がして、たしかに今、愛を感じた。

　もう手放す気はないのだと母の目から伝わってきて、カオルは少しだけ安心した顔をする。

「いずれ、また挨拶に来るんで」

「その時は、もっとちゃんとした服装で来なさい」

　母のその言葉に私は驚いた。

　カオルみたいな不良を見ると、母はいつも心底嫌な顔をしていた。

　ああいう人種には関わったらダメよ……と子供ながらに言われたことを覚えている。

　そんな母が、まるで交際を認めているような口振りで言ったのだ。

「お母さん……」

「寒いから先に中入ってるわね」

　母はまたカツカツとヒールの音を立てながら、家に入っていった。

「カオル、ありがとう！」

　私が笑顔で伝えると、カオルは照れくさそうに頭をかいた。

「もう絶対死にたいなんて思わないから、カオルも思わないで生きてね」

「……わかってるから、早く入れ」

　さっきまで背筋を伸ばして立っていたカオルは、気づい

たらもう猫背になっていた。

　格好つけるタイムは終わったのかと、ちょっと残念に思う。

「またね、カオル」

　私は手を振る。

「またな」

　カオルは優しい笑みを浮かべて、ぎこちなく手を振り返した。

　私は家の小さな門を開けて中に入る。

「綺月」

　カオルの声が、すぐ後ろから聞こえて振り返る。

　その瞬間、カオルの手が伸びて私の肩に触れる。

　その状態のまま軽い力でカオルに引き寄せられ、そのままキスをされる。

　唇に触れるだけの、いつもみたいないっぱいいっぱいになるキスではなかった。

　それでも冷たかった唇が、互いの熱が唇からちゃんと伝わるまで長くキスをした。

　でも、感覚的に言えば今までで一番短いキスだった。

　唇が離れると、カオルは名残惜しそうに私から離れる。

「いつでも連絡しろよ」

「うん」

「あと、ちゃんと勉強もしろよ」

「うん」

「溜まり場にも顔を出せ」

「……うん……もう、ない？」

　私はそう聞く。

「全部ちゃんとしたら、今度は遠慮なく全部貰うから」

「……え？」

「じゃあな、綺月」

　カオルは言いたいことを全部言ってスッキリしたのか、いつものように私の頭を撫でると、背を向けて元来た道を歩き始める。

　私は、カオルの言葉の意味をすぐに理解して、一瞬で真っ赤に顔が染まる。

　私はカオルのせいで火照った顔がおさまるまで、家には入れなかった。

「カオルのバカ」

　小さく呟いた言葉は、もうすでに小さくなったカオルには届かなかった。

　今度会ったら文句を言おう。

　そう決心して、私はようやく家のドアノブに手をかける。

　昔は重くて重くて仕方なかったその厚い扉は、この日はなぜかすごく軽く感じた。

「ただいま」

　私は家に入ると、久しぶりにこの家に挨拶をした。

番外編

光は差し続ける

　私がカオルの家を出て自分の家へと戻ってきてから、あっという間に２ヶ月がたった。

　奈都の入学式も無事に終わり、桜が散り始める時期に差しかかっても、Againは相変わらず学校で噂の的になっていた。

　聡さんからカオルへと代替わりしてから、明らかにケンカを吹っかけてくる暴走族が増えた。

　狙うなら、代替わりして不安定な今だと思ったのだろう。

　そんな奴らを、カオルは弄ぶようにケンカで黙らせ、トラウマになるように圧倒的な強さを奴らに植えつけ続けていた。

　そんなことばかりしていたら、当然Againという暴走族は名を馳せ、カオルという不良はこの進学校でも、たびたび話題になるほど有名になった。

「そんなカオルとじつは恋仲状態にいる綺月さんは、今の現状をどう思いますか？」

　３年生になっても相変わらずな菜穂は、結婚報告をした芸能人に迫る記者のような真似をしながら、ノートを丸めてマイク代わりにしたものを私の前に突き出す。

　私はそれを無視して、弁当のおかずを口にする。

「かっこいいと話題にもなっていますが、そのへんもどう思いますか？　やっぱり彼女としては、いい気はしないで

すか？」

「……うるさいなぁ」

「あー、軽く受け流してます。これが彼女の余裕というや
つですか！　やっぱり今週、カオルの20歳の誕生日を一
緒に祝うだけありますね〜いてっ！」

　程度の低い冷やかしをする菜穂の頭を軽く叩く。

　菜穂の言うとおり、今週の土曜日はカオルの誕生日で一
緒に祝う約束をしている。

　去年の今頃の私は、カオルのことを好きになって、まさ
か付き合うとは思っていなかっただろうなぁ……。

「カオルはバイトの休み勝ち取れたの？」

「まぁ、お昼はなんとか……夜からは出るみたいだけど」

「えー、忙しい奴だな」

　カオルは相変わらずバイトのかけ持ちで忙しく、最近は
私を溜まり場に呼びつけても、十中八九、私にくっつきな
がら寝ている。

　だから、こうやって恋人らしいことをするのは初めてで
私も楽しみにしている。

「楽しんできてね」

「うん」

　私は菜穂の言葉に笑顔で頷いた。

　そして日はたち、カオルの20歳の誕生日を迎えた今日、
私は２ヶ月ぶりにカオルの家へと向かう。

　カオルの家の扉を開けると、奈都が友達と出かけるため

に身支度を整えていた。

「綺月ちゃんごめん！　さっきから、起こしてるんだけど
お兄全然起きなくて……」

「あーいいよいいよ、そうだろうなって思ってたから」

　夜遅くに帰ってきたのか、カオルの家についてもカオル
は死んだように眠っていた。

　どこかに行こうかと頭の中で計画を立てていたけど、カ
オルと一緒にいて予定が崩れることはしょっちゅうなの
で、なんとなくこうなるのではないかと予想はついていた。

　バタバタと準備している奈都を横目に、私は持ってきた
ケーキを冷蔵庫へとしまう。

　そして奈都を見送ってから、私はカオルの部屋へと足を
踏み入れる。

　相変わらず寝つきがいいので、一度眠るとなかなか起き
ない。

「カオル、もう朝だよ」

　一応起こしてみるけど、スヤスヤと寝息を立てて起きる
気配はない。

　仕方ない……なんか作って起きるのを待つか……。

　私は何を作ろうかと頭の中で考えながら立ち上がった瞬
間、腕を掴まれ引っ張られる。

　突然の力に床に膝をつくと、薄らと目を開けたカオルが
私の目の前にいた。

「……はよう」

「お、おはよう」

　カオルはそう言うと、眠い目を擦りながら起床して一番に私を抱きしめる。

　カオルの匂いに包まれ、ドキドキしながら背中に手を回す。

「……悪い、今起きた」

「眠いならまだ寝ててもいいよ」

「せっかく長くいられんのに、そんなもったいねぇことしねぇよ」

　寝起きで掠れた声がさらに色気を増している気がして、私の心臓が落ちつかず鳴り続けている。

「……ふっ、うるせぇ心臓だな」

「言わないでよ……」

　カオルは笑いながら、またさらに強く抱きしめる。

　やっと心臓の音が落ちついてきてから、私はカオルから少し離れる。

「誕生日おめでとう、カオル」

　寝癖がついてるカオルを、私は真っ直ぐに見つめながら伝える。

　カオルは満足げな顔をしながら、私の髪や耳や頬を触る。

「……何？」

「幸せ噛みしめてんの」

「そんなこと言うキャラだっけ？」

「言いたくなるんだよ、可愛いから」

　カオルは恥ずかしげもなくそう言うと、顔を洗ってくると立ち上がり洗面所に向かっていった。

　取り残された私は、長い息を吐きながらまた騒ぎ始める心臓を落ちつかせた。

「どうする？　どこか行くか？」

　顔を洗って歯磨きをしてきたカオルが、長い前髪をかき上げながら聞く。

　どこに行くか予定を一応立てていたけど、やっぱり疲れているカオルを見て私は首を振る。

「いいのか？」

「カオルと買い物に行って、料理して、ケーキ食べたい」

　久しぶりにカオルの家に来たのだから、あの頃の自分に戻って家でまったりしたいと思ってしまった。

「あっでも、カオルの誕生日だから、カオルが行きたいところあるなら……」

「俺もキスしてぇから別に家でいい」

「……ん？」

「公共の場だと、恥ずかしいとか言ってさせてくれなそうだし」

　カオルは私に近づくと、私の長い髪を耳にかけながら、小さな耳を親指でなぞる。

「……今日どうしたの？　わざと色気振りまいてる？」

　戸惑っている私に笑みをこぼすと、額にキスを落とす。

「浮かれてんだよ、綺月が久しぶりにウチにいるから」

　その浮かれ方が私の心臓に支障をきたしていることにも気づかず、今度はちゃんと唇にキスをする。

　そのキスでスイッチが入ると思ってカオルの服をキュッ

と掴んで身構えるけど、キスの雨は降ってこなかった。

　不審に思いカオルの顔を覗き込むと、物足りなさそうな顔をしながら自分の唇を噛んでいた。

「カオル？」

「とりあえず買い物行こう」

「え？　今？」

「今キスしたら止まらなくなりそうだから」

　カオルはそう言うと、服を着替えに部屋へと戻る。

　1人で葛藤しているカオルに笑みをこぼすと、意地悪するように私は服を脱いでいるカオルの肩を叩く。

「カオル」

「待ってろって、すぐ着替えるから」

　パーカーを着ようと上半身裸になっているカオルの口に、軽いキスをする。

　振り向いたと同時にキスをする私に驚いて、まだ若干開ききってないカオルの目を完全に覚ます。

　手に持っているパーカーが、バサッと床に落ちる音がした。

「マジでいい加減にしろ」

　その瞬間、カオルが噛みつくようにキスをする。

　それは徐々に激しさを増し、息づかいが荒くなる。

　カオルのキスで骨抜きにされ力がすぐに抜けることを知っているからか、カオルは私の腰に手を回しさらに引き寄せる。

「ちょっと待っ……カオルっ、んっ」

　こういう時はいつも服を掴むのに、今は上半身裸なカオルは服を着ていない。

　それのせいもあってか無駄に色気がすごくて、全身から火照ってくる。

　カオルの気が済むまでキスは止まることなく、もう何も考えられなくなるくらいいっぱいいっぱいになったところで、やっと唇が離れる。

　私は力なくカオルの体にもたれかかる。

「……急にスイッチ入るのやめて」

「それはこっちのセリフだわ」

　ちょっと冷たくなっている素肌を温めるようにカオルの体を抱きしめると、カオルがわざとらしく息を吐く。

「この状態で抱きしめられると手を出していいって解釈しそうなんだけど」

「……体ゴツゴツして岩みたい」

「おい、ムードの欠片もねぇな」

　カオルはフッと笑いながら私の髪を何度も撫でる。

「……買い物行くんだろ？」

「もうちょっとだけ」

「おいやめろ、俺がしんどいわ」

「……わかったよ、早く着替えて」

「誰のせいで着替えられないと思ってんだよ」

　カオルは文句を垂れながら服を着ると、ボサボサな髪の毛のまま財布をポケットに突っ込む。

　せっかくイケメンなのに、もう少し身なりを整えようと

は思わないのだろうか……。

　家を出てスーパーに向かう道のりで、私はカオルの髪を
手で直しながら歩く。
「おい、いつまで髪触ってんだよ」
「せっかく直してあげてるのに……っていうか、カオルは何
が食べたい？」
「焼きそば」
「もうちょっと誕生日っぽいのにしてよ」
「昼飯なんだからこんくらいでいいだろ。夜は奈都となん
か作ってくれるんだろ？」
「作るけどさ、あんまり食べすぎたらバイト中、眠くなら
ない？」
「どっちにしろ夜勤は眠いだろ」
　そんな他愛のない話をしながらスーパーにつくと、カオ
ルがリクエストした焼きそばの材料を買って帰宅する。
　一緒に焼きそばを作りながら、一緒に食べて、一緒に片
づけをする。
　この感じが懐かしくて、前みたいに戻りたいと思ってし
まう。
　家に戻ってから、昔の息苦しさもなくなったし、母は私
を縛りつけることもしなくなった。
　母は相変わらず仕事が忙しく、帰れない時はたまに1人
でご飯を食べている。
　そういう時は、カオルと奈都と一緒に食べていたあの楽

しい時間をどうしようもなく思い出してしまう。

　カオルの家に戻りたいなと思ってしまう。

「なぁ、綺月」

「……ん？」

　カオルは最後の皿を拭き終わると、改まって私に向き直す。

「高校卒業したら、また一緒に住まない？」

　カオルは真っ直ぐな瞳で、たしかにそう言った。

　それを聞いた瞬間、目頭が熱くなる気がした。

「朝起きて、一番最初に綺月を探して、あーそういえば帰ったのかってガッカリするの嫌なんだわ。こちとら、ずっと朝から気分ダダ下がりなんだよ」

　私と同じようにカオルも寂しいと思っていたことに、泣きたくなるくらいうれしくなった。

「俺、お前いないと生きていけねぇから。早く俺のものにしたい」

　どうしてカオルは、こんなにも温かいのだろうか。

　発する言葉も、放たれる体温も、すべてが温かくて安心する。

　心地よくて、またさらに好きになる。

「私も、カオルのものになりたい」

　正直な言葉を告げると、カオルは何も言わずキスで返してきた。

「カオル」

「ん？」

「大好き」

　言葉にできないくらい、大好きなんだ。

　そんな私に向かって、カオルはまた甘い言葉を吐く。

「俺のほうが、愛してる」

　カオルはそう言って幸せそうに笑うと、1回1回のキスを確かめるように丁寧に優しく何度もキスをした。

　その日、私たちは一生分くらいのキスをして、日が落ちるまでカオルの腕の中にずっといた。

「カオル、産まれてきてくれてありがとう」

　カオルは、ずっと私だけを照れしてくれる特別な光のように感じた。

　それくらい幸せで満ちていたんだ——。

　　　　　　　　　　　　END

☆ afterword

あとがき

　はじめまして。

　このたび、初めて書籍化をさせていただきました、アイヲ。です。

　まず、数ある作品の中から私の作品を手に取って読んでいただきありがとうございます。

　この作品は、母親の理想どおりに生き、いつしか勉強しか取り柄がないと思い込んでしまった綺月と、両親の死にずっと負い目を感じ、自分を責め続けながら生きているカオルが出会ったことで、互いにそれぞれの足りない部分を補い合いながら、どんどん恋に落ちていくお話です。

　序盤は綺月と姉との話を中心に、中盤はカオルを中心に暴走族のメンバーと深く関わっていき、終盤で綺月とカオルはハッピーエンドを迎えます。

　中盤からキュンキュン要素を入れるように意識したのですが、楽しんでいただけたらうれしいです。

　私は作品を作るうえで、いつも最初にテーマを決めます。

　この作品は、「家族の再生」、「自分の存在価値」、「暴走族の絆」の３つをテーマにして書いています。

　そして、その３つのテーマに本来の大きなテーマ「愛」

を隠しました。

　家族の愛、友達の愛、恋人の愛……いろいろな形の愛をこの作品に散りばめました。

　どんなに辛いことがあっても、愛さえあれば救われるはずだという願いを込めて執筆したので、それが少しでも伝わればうれしいです。

　また番外編として"20歳になったカオルの誕生日を綺月と二人っきりでお祝いする"という話も追加で書かせていただきました。

　本編とあわせて楽しんでいただけたらうれしいです。

　初めての書籍化でうれしさ反面、不安反面の中、無事にあとがきを書けていることに安堵しています。

　この作品に携わっていただいたすべての方々に感謝すると同時に、またどこかで、みなさんに「愛」を届けられたらと思います。

　改めて、あとがき含め、最後まで読んでいただきありがとうございました。

　　　　　　　　　　　　2023年1月25日　　アイヲ。

作・アイヲ。

漫画を読むことのほかフィルムカメラ、邦画鑑賞、モーニング巡りと多趣
味で、物語を作ることも趣味の1つ。恋愛小説や愛の物語が好きなので、
愛を届けられるような作品を作りたいと思い、アイヲ（愛を）という名で
執筆をスタート。本書が初の書籍化。現在は、ケータイ小説サイト「野い
ちご」で活動中。

絵・朝海たいこ（あさみ　たいこ）

2005年集英社「りぼん」でデビュー。以降「りぼん」で活躍中。高知県
出身。趣味は散歩で好きな食べ物はおにぎり。

ファンレターのあて先

♥

〒104-0031

東京都中央区京橋1-3-1

八重洲口大栄ビル7F

スターツ出版（株）書籍編集部　気付

アイヲ。　先生

KEITAI
SHOUSETSU
BUNKO
SINCE 2009
野いちご

Again〜今夜、暗闇の底からお前を攫う〜

2023年1月25日　初版第1刷発行

著　者　　アイヲ。
　　　　　©aiwo 2023

発 行 人　菊地修一

デザイン　カバー　しおざわりな（ムシカゴグラフィクス）
　　　　　フォーマット　黒門ビリー&フラミンゴスタジオ

D T P　　久保田祐子

編　集　　相川有希子　酒井久美子

発 行 所　スターツ出版株式会社
　　　　　〒104-0031 東京都中央区京橋1-3-1　八重洲口大栄ビル7F
　　　　　出版マーケティンググループ　TEL03-6202-0386
　　　　　（ご注文等に関するお問い合わせ）
　　　　　https://starts-pub.jp/

印 刷 所　共同印刷株式会社
　　　　　Printed in Japan

ISBN　978-4-8137-1381-4　C0193

読むたび何度でも恋をする…全力恋宣言！
毎月25日はケータイ小説文庫の日♥

心に沁みるピュアラブやキラキラの青春小説、
「野いちご」ならではの胸キュン小説など、注目作が続々登場！

ケータイ小説文庫　2023年1月発売

『Again 〜今夜、暗闇の底からお前を攫う〜』 アイヲ。・著

姉とともに、厳しい母親に育てられた高2の綺月。姉が家出
をしたことから、綺月は母を喜ばせるため、勉強に打ち込む
日々を過ごしていた。そんな中、最強の暴走族「Again」の
カオルと出会い、自分らしく生きることの大切さを知る。初
めての恋、家族や仲間との絆…さまざまな『愛』を描いた物語。

ISBN978-4-8137-1381-4
定価：693円（本体630円＋税10%）　　ピンクレーベル

『甘々イケメンな双子くんから、愛されすぎて困ってます。』 みゅーな**・著

高1の叶琳はある日、家のしきたりに従って双子のイケメン
男子・陽世＆夜紘と会うことに。双子のどちらかが叶琳の運
命の番であり、必然的に惹かれ合う相手だという。しかも番
を見極めるため、双子との同居が始まっちゃって…？　ふた
りに甘く攻められる、ちょっとキケンな毎日がスタート！

ISBN978-4-8137-1382-1
定価：682円（本体620円＋税10%）　　ピンクレーベル